UN VILLAGE SI TRANQUILLE

DU MÊME AUTEUR

L'Auberge des Glycines, Lucien Souny, 2012.

Les Amants de Roche-Brune, Lucien Souny, 2011.

Le Dernier Rendez-Vous, Pierre Éditions, 2008.

Le Secret de la guérisseuse, Lucien Souny, 2008.

Le Silence des marais, Lucien Souny, 2005.

La Dame d'Aubrié, Lucien Souny, 2004.

La Ferme des Quatre-Vents, Lucien Souny, 2003.

Zenna, Du Lérot, 1993.

ROGER POUX

UN VILLAGE SI TRANQUILLE

roman

l'Archipel

À mon père.
Entre nous, il y eut
de trop longs silences.

www.editionsarchipel.com

Si vous souhaitez recevoir notre catalogue et être tenu au courant de nos publications, envoyez vos nom et adresse, en citant ce livre, aux Éditions de l'Archipel, 34, rue des Bourdonnais 75001 Paris. Et, pour le Canada, à Édipresse Inc., 945, avenue Beaumont, Montréal, Québec H3N 1W3.

ISBN 978-2-8098-1382-1

1

Le train prenait de la vitesse. Piste d'envol. Les immeubles fuyaient, arrachés à l'espace. Les chapelets de pavillons se volatilisaient, aspirés par leur écrin de verdure. Le TGV l'emportait vers la Charente. Au départ de Montparnasse, il avait espéré demeurer seul sur le siège qu'il occupait. Seul pour ne pas sentir le voisinage d'un passager, ne pas avoir à répondre aux sollicitations importunes. Mais, au dernier moment, un passager muni d'un attaché-case s'était installé à côté de lui, affairé, rapide, comme le bonjour dont il l'avait gratifié, un bref coup d'œil à sa montre et au quai pour faire un signe de la main à la femme qui l'avait accompagné. Puis, il y eut cette voyageuse qui avait propulsé un garçon de sept ou huit ans juste en face de lui avant de s'écraser à son tour sur la banquette.

— Tu vois, à cause de toi, on a failli rater le train.

Antoine, malgré le propos qui les prenait à témoin, lui et son voisin, évita de dévisager les retardataires. Il redoutait des explications interminables et dérangeantes. Savoir que celle qui pouvait être la mère de l'enfant était attifée d'une robe bleue épousant tous les bourrelets de son ventre lui suffisait. Il avait eu le temps de la détailler lorsqu'elle avait surgi dans le wagon, rouge et échevelée, inspectant la travée avec un regard affolé vers les numéros des sièges. Maintenant, il fallait jouer l'indifférence. Cela, il savait le faire. Au cours de ses voyages lointains, sur les chantiers qu'il avait eu à surveiller, combien de fois avait-il dû ignorer la misère qui l'entourait, les souffrances de ceux qu'il faisait travailler ? Il avait appris que c'était une erreur de donner la pièce à un mendiant car alors d'autres pouvaient surgir de partout à la vue de cette générosité, et ce n'était plus qu'insultes et injures si l'on interrompait son œuvre charitable. On lui avait expliqué la nécessité d'être sourd aux revendications afin de ne pas retarder la bonne marche de chantiers dans des pays où l'on travaille seulement pour manger. Mais, aujourd'hui, il était de retour dans son pays, et il s'agissait pour lui de s'isoler parce qu'il avait besoin de se retrouver.

Lorsqu'il avait appris le décès de son père, Antoine revenait des rives du Maroni. En arrivant à Matoury, on l'avait averti qu'une lettre l'attendait au siège de l'entreprise, qu'il n'avait ouverte qu'après avoir pris une douche. L'en-tête de l'étude de Me Bariot, le notaire de Borsac, avait évidemment attiré son attention, mais il n'avait pas voulu décacheter l'enveloppe immédiatement. Davantage intrigué qu'inquiet. À quand remontait la dernière lettre de son père ? Deux mois ? Trois mois ? Il avait dû faire un effort pour se rappeler quand lui-même lui avait écrit. S'il lui avait promis de venir à Borsac lors d'un prochain séjour en métropole, il ne lui avait pas précisé quand. Peut-être cette année. Cela dépendrait des projets mis en œuvre.

La Beauce se dévidait le long de la voie. Pendant un court moment, comme le train côtoya une route, il eut le temps d'apercevoir des camions et des voitures ; une vie au ralenti. Des éoliennes tournaient au-dessus des champs, actionnées par un vent invisible. Devant lui, le gamin, les mains engagées sous ses cuisses nues, observait ce paysage disparaissant à reculons. Sa mère avait sorti du sac posé sur ses genoux un *Gala* dont elle feuilletait les pages sans les lire. Il se rappela avoir aperçu la même couverture dans le kiosque de l'aéroport de Cayenne. Là-bas aussi, la femme qui examinait le magazine avant de l'acheter était forte, mais c'était une Indienne. À côté de lui, l'homme avait déployé un ordinateur portable après avoir ouvert son attaché-case.

La lettre du notaire lui apprenait le décès de son père dans les termes d'une formule officielle. Toutefois, Me Bariot avait cru bon, après avoir signé le texte imprimé par une secrétaire, d'exprimer de sa propre main la part qu'il prenait à la peine d'Antoine. Il avait même écrit « Mon cher Antoine ». Sur l'instant, il n'avait pas éprouvé la douleur ou le chagrin que l'on ressent en apprenant la perte d'un être aimé. Cela avait été comme un vide, un sentiment d'impuissance. Son père et lui ne s'étaient pas vus depuis trois ans, la dernière fois d'ailleurs ce n'était pas à Borsac. Dix ans qu'il n'était pas allé chez lui, dans la maison natale. Dix ans qu'il avait quitté sans y revenir les lieux de son enfance, de sa jeunesse et d'une partie de sa vie d'homme. Après la mort de Mathilde, Ulysse avait respecté son veuvage et Antoine, une fois ses études d'ingénieur achevées, avait continué de faire des séjours réguliers à Borsac. Aucune démonstration d'affection entre les deux hommes. Ils s'embrassaient au moment de se retrouver avant d'échanger des nouvelles. Ulysse parlait du village, des événements, du maire, « un incapable », disait-il, et des récoltes. Pendant sa présence à Borsac, Antoine essayait de retrouver un peu de son passé à travers des objets, les pièces de la maison et quelques rencontres avec d'anciens copains. Lorsqu'il repartait, son père et lui s'embrassaient. À la question : « Quand comptes-tu revenir ? », il répondait régulièrement : « Je ne sais pas trop, cela dépendra de mon travail. » À cette époque, Borsac ne lui manquait pas plus que cela, même s'il éprouvait toujours un certain plaisir à revenir. Les choses changèrent lorsque Ulysse se remaria avec Laure. Alors Antoine n'eut plus l'envie de passer des vacances chez son père.

Le ralentissement du TGV se fit fortement ressentir, on arrivait à Saint-Pierre-des-Corps. Son voisin se leva. En face, on ne bougeait pas. Assez fort pour qu'Antoine pût entendre, elle dit à l'enfant qu'il pourrait s'installer dans le sens de la marche, si la place du monsieur restait libre. Elle s'attira un grognement pour toute réponse, qui signifiait qu'en changeant de place il ne verrait plus rien, puisqu'il serait loin de la fenêtre. Le Cher scintillait sous le soleil. Le TGV s'élança à nouveau.

Son père avait certainement longtemps cherché le moyen d'annoncer à Antoine qu'il se remariait. Il l'informa d'abord de la présence d'une personne dans sa demeure, chargée de subvenir aux soins du ménage et de la cuisine. Une sorte de gouvernante, le terme de servante eût été inapproprié, voire inconvenant. Les domestiques à la campagne étaient devenus gens de maison à l'image de leurs homologues de la ville. Antoine avait rapidement flairé la situation ambiguë de cette Laure Martin, lors d'une apparition à Borsac avant qu'il ne s'envole pour le Mali. De petits gestes, de petites attentions envers cette femme, qu'il n'avait pas vus à son père du vivant de Mathilde, tellement pudique et distante.

Ulysse Rozier dirigeait encore la ferme, bien qu'il ait atteint l'âge de la retraite. C'était la première fois dans la succession des Rozier qu'il n'y avait pas un homme pour reprendre l'exploitation. Jusqu'alors, il s'était toujours trouvé un mâle pour attacher le même nom au domaine et faire en sorte qu'il ne changeât pas de mains. L'orientation d'Antoine et ses études semblant condamner le bien à sortir de la famille, Ulysse souhaitait que ce soit le plus tard possible. Il se comportait d'ailleurs comme s'il était capable d'agir éternellement. Lors de leur dernière entrevue, dans le Cotentin où Antoine dirigeait la construction d'un viaduc, il avait déclaré :

— Tu me dis de m'arrêter, c'est bien beau, mais qui va reprendre ? Tu es sûr de ne pas vouloir revenir ? Ce ne serait pas très difficile avec ton instruction.

Antoine revécut la scène et, soudain, il n'aima pas ce qu'il ressentit. Ils étaient perchés sur un promontoire dominant la vallée que le pont allait franchir dans quelques mois. Son père lui parlait de Borsac, et lui l'écoutait à peine, absorbé par les manœuvres difficiles d'une grue. Le soir, à l'hôtel où ils avaient réservé, il avait été question de Laure.

— Tu sais, c'est quelqu'un de bien. Elle respecte tes affaires et la mémoire de ta mère.

Il ne se rappelait pas exactement ses réponses, mais il avait certainement fait de la peine à son père. Cette femme qui avait pris la place de la première épouse était tellement différente. Il avait dû le lui dire. Très maladroitement, trop brutalement, comme d'habitude.

— Alors, tu n'as pas envie de revenir à Borsac ? avait demandé Ulysse comme ils se séparaient.

Ce n'est que plus tard qu'il repensa aux yeux humides de son père au moment où celui-ci posa cette question demeurée sans réponse.

— Pardonnez-moi, monsieur. Ça vous dérangerait si mon petit prenait votre place ? J'ai peur que l'estomac lui tourne.

Elle s'était penchée vers lui. La robe largement ouverte laissait ballotter une forte poitrine. Il se leva et l'enfant prit sa place. Il avait effectué la manœuvre sans sourire, comme s'il avait obéi à un ordre, et elle fut désorientée, s'attendant sans doute à un échange d'amabilités.

— Vous devez me trouver sans gêne.

— Pas du tout. Mais, excusez-moi, j'ai fait un long voyage et j'ai besoin de me reposer.

Avant qu'elle ne pût répondre, il se cala contre son dossier et ferma les yeux afin de réduire à néant l'espoir d'un début de conversation que son sourire nourrissait.

La gare d'Angoulême avait peut-être subi quelques modifications, mais il sembla à Antoine descendre du train qui le ramenait de son école. L'enfant, tiré par sa mère, se retournait pour le regarder. Elle avait paru étonnée qu'il l'aidât à prendre pied sur le quai parce qu'elle se battait avec une valise et deux sacs de voyage. Au milieu des voyageurs qui se dirigeaient vers la sortie, elle avait marqué un temps d'arrêt, comme pour ajouter quelque chose à son remerciement. Mais, semblant se raviser, elle s'était très vite éloignée, entraînant l'enfant dans son sillage.

Lorsqu'il avait téléphoné depuis Roissy afin d'annoncer son arrivée à Angoulême, il avait été surpris par l'intonation de la femme de son père. Un parler plutôt agréable. Il n'avait jamais fait l'effort d'essayer de se la rappeler. Il aurait aimé que son langage fût vulgaire ou bien chargé de cet accent traînant et des expressions patoisantes dont Mathilde et lui se moquaient en écoutant les gens sur les foires. Quand il lui avait dit qu'il prendrait un taxi pour se rendre jusqu'à Borsac, elle avait vivement protesté : ce serait Marie, sa fille, qui viendrait le chercher, et il avait dû céder devant tant d'insistance. Puis, il y avait eu ce silence.

— Est-ce que Me Bariot vous a donné des détails sur la mort de votre père ?

La lettre ne mentionnait pas les circonstances du décès. Il savait, par les rares lettres qu'ils échangeaient, que son père souffrait de plus en plus fréquemment de sa bronchite chronique. Elle se manifestait au moindre changement de température. Ulysse avait une expression fataliste, refusant de croire à la gravité de son état : « Le cœur finira par en prendre un coup », disait-il.

Antoine n'avait pas demandé à quel signe reconnaître celle qui viendrait l'attendre. Ralenti par l'étroitesse du passage de la sortie, il examinait le petit groupe de personnes postées le long du couloir. Si cette Marie n'avait pas de retard, elle devait être la jeune femme placée près de la porte, puisque les autres étaient deux hommes aux allures de paysans et un vieux couple. Un T-shirt blanc, un jean très moulant, des sandales en cuir, une chevelure cuivrée, un visage légèrement bronzé, de taille moyenne, elle pouvait avoir trente ans ou plus. Avant qu'il pût paraître hésiter, elle s'avança vers lui, souriante.

— Antoine ?

La voix était claire dans le sourire. Ils étaient assez proches pour qu'il voie ses yeux verts. Il eut sans doute un air très surpris. Il avait même failli se retourner pour vérifier instinctivement si c'était bien à lui que l'on s'adressait. Il aurait voulu savoir comment elle savait qui il était ; il n'en eut pas le temps.

— Votre photo… Celle que vous avez envoyée quand vous étiez au Qatar. Elle est sur le buffet de la cuisine. C'est comme ça que j'ai su que c'était vous.

Elle avait jeté un regard en direction de ses deux sacs de voyage qui les empêchaient de se serrer la main. Il s'empressa d'en poser un pour la saluer. Une main fine et nerveuse qui répondit à la fermeté de la sienne. Elle le précéda dans la cour. En longeant la terrasse du buffet, il s'immobilisa un instant. À part les gros bacs d'orangers, l'endroit était tel que dans son souvenir, quand il buvait un demi en attendant l'arrivée de son père. Il était souvent en retard parce qu'au moment de partir vers la gare il avait trouvé quelque chose à faire ou à finir. Une cause de dispute entre Mathilde et lui. « Tu vas encore faire attendre Antoine, laisse donc ce machin. » Ce machin, c'était aussi bien un loquet de porte qui avait besoin d'être resserré, qu'une lampe de la cour dont il fallait remplacer l'ampoule ou encore un manche de pelle à consolider. Les Rozier avaient très longtemps conservé la même voiture, une « 15 », la célèbre traction avant de chez Citroën. Enfin, Mathilde, soucieuse de se distinguer des commerçants de Borsac qui avaient su « mener leurs affaires », avait convaincu ce mari indifférent au progrès d'acheter une DS. En s'approchant de la Clio dont Marie déverrouillait les portes, il se souvint du plaisir qu'il prenait à conduire l'auto de ses parents au premier jour des vacances.

— C'est aussi ma voiture de fonction. Je suis infirmière. Ne vous étonnez pas si ça sent un peu l'éther. Ce matin, j'avais mal rebouché un flacon et tout l'intérieur sent l'infirmerie.

Elle avait pris place au volant le temps qu'il range ses sacs dans le coffre et s'installe à côté d'elle et lui parlait en l'observant dans le rétroviseur.

Était-ce parce qu'il était à côté de cette jeune femme qu'il ne connaissait pas l'instant d'avant ? ou bien à cause de cette étrange impression de dépaysement ? il ne regardait pas la ville qu'ils abandonnaient. Il ne parvenait pas à ressentir l'émotion d'un retour après une longue absence. Il ne retrouvait pas le choc que lui procurait autrefois la vue de paysages resurgissant de sa mémoire. Il s'apercevait que, depuis sa descente du train, il n'avait eu qu'une seule pensée, en trame, dissimulée, prête à surgir. Tout à l'heure, le souvenir des voitures de ses parents, l'habituel retard d'Ulysse. C'est ainsi qu'il l'appelait souvent en lui-même.

Au téléphone, la mère de Marie lui avait demandé si le notaire lui avait précisé les circonstances du décès de son père. Étonné par la question, il avait répondu par un non qui n'avait pas été suivi de questions. Cette femme pensait peut-être que la mort de son père le laissait indifférent.

— Trouves-tu que le paysage a changé ? Oh, excusez-moi…

Son sourire était moqueur, pas du tout contrit.

— Ce serait peut-être plus simple si l'on se tutoyait.

Elle ne le disait pas, mais il était sûr qu'elle avait eu envie d'ajouter : « puisque l'on est un peu en famille ».

— Si tu veux.

Elle l'avait regardé un bref instant avant de reporter son attention sur la route. Elle ne souriait plus. Il aimait bien son profil ainsi que la petite mèche détachée de sa coiffure qui se balançait sur sa joue. Il ne lui répondit pas à propos du paysage. Qu'est-ce qu'il aurait pu dire? Que la nationale 10 était déjà à quatre voies lors de son dernier séjour? De même que l'aire de Bison futé?

— De quoi mon père est-il mort?

Elle ne s'attendait certainement pas à une telle question. Oubliant d'accélérer pour finir de dépasser un gros camion espagnol, elle demeura à sa hauteur. Puis, elle freina pour se remettre derrière.

— C'est limité à 90 ici. Il vaut mieux que je me méfie du radar.

Il savait que le radar n'y était pour rien. Sa question l'avait prise au dépourvu et elle réfléchissait à la façon d'y répondre. Il comprit à cet instant qu'il aurait dû s'interroger davantage sur la mort de son père, que téléphoner à Me Bariot depuis la Guyane n'aurait été que normal. Or il ne l'avait pas fait. Pourquoi?

— Ça t'ennuie si on s'arrête?

Ils parvenaient à la hauteur d'une aire de repos et elle y engagea sa voiture sans lui laisser le temps de répliquer.

Il s'était abrité à l'ombre d'un bouquet de petits chênes, si bien qu'elle ne le vit pas tout de suite en ressortant des toilettes. Maintenant, il avait la certitude qu'elle venait de s'accorder un temps de réflexion. La pause pipi n'était qu'un prétexte. Dès qu'elle l'aperçut, elle se dirigea vers lui au lieu d'aller à sa voiture.

— Tu veux une cigarette?

Marie avait sorti un paquet de Marlboro.

— Merci, je ne fume pas.

Il attendit qu'elle finisse d'allumer sa cigarette. Elle allait lui dire quelque chose qui semblait beaucoup l'embarrasser.

— Ma mère ne t'a rien dit?

L'attitude de Marie confirmait son intuition. La mort de son père était entourée de mystère.

— Non. Au téléphone, nous entendions mal et puis qu'est-ce qu'il aurait fallu que je sache de particulier ? Je pensais qu'apprendre de quelle maladie mon père était mort ne m'avançait à rien, qu'il suffisait que je sois mis au courant à mon arrivée.

Il avait menti à Marie. À l'aéroport, il aurait très bien pu questionner sa mère.

— C'est un accident.

— Comment ça, un accident ?

— Oui. Enfin… C'est ce que l'on dit.

— Raconte.

La demande était sèche. Aucun accent de gentillesse. Antoine fixait la jeune femme de ses yeux marron. Dans son visage buriné l'impression de dureté était accentuée par les cheveux grisonnants, très courts et presque ras. Sa bouche était serrée, dure elle aussi. Marie ne reconnaissait pas le compagnon aimable et un rien moqueur qui était assis à côté d'elle tout à l'heure.

— Ça s'est passé à la chasse. Une battue aux sangliers.

Elle s'interrompit. Antoine se rendit compte de son désarroi et aussitôt son regard s'adoucit. C'est d'une voix calme qu'il l'invita à s'asseoir dans la voiture. Et là, dans l'isolement de l'habitacle, Marie raconta.

— C'était il y a trois semaines. Une horde de sangliers saccageait les maïs des Rondeau. Je n'ai pas besoin de te rappeler qui sont les Rondeau ? Non, évidemment. La façon dont ton père parlait d'eux était assez significative. Il ne les aimait pas. De vieilles histoires, tu es certainement au courant.

Plus de cinq cents hectares, que de la bonne terre. Ils achetaient tout en faisant monter les enchères. Combien de fois avait-il entendu son père pester contre eux ? Ulysse ne souffrait pas de leur concurrence. Il jugeait son exploitation suffisante. Les Rondeau empêchaient de jeunes agriculteurs d'agrandir leur ferme et d'en améliorer le rendement.

— Ils se sont déplacés à la mairie. La société de chasse n'intervenait pas car l'ouverture n'avait pas eu lieu. Ils étaient prêts à porter plainte contre son président, et ce président c'était ton père. Une battue administrative a été décidée. Comme on était encore en période de vacances, beaucoup de sociétaires du pays étaient absents. Ton père a fait appel à des chasseurs des alentours qu'il connaissait. Les Rondeau père et fils étaient là aussi. Ils ont cerné la grande pièce où la horde s'était réfugiée. Après, on a raconté tout et n'importe quoi. Les chiens n'arrivaient pas à faire sortir les sangliers. Ton père et trois autres ont pénétré dans les rangs de maïs. Les ordres que les gardes avaient donnés étaient clairs. On tire derrière la ligne et à vue. Quand les bêtes ont surgi les unes après les autres, il paraît qu'il y a eu une véritable fusillade. Ils ne se sont pas tout de suite rendu compte que ton père n'était pas avec eux. C'est le grand Charles Maury qui soudain a dit : « Hé, les gars, Ulysse n'est pas avec nous ! » Ils se sont tous regardés. Il y en a un qui a blagué : « Rozier est peut-être bien en train de poser culotte pour fumer le maïs. » En présence des deux Rondeau, la plaisanterie en a fait rire plusieurs. Ils ont appelé, et comme il n'y avait aucune réponse ils ont commencé à s'inquiéter. Les gardes ont ordonné de déposer tous les fusils et demandé aux hommes de progresser à l'intérieur du champ. À cause de la hauteur des tiges et du manque de visibilité, ils avançaient en rangs serrés. En entendant le fils Robert appeler en hurlant, ils ont craint le pire. Sans la présence des gardes, on ne sait pas ce qui se serait passé. Rassemblés autour de ton père étendu avec une balle dans la tête, ils fixaient l'horreur. Bientôt ils se mirent à regarder aussi, mais avec des lueurs meurtrières dans les yeux, le père et le fils Rondeau. C'était à cause d'eux cette battue, et ils les tenaient pour responsables du malheur. Les gardes les ont obligés à s'éloigner. Il fallait appeler les gendarmes. Ce qui s'est passé ensuite, je préfère ne pas te le décrire. J'aimais trop ton père.

Ils regagnèrent la voiture, où le silence régna encore un moment. Puis, sans regarder son passager, Marie démarra. Heureusement, celui-ci ne vit pas la sueur qui coulait dans son dos, imbibant le tissu de son T-shirt.

Chaque fois qu'il revenait à Borsac après une longue absence, il aimait retrouver l'image des toits effleurant le sommet des haies et des arbres entourant le village. On abordait la commune après avoir traversé la forêt si l'on arrivait de la gare. Au contraire, si l'on revenait d'une incursion dans la plaine où s'étalaient les cultures, on découvrait un gros bourg recroquevillé autour de son clocher, comme agrippé à la pente du plateau où il s'était construit. En cette fin d'après-midi, l'image de son père imprégnait le paysage. La voiture ralentissait. Il devina la délicate attention de la conductrice.

— Ne t'arrête pas, et je préfère qu'on entre dans la cour.

— J'ai laissé le portail ouvert quand je suis partie.

En entendant le bruit du moteur, Laure sortit sur le seuil. Quand l'avait-il vue pour la dernière fois ? Il ne chercha pas. Au moins dix ans sans venir à Borsac.

À chacun de ses séjours en France, son père le rejoignait là où son entreprise avait un chantier, avec toujours les mêmes questions : « Tu n'avais pas le temps de pousser jusqu'à la maison ? Tu n'as pas envie de revenir ? Je trouve qu'ils abusent de toi, ceux qui t'emploient. » Et invariablement, il répondait : « Un jour, je prendrai les congés auxquels j'ai droit. Ne t'inquiète pas, cela se fera. »

La femme de son père s'avançait, souriante. Un sourire statique et inquiet. Antoine prit le temps de l'observer pendant qu'il franchissait l'espace qui les séparait. Elle avait vieilli, sa silhouette s'était alourdie, ses cheveux, tirés vers l'arrière, étaient blonds. Elle devait se faire teindre. Quand ils s'arrêtèrent, ils étaient trop loin l'un de l'autre pour s'embrasser. Dans son dos, il était certain que Marie les regardait. La portière de la voiture ne s'était pas refermée. Sans l'arrêt sur l'aire de repos, sans le récit de la mort de son père et cet aveu de Marie : « J'aimais trop ton père », Antoine n'aurait pas eu ce geste : s'avancer enfin et se pencher vers Laure pour l'embrasser.

2

Antoine observait les deux femmes assises en face de lui. La porte de la cuisine était ouverte, la nuit rafraîchissait la pièce. Marie ressemblait beaucoup à sa mère. Si elle était un peu plus grande, il devina, en la regardant, comment Ulysse avait vu Laure, lorsqu'il l'avait rencontrée quelque vingt ans auparavant. En cet instant, elles parlaient de voisins qu'il ne connaissait pas, dont l'un avait un cancer de la prostate et refusait de se soigner. Elles semblaient l'avoir oublié.

En pénétrant à l'intérieur de sa maison à la suite de Laure, il avait été surpris de voir les fauteuils recouverts de draps en guise de housses. Les fenêtres étaient ouvertes. On reconnaissait l'odeur des habitations inoccupées. « J'ai aéré toutes les pièces depuis ce matin, mais l'air n'a pas encore eu le temps de se changer. » Il avait alors compris qu'elle n'occupait pas la maison. Durant le trajet, Marie ne lui avait rien dit. Peut-être pensait-elle qu'il était au courant ?

— Vous n'habitez pas ici ?

— Ah ? Ulysse ne vous avait pas expliqué ?

Elle avait semblé à la fois surprise et contrariée.

— C'est moi, lui ne voulait pas. Votre maison me paraissait trop grande. Vous savez, je n'avais pas l'habitude des grandes pièces, d'autant de meubles et de bibelots. Et puis…

Elle avait hésité, paraissant embarrassée de laisser deviner sa pensée. Enfin, elle avait complété sa phrase : elle avait envie de se sentir davantage chez elle, avec des meubles qu'ils auraient achetés ensemble et qu'elle aimerait. Pendant qu'il lui tournait le dos en train de prendre, des mains de Marie, les deux sacs que celle-ci venait d'apporter de la voiture, elle avait précisé que c'était son père qui avait tenu à ce qu'ils restaurent la petite maison des métayers pour s'y installer. Ils seraient ainsi à proximité et pourraient facilement surveiller et entretenir la grande demeure des Rozier.

— Reprenez du lapin, Antoine.

Quand elle s'était adressée à lui tout à l'heure, elle avait dit « monsieur Antoine ». Il l'avait aussitôt reprise, lui demandant de l'appeler seulement par son prénom. « Bon, si vous voulez. Mais ne me demandez pas de vous tutoyer, ça je ne pourrai pas. »

— Ma mère s'est souvenue que ton père disait souvent que, lorsque tu reviendrais, il faudrait cuisiner un lapin sauté.

L'image de son père encore. Ulysse était là. Il parlait de son fils avec les deux femmes qui partageaient maintenant sa vie. Elles l'écoutaient évoquer ses retours à la maison pour les vacances. Oui, ce devait être à cette occasion qu'il leur avait parlé du fameux lapin sauté qu'on préparait en son honneur.

Lorsque Marie lui avait amené ses bagages, il avait remarqué la réaction de surprise de Laure en constatant que sa fille tutoyait déjà le fils d'Ulysse, et cela l'avait amusé. Puis les deux femmes l'avaient laissé là, s'en retournant vaquer à leurs affaires. Il était entendu qu'il viendrait souper avec elles, « si ça ne le gênait pas, bien sûr ». Dans l'heure où il était demeuré seul, il avait passé son temps à revoir chaque pièce de la maison. Les parquets et les meubles étaient parfaitement entretenus et, maintenant que l'air se renouvelait, une odeur de cire s'en dégageait. Dans le long corridor de l'étage, les portraits des Rozier étaient toujours accrochés et les vitres des cadres exemptes de poussière.

Les Rozier trônaient sur la tapisserie à grosses fleurs du mur. Mathilde avait inséré sa parenté dans cette galerie et Ulysse avait trouvé cela tout à fait normal. Il s'était souvent attardé devant ces regards qui le suivaient à ses passages. Chaque fois, Antoine s'étonnait du sérieux des visages. Des expressions de gravité à la limite de la tristesse. Un peu comme si, au moment de la prise de vue, ils comprenaient qu'en venant rejoindre sur le mur les générations précédentes ils viendraient, eux aussi, à quitter ce monde.

Dans le salon où Mathilde aimait se réfugier pour lire ou broder, il retrouva la grande bibliothèque. Un meuble fabriqué sur mesure par Bourdin, le menuisier de Borsac. Il se rappela ce petit bonhomme trapu auquel il manquait deux phalanges aux doigts les plus grands de la main gauche et une seule à l'auriculaire. Ce qui lui permettait cette plaisanterie souvent redite, en montrant son petit doigt : « Ça, c'est l'avantage d'être plus petit que les autres ! » À quoi Ulysse, volontiers railleur et au courant des aventures extraconjugales du menuisier, lui avait une fois répondu : « Prends garde quand même à ce qu'un mari jaloux ne te coupe pas autre chose ! »

Le meuble occupait tout un mur. Quatre vitrines à deux portes derrière lesquelles s'alignaient des rangées de livres. Un assemblage hétéroclite d'ouvrages qui reflétait les achats, les goûts, les abonnements de plusieurs générations. Lui revint en mémoire le moment où sa mère, une fois le travail de Bourdin achevé, avait procédé au rangement. Les livres avaient été entassés dans des buffets, des cartons, des malles et sur quelques étagères dans la maison. Son choix s'était opéré selon les couvertures, afin qu'un éventuel visiteur puisse apprécier la qualité des reliures plutôt que la qualité des ouvrages eux-mêmes. Dans la rangée de placards sur lesquels étaient posées les vitrines, sa mère avait empilé les revues et les journaux qu'elle voulait conserver, ainsi que les dossiers importants concernant la famille et tout ce qu'il faut garder pour preuve de paiements ou de revenus. Ces portes pleines et patinées dissimulaient toute l'histoire des Rozier.

Il se promit d'inspecter soigneusement ce meuble dans les jours à venir.

— Antoine, tu n'es pas avec nous !

La plaisante apostrophe de Marie le surprit.

— Excusez-moi, j'étais effectivement ailleurs. Je pensais à la maison et je ne vous ai pas encore remerciées du mal que vous vous donnez pour l'entretenir.

— C'est ma mère, ce n'est pas moi. Même s'il m'arrive de l'aider.

Il ne savait pas comment s'adresser à cette belle-mère qu'il avait jusqu'alors rejetée. Il ne se voyait pas l'appeler « belle-maman » ou bien « mère ». À son dernier passage à Paris, il avait été invité par un ancien condisciple de Centrale croisé par hasard sur les Champs-Élysées. Sa belle-mère vivait avec eux. En l'entendant dire « belle-maman » à celle qui offrait tous les signes de la laideur la plus complète et d'une indifférence parfaite, il avait réprimé un sourire.

— Je peux vous appeler Laure ?

— Bien sûr. Ce sera plus facile.

Il avait déjà entendu cette réponse dans la voiture cet après-midi. Les deux femmes l'observaient.

— En revenant de la gare, Marie m'a raconté pour mon père. Vous avez dû être étonnée que je ne vous en parle pas quand je vous ai appelée la première fois. La communication était très mauvaise et, comme la lettre du notaire ne donnait aucun détail, j'ai imaginé un arrêt cardiaque ou quelque chose de semblable. Si mon père avait souffert d'une maladie grave, vous m'en auriez averti. J'étais loin de penser à ce qui est arrivé.

— Ma mère s'est sérieusement accrochée avec Me Bariot quand elle a su qu'il ne t'avait pas informé de la cause du décès. Il a prétendu que c'était à nous de le faire. Nous avions effectivement essayé de te joindre par l'intermédiaire de ton entreprise. La personne qui nous a répondu nous a dit que tu étais en pleine forêt amazonienne et que, de toute façon, il te serait impossible d'être là pour les obsèques, mais que l'on ferait le nécessaire depuis Paris.

Antoine connaissait la suite. Marie n'avait pas laissé sa mère répondre. Brusquement, celle-ci ne parvint plus à dissimuler l'émotion qui s'emparait d'elle. Elle se leva de table pour disparaître dans une pièce contiguë à la cuisine.

— Ma mère a beaucoup de chagrin. Il faut lui pardonner.

— Je voulais simplement qu'elle sache que la mort de mon père ne me laissait pas indifférent.

Il lui parlait doucement.

— Je ne me cherche pas d'excuses. Mais, en apprenant la mort de mon père, il s'est produit un bouleversement en moi. J'ai éprouvé ce sentiment horrible : le regret. Le regret de ne pas lui avoir fait la joie de venir plus souvent ici. Le regret de ne pas lui avoir fait le plaisir de l'écouter me raconter sa deuxième vie, avec ta mère.

— Ça, il vaudrait mieux que tu en parles avec elle. Tous les deux, vous avez besoin de vous confier, de mieux vous connaître.

Marie se tut. Laure revenait dans la cuisine. En passant près d'Antoine, elle eut un geste inattendu. De sa main, elle lui effleura l'épaule.

— J'ai fait un dessert. Un fromager.

Cette femme qu'il avait dédaignée, rejetée, à qui il en avait voulu d'occuper la place de Mathilde, respectait toutes les volontés d'Ulysse. Antoine, le fils choyé, aimait beaucoup le lapin sauté, était friand du fromager, ce dessert si particulier réalisé avec du fromage frais. C'était exactement le menu qu'on lui aurait concocté, si le destin lui avait permis de revenir plus tôt à Borsac.

La soirée se prolongea un peu après le café qu'il prit avec Marie dans une petite pièce aménagée en petit salon, où trônait un poste de télévision. Laure les avait chassés de la cuisine, le temps de débarrasser la table et de garnir le lave-vaisselle. Antoine questionna Marie sur son travail d'infirmière. Le cabinet qui l'employait assurait les soins à domicile et elle aimait ce qu'elle faisait. Marie rapporta quelques anecdotes amusantes concernant ses « petits vieux », souvent gentils et prévenants avec elle. Laure, qui les avait rejoints, écoutait sa fille avec beaucoup d'admiration. Antoine, qui observait l'une et l'autre, constatait de nouveau la ressemblance entre les deux femmes. Quel âge pouvait avoir Laure ? S'il ne se trompait pas sur celui de Marie, trente ans peut-être, sa mère pouvait en avoir vingt à trente de plus. Ulysse aurait eu soixante-dix ans le mois suivant et Mathilde soixante-quinze en janvier. Elle était plus âgée que son mari. Lorsque Laure était venue à Borsac, elle avait donc déjà cette fille. Il ne se rappelait pas l'avoir vue. Il s'arrangerait pour interroger Marie. La proximité qui s'était si facilement établie entre eux le lui permettrait. Un silence s'était installé et il en profita pour se lever.

— Je vous ai préparé la chambre près du bureau. C'était bien votre chambre ?

Elle n'avait rien omis.

— J'aimerais que vous mangiez avec nous, tout le temps que vous resterez là. Vous savez, les gens causent et ils sont souvent méchants. Je ne voudrais pas qu'on dise que l'on est fâchés.

C'était entendu, il prendrait ses repas avec elles. Sauf s'il avait besoin de se déplacer assez loin.

— À ce propos, il faudra que je trouve une voiture.

— Pourquoi ? Tu as celle de ton père. Ma mère ne conduit pas et moi, j'ai ma Clio. En plus, ce n'est pas n'importe quoi. Ton père n'aimait pas changer de modèle. Un jour, il a eu l'occasion de racheter une Mercedes qui avait très peu roulé et nous l'avons toujours. Les clés sont là.

Marie lui montra un trousseau accroché près de la porte d'entrée.

3

Philippe Bariot dirigeait l'étude où, avant lui, son père et son grand-père avaient officié. C'était un peu à l'écart de Borsac, au fond d'un parc planté de chênes verts qui accordaient à des buissons de houx et à quelques touffes d'arbustes le droit de se développer. Antoine avait toujours trouvé l'endroit sinistre. En franchissant la grille cantonnée de deux piles carrées en pierre d'Angoulême, il éprouva la même sensation qu'autrefois. Les pneus de la Mercedes de son père crissaient sur l'allée gravillonnée.

Ce matin, il était allé prendre le petit déjeuner dans la petite maison des métayers. Laure avait posé sur la table de la cuisine un bol et des tranches de pain à son intention, à côté du grille-pain. Lorsqu'ils s'étaient quittés la veille, elle lui avait demandé ce qu'il avait l'habitude de prendre au matin. Il avait hésité avant de lui avouer qu'il aimerait bien retrouver l'odeur du pain grillé et le goût du café au lait.

Marie était déjà partie en tournée. Il repensait aux anecdotes qu'elle avait évoquées après le dîner. Laure prit place en face de lui avec une tasse de café sans sucre, « juste pour vous tenir compagnie ». Il n'aurait pas abordé ce sujet qui l'avait empêché de s'endormir rapidement malgré la fatigue, si elle-même ne l'avait pas fait.

— Vous savez, hier soir, quand on a parlé de la mort d'Ulysse, je n'ai pas pu me retenir. C'est encore trop frais et puis…

Elle s'interrompit et Antoine crut qu'elle allait se remettre à pleurer. Laure ne se maquillait pas, mais elle devait prendre soin de son visage. Quand il était arrivé, comme hier, ils s'étaient embrassés, et il avait respiré une agréable odeur sur sa joue. Il s'était encore interrogé sur son âge. Il faudrait qu'il sache.

— Quand le maire est venu m'annoncer l'accident, j'ai perdu connaissance. Une voisine était avec moi et ils ont eu très peur. Quand j'ai repris mes esprits, ils m'avaient allongée sur le lit. Dans notre chambre, à côté de la cuisine. C'est affreux, ce qu'on a vécu après. Je voulais le voir, je criais, mais on me disait que ça n'était pas possible, qu'on l'avait emmené à la morgue, qu'il fallait une autopsie. Vous vous rendez compte, Antoine, votre papa charcuté, découpé ! Une honte, on n'avait pas le droit. Il fallait extraire la balle pour savoir. Savoir quoi ? Il paraît que les balles de fusil de chasse se ressemblent toutes et qu'on ne peut pas reconnaître l'arme. J'ai attendu à la maison que ce soit fini. Heureusement j'avais ma Marie. Ah ! celle-là, si je ne l'avais pas !

— Quel est l'âge de Marie ?

Elle le regarda un peu interloquée, puis, dans un sourire :

— Trente et un ans. Pourquoi voulez-vous savoir cela ?

— Je trouve que vous vous ressemblez toutes les deux. Laure, je peux vous demander comment vous avez connu mon père ?

Il regretta aussitôt sa question, mais elle ne fut nullement embarrassée.

— J'ai fait la connaissance de votre père quand il a donné du bois à faire à mon mari. Jean-Louis a coupé du bois pour lui pendant trois ans. Un soir, en revenant de la papeterie où il travaillait, une voiture l'a renversé. Sa bicyclette était mal éclairée, paraît-il. Après ça, je me suis retrouvée sans rien et j'ai cherché à faire des ménages. Votre père l'a su, et comme il cherchait quelqu'un pour tenir sa maison… Je ne conduisais pas, alors il venait me prendre. La suite, vous la connaissez.

Elle s'arrêta. Il comprit qu'elle n'en dirait pas plus sur ses relations avec Ulysse. Il n'avait pas voulu revenir sur la mort de son père… de toute façon, que lui aurait-elle appris ? Et puis, il n'avait pas envie d'entendre tout ce qui fait mal, aussi bien à celui qui raconte qu'à celui qui écoute. Il n'avait pas davantage envie de la forcer à lui faire part des réflexions suscitées par son absence aux obsèques.

Après avoir décroché le trousseau de clés de la voiture, il annonça qu'il allait chez le notaire.

Le logis auquel était incorporée l'étude était tel qu'il l'avait toujours connu. Flanqué de ses deux échauguettes, il se donnait des airs Renaissance. Racheté par le premier des Bariot notaire à un descendant ruiné d'une vieille lignée de marquis de Borsac, il avait conservé son aspect d'origine. L'entrée de l'étude était reléguée sur la gauche de la façade. Un panonceau au-dessus d'une porte vitrée indiquait le bureau des clercs.

Une clochette dénonça l'ouverture de la porte. Il comprit pourquoi il était mentionné « Entrez sans frapper ». Si extérieurement l'étude ne s'était pas transformée, il fallait reconnaître que le bureau du secrétariat s'était considérablement agrandi et modernisé. Il est vrai qu'Antoine n'était pas venu là depuis le décès de sa mère, et cela remontait à plus de vingt ans… Me André Bariot, le père de celui qui allait le recevoir, rédigeait encore les projets d'actes avec son stylo plume que sa secrétaire, une vieille fille toute sèche et toute triste, tapait sur une machine à écrire sous la surveillance d'un clerc aux allures craintives et compassées.

Une jeune clerc soigneusement maquillée et manucurée cessa de faire glisser la souris de son ordinateur pour l'accueillir avec un sourire convenu. Il expliqua après s'être présenté qu'il était venu voir Me Bariot, mais qu'il n'avait pas de rendez-vous précis. Le regard de la jeune femme quitta le visage d'Antoine, pour descendre sur sa chemise noire et son jean. Il sentit qu'elle hésitait à lui dire que, sans rendez-vous, vous comprenez…, que d'ailleurs Me Bariot était très occupé. Alors, il coupa court.

— Je vais m'installer dans l'un de ces fauteuils en attendant que Philippe en ait terminé avec son client.

L'effet fut immédiat. Pour désigner ainsi son patron par son prénom, ce M. Rozier est forcément de ses amis ou familiers. Elle décrocha son téléphone pour annoncer sa présence.

Un bruit de pas rapide dans le couloir, derrière le bureau de la clerc, précéda l'apparition du notaire. À peine de taille moyenne, bien rond dans sa chemise blanche nouée d'une cravate bleu marine, une couronne de cheveux autour d'un crâne luisant, Philippe Bariot, condisciple d'Antoine au lycée de Poitiers, s'avança, la main tendue.

— Mon cher Antoine, que je suis content de te voir !

Antoine se souvint que, dans le petit mot personnel qu'il avait ajouté à sa lettre, le notaire avait employé le

« vous ». Un oubli sans doute, ou bien une formulation toute faite à l'intention des clients de l'étude.

— Viens dans mon bureau. Maud, voulez-vous sortir le dossier Rozier. Dites que je n'y suis pour personne. C'est bien normal, Antoine. Cependant, tu aurais dû me prévenir, nous aurions mangé ensemble au Commerce.

Si le notaire s'était mis au diapason des techniques modernes de communication dans le bureau des clercs, le sien avait gardé les dispositions et les meubles cirés de son père et de son grand-père. Il surprit le regard d'Antoine quand celui-ci parcourut l'ensemble de la pièce, après avoir pris place dans l'un des profonds fauteuils en cuir réservés aux clients.

— Tu constates que rien n'a changé ici ? C'est mon côté conservateur.

Antoine fut tenté d'interrompre son ancien collègue de pension, tant celui-ci n'en finissait pas de se répandre en souvenirs, ressuscitant des faits et des personnages qu'il avait complètement oubliés. Enfin, il en vint au décès d'Ulysse Rozier.

— En tant que fils unique, tu te doutes que la succession n'est pas compliquée. Un point, cependant, nécessite ton assentiment. Il s'agit de la situation de ta belle-mère. Ton père lui a fait donation de la maison qu'elle occupe actuellement, ainsi que du jardin et du verger attenant. Il aurait pu se dispenser de ton accord, puisqu'il en était pleinement propriétaire, mais il a tenu à ce que tu acceptes, toi aussi, ce testament. Tu sais ce qu'il m'a répondu quand je lui ai dit que tu pourrais t'opposer à sa décision ? Il m'a répliqué sans hésiter : « Il sera d'accord. »

— Je suis d'accord.

— C'est toi qui vois.

— Tu as l'air de penser que j'ai tort. C'est le cas ?

— Non, non, mais seulement tu déprécies beaucoup la valeur de ta propriété. Et si sa fille se marie et habite cette maison, tu auras perdu de l'indépendance.

Antoine s'enfonça dans le silence. Son interlocuteur se mit à feuilleter l'acte que la jeune clerc venait de déposer sur son bureau. En sortant, elle adressa un sourire à Antoine qui la regardait s'éloigner sans lui cacher qu'il la trouvait à son goût.

— Mon vieux, la place est prise.

L'admiration de son client pour sa secrétaire n'avait pas échappé au notaire.

— Elle est mariée avec mon premier clerc qui n'est pas là aujourd'hui. Mais, dis-moi, tu as certainement fait la connaissance de Marie, la fille de ta belle-mère. Comment la trouves-tu ? Bel oiseau, n'est-ce pas ?

— C'est elle qui est venue me chercher à la gare. Je voudrais que tu me parles de la mort de mon père.

Le brusque changement de sujet de conversation ramena le notaire à la réalité et à une attitude de circonstance.

— Excuse-moi, vieux. Je n'oublie pas le drame qui te frappe. Pour moi, c'était une façon d'effacer ce que tu vis en ce moment.

Antoine eut soudain l'envie d'enfoncer Bariot dans le dossier de son siège, mais il se contint.

— Est-ce que tu faisais partie de la battue ?

— Non, nous étions en vacances à l'île de Ré. Je les ai interrompues en abandonnant ma femme là-bas. Je me devais d'assister aux obsèques de ton père. Mais Julien Robert, celui qui l'a découvert dans les maïs, m'a tout raconté. Tu le connais, il n'est pas le genre d'homme à inventer des détails. La battue était dirigée par les fédéraux et ton père en tant que président de la société de chasse. Les consignes étaient strictes, mais pas inhabituelles. Personne ne comprenait comment ton père avait pu être atteint alors que l'on ne devait pas tirer devant soi et à l'aveugle. Quand les gendarmes sont arrivés, ils ont confisqué toutes les armes. Deux chasseurs utilisaient des Remington. Ces carabines portent très loin. Les autres fusils étaient du modèle que l'on utilise normalement pour la chasse chez nous. Mais, ce jour-là, tous étaient du même calibre : du douze. S'il y avait eu du seize ou du vingt, déjà, on aurait pu éliminer des tireurs de la liste des suspects. Car, bien entendu, tout le monde jurait avoir tiré dans les conditions requises. Pire, tous les chasseurs avaient vidé leur arme sur les sangliers, tant ils étaient nombreux à surgir du champ. Tout le monde avait tiré. Après l'autopsie, pratiquée dans le local des pompiers par le légiste, on a su que la balle qui avait tué ton père provenait d'un calibre douze ; ce qui innocentait les deux possesseurs des Remington. Julien Robert m'a dit que tous ceux qui étaient présents se regardent en chiens de faïence depuis le jour de la battue. Aucun ne veut reconnaître qu'il a enfreint les consignes. Ton père était quelqu'un de très estimé dans le pays, et ils sont nombreux à en vouloir à l'inconscient qui a pu le tuer, même accidentellement.

Antoine avait suivi avec attention le récit du notaire. Il semblait ne pas avoir remarqué que celui-ci s'était interrompu. Il revivait la scène. Il connaissait tous ceux présents le jour du drame. Les quelques chasseurs venus des environs, si on lui disait leur nom, il serait capable de mettre dessus un visage. Il y en avait deux, cependant, qui l'obsédaient : les Rondeau père et fils.

— Quel âge a le père Rondeau ?

— Il aura quatre-vingt-quatre ans cette année.

— Et il chasse encore ?

— Bien sûr qu'il chasse encore. Il va même en Sologne, près de Salbris. Il s'y rend en compagnie de son fils Henri, parce qu'il ne conduit plus sur de longues distances. Ses deux garçons ont d'ailleurs pensé à rendre sa voiture inutilisable afin qu'il ne s'en serve plus, car il a eu deux accidents graves… Bon, je sais bien qu'entre vous ce n'est pas le grand amour, et la façon dont ton père parlait de lui ne m'a jamais échappé. Mais je ne les imagine pas capables d'avoir perdu leur sang-froid. Ce sont des chasseurs expérimentés.

Antoine en avait appris suffisamment. Du moins sur la battue. Il se rendrait à la gendarmerie pour en savoir davantage sur les progrès de l'enquête.

— Ça va avec ta belle-mère ?

La question de Philippe Bariot le prit au dépourvu. Il perçut le sourire à peine voilé et le regard interrogateur. À quelle sorte de réponse s'attendait le notaire ? Pourtant, en ne souhaitant pas modifier les dispositions prises par son père en faveur de sa veuve, il lui semblait avoir montré qu'il n'était pas hostile à cette femme.

— Je la connais peu, mais j'ai pu voir combien elle a su respecter la maison de la famille et la sincérité de ses sentiments pour mon père. J'ai beaucoup d'estime pour elle. Pourquoi tu me demandes ça ?

— Oh, pour rien de précis. Seulement, l'expérience m'a montré que, très souvent, dans des cas semblables, l'atmosphère s'assombrit. Cela dit, je dois reconnaître que ta belle-mère est une femme bien.

— Puisque tu me parles d'elle, tu peux me dire son âge ?

Le notaire rouvrit l'acte qu'il avait fermé tandis qu'il racontait l'épisode de la battue.

— Soixante-deux ans. Elle est encore jeune et plutôt belle femme.

Antoine s'attendait presque à ce qu'il lui dise qu'elle pouvait encore refaire sa vie et par conséquent qu'il lui reparle de la donation dont elle bénéficiait. Il se leva.

— Tu pourras m'appeler si tu as besoin que je signe quelque chose. Je suis là pour quelque temps. Combien, je ne sais pas trop, j'ai un reliquat de congés suffisant pour me permettre de rester et de voir venir.

Lorsqu'il retraversa l'étude avec le notaire, la jeune clerc n'était pas à son bureau. Philippe Bariot raccompagna Antoine jusqu'à la porte du jardin. Apercevant la Mercedes, il s'avança jusqu'à la voiture.

— Je vois que tu as pris la voiture de ton père. Elle est magnifique. C'est un modèle qu'ils ne font plus, maintenant il est très recherché. Si tu veux t'en débarrasser, tu m'en parles.

Ils se serrèrent la main avant de se séparer. Antoine ne démarra pas tout de suite. Assis à son volant, il regardait la façade du logis. Tout à l'heure, préoccupé par ce que le notaire avait à lui communiquer, il n'avait pas pris le temps de la détailler. Sous ses aspects de faux ancien, l'ensemble avait belle allure. Dans le pays, on l'appelait le château. Au moment où il allait enclencher le contact, une petite Ford se rangea à côté de sa voiture et la jeune clerc en descendit. Elle tenait un paquet de courrier.

— Je reviens de la poste.

Se penchant à sa hauteur, elle lui parlait par la vitre baissée.

— J'ai bien connu votre père, qui était un homme charmant. Sa mort m'a fait beaucoup de peine. Je pense que Me Bariot vous a raconté…

Une intuition comme il lui en était venu parfois lorsqu'il s'était trouvé en face de gens qui avaient l'air d'être au courant d'éléments ou de vices cachés. Il avait su deviner en eux le désir de lui apprendre ce qu'il n'aurait pas dû ignorer.

— Peut-être ne m'a-t-il pas tout dit. Vous avez certainement entendu beaucoup de versions de l'accident.

— Oui, en effet. Même celle qui avait commencé à se répandre et que l'on a immédiatement démentie. Il y en a qui ont prétendu que ce n'était pas un accident, que ça tombait bien à cause de révélations qu'Ulysse Rozier allait faire.

Un courant glacé descendit entre les omoplates d'Antoine.

— Mademoiselle !

Philippe Bariot avait reparu sur le seuil de l'étude et les observait. Comme prise en faute, la jeune femme sursauta avant de s'éloigner très vite en bredouillant de rapides excuses. Antoine manœuvra pour faire demi-tour. Dans son rétroviseur, il put voir Me Bariot qui semblait morigéner son employée. Troublé par ce qui venait de se passer, il pensa que ce serait bien qu'il puisse reparler avec la clerc du notaire.

4

L'entrée du cimetière de Borsac était au cœur du village. On y accédait par la rue principale. Une façon d'honorer les morts, de ne pas avoir l'air de se débarrasser d'eux en les enterrant à l'écart de l'agglomération, de leur permettre de continuer à séjourner près des leurs. Lors des inhumations, si la volonté du défunt avait été de passer par l'église, la procession qui suivait la cérémonie bloquait la circulation, et les nombreux véhicules empruntant la route départementale qui traversait la commune devaient attendre patiemment que le cortège ait fini de défiler. En sortant de chez le notaire, Antoine se dirigea vers le cimetière. Il rangea sa voiture dans l'impasse donnant sur l'entrée. Les lieux avaient peu changé. À part quelques caveaux en marbre aux dimensions prétentieuses, l'endroit avait conservé l'aspect qu'il avait toujours connu. Des alignements de pierres tombales et de stèles portant des noms et des dates gravés rassemblaient le passé et l'histoire du village. Parfois, une photographie donnait un visage à celui ou celle qui était inhumé là.

Les Rozier auraient pu s'offrir un caveau. Mais les hommes avaient toujours jugé qu'un simple carré recouvert de gravillons était suffisant pour un après dont on ignorait tout.

Lorsqu'il séjournait à Borsac pendant les vacances scolaires, il lui arrivait d'accompagner sa mère au cimetière. Mathilde, qui était pieuse, venait régulièrement parler à ses morts. En remplaçant les fleurs fanées par celles du bouquet qu'elle avait apporté, elle se mettait à soliloquer. Enfant, il l'écoutait, impressionné. Adolescent, il trouvait ce comportement ridicule et jetait un œil aux alentours de crainte que quelqu'un pût observer le manège de sa mère. Le jour où Mathilde rejoignit ses chers défunts, il se demanda, alors que son cercueil descendait dans la terre, s'il y aurait, un jour, une femme pour venir se recueillir sur sa tombe. Il ne songeait pas à se marier et il n'imaginait pas à cet instant que son père puisse prendre une seconde épouse.

La tombe d'Ulysse était encore recouverte des gerbes déposées le jour de l'enterrement. Le soleil et les rares averses avaient terni leurs couleurs. Des plaques commémoratives offertes par des associations témoignaient de la reconnaissance de ses amis. Laure avait attendu son retour pour mettre de l'ordre dans ce fatras. Lorsqu'il lui avait dit qu'il se rendait chez le notaire et qu'au retour il s'arrêterait au cimetière, elle l'avait averti : « Je n'ai rien voulu enlever, c'est resté comme le jour de l'enterrement. Je souhaitais que vous voyiez toutes les fleurs qu'il a eues. »

Il était saisi d'amertume, un regret mêlé de remords. Il avait oublié de parler davantage avec ce père qui aurait tant aimé le voir installé à Borsac, dans leur propriété, continuer l'œuvre des anciens. Il n'avait jamais pris le temps de l'écouter lorsqu'il commençait à lui raconter le passé. Des conversations qui restaient en suspens au profit d'une actualité souvent inintéressante.

Le bref échange qu'il avait eu tout à l'heure avec la clerc de l'étude lui revint. Ce qu'elle lui avait rapporté :

« On a même dit que ce n'était pas un accident… », et les paroles sibyllines : « révélations… cela en arrangerait certains… ». Il aurait dû accorder plus d'attention au propos, en même temps, il repensait à l'attitude de Bariot. En y réfléchissant, il reconstituait la scène. Il avait parfaitement vu le notaire entrer dans l'étude et refermer la porte. Pourquoi était-il ressorti pour appeler son employée ? Parce qu'il s'impatientait et qu'il avait besoin d'elle ? Possible. Mais cela ne justifiait pas le comportement courroucé qu'il lui avait semblé deviner. Il était à moins de vingt mètres. À cette distance, on distingue parfaitement l'expression des visages. Bariot était contrarié d'avoir vu celle qu'il avait appelée Maud en train de parler à Antoine.

— Bonjour, monsieur Rozier.

L'homme se tenait devant une tombe ombragée par deux ifs. Il était accompagné d'une petite silhouette en blouse noire. En arrivant, il n'avait aperçu personne. Mais il était possible que l'ombrage des deux arbres les ait dissimulés. D'autre part, il n'avait pas particulièrement observé l'environnement de la sépulture de ses parents. Il s'avança vers eux pour les saluer. Il devait contourner plusieurs tombes et cela lui donna le temps d'essayer de mettre un nom sur ces visages qui l'avaient reconnu. Lui, avait dû être un grand gaillard. Maintenant, il s'appuyait sur une canne. Sous le béret, la barbe laissait apparaître le rouge sanguin du visage. Ses vêtements, une veste et un pantalon bleus, faisaient penser à ces vieux artisans qui ont conservé leur costume de menuisier ou de maçon. Il était de ceux qui n'ont jamais porté de jean, comme les plus jeunes. Elle, le regardait s'approcher, toute menue, un bouquet de roses à la main, un visage tout mince avec des cheveux tirés en arrière et terminés par un chignon.

Antoine leur tendit la main en souriant chaleureusement car il ne voulait pas les décevoir : ils l'avaient reconnu et pas lui…

— Autrefois, tu m'embrassais.

Aussitôt, il la prit dans ses bras. Il aurait pu la soulever tant elle était légère.

— Tu te souviens pas quand je te disais : « Fais attention, tu vas me casser » ?

— Marguerite ! Henri !

Tourné vers celui qu'il venait d'appeler Henri, Antoine conservait Marguerite Rousset contre lui.

— Excusez-moi, avec le soleil et l'ombre, je ne vous avais pas reconnus.

— T'excuse pas, mon gars. C'est nous qui avons beaucoup vieilli. Et puis, tout à l'heure, si je t'ai appelé monsieur Rozier, c'est que je me suis assuré une porte de sortie. Sans mes lunettes, je pouvais me tromper. J'ai su que j'avais mis dans le mille quand tu es venu vers nous. La patronne voulait pas que je t'appelle de si loin. « Henri, c'est peut-être pas lui ! » qu'elle me disait.

Henri et Marguerite Rousset, les anciens métayers des Rozier, se tenaient devant lui avec une bouffée tumultueuse de souvenirs.

Lorsqu'ils avaient fini par prendre leur retraite, que d'ailleurs ils refusaient au prétexte qu'ils allaient « laisser M. Ulysse dans la peine, son fils voulant pas faire le paysan », ils s'étaient retirés dans une petite maison achetée à force d'économies, dans le vieux quartier de Borsac, au-dessus de l'ancien lavoir. Il se souvenait que son père s'était porté garant auprès du Crédit agricole quand ils avaient emprunté pour la rendre habitable.

— C'est un bien grand malheur. Cette mort de M. Ulysse.

Marguerite était pleine de chagrin et il était bouleversé.

— Ne parle donc pas comme ça à Antoine. Il a assez de peine, faut pas en rajouter.

— Je suis arrivé seulement hier. Je ne pouvais pas être là pour l'enterrement. J'ai appris la nouvelle bien après l'accident. J'étais sur un chantier en pleine forêt amazonienne.

Il s'interrompit parce qu'il se rendait compte qu'il avait l'air de se trouver des excuses. Il regarda la plaque accrochée sur la dalle de béton à leurs pieds. Elle mentionnait leurs noms et prénoms. Ce fut Henri qui expliqua.

— Tu vois là, c'est nous. On n'est pas encore dedans et on n'a pas trop envie d'y aller. Mais comme on n'a pas d'enfants, on a pensé qu'il serait mieux qu'on fasse faire quelque chose à notre guise. Les pompes funèbres nous ont creusé nos deux places. Une fosse murée comme ça se fait maintenant. Il n'y aura plus qu'à nous y mettre. Ce qu'on sait pas, c'est celui de nous deux qui sera dessous ou dessus.

Là-dessus il partit de rire et Marguerite haussa les épaules en levant les yeux au ciel.

— Si tu te demandes pourquoi alors on est là, c'est qu'on a juste fait un crochet. Marguerite allait déposer des fleurs sur la tombe de nos parents.

Une ombre passa soudain sur le visage rougeaud et barbu. Henri parlait de ses parents et Antoine était sûr qu'il venait de penser à Guy, son frère aîné. Le drame des vieux Rousset. Une histoire que son père évoquait souvent, parce qu'il l'avait vécue en 1944. Les Rousset étaient communistes et ne s'en cachaient pas. Guy, pour échapper au STO, avait rejoint le maquis. Mais il avait commis l'imprudence de rendre visite à ses parents. Sa présence à Borsac avait été dénoncée, du moins c'était le bruit qui avait couru après que les Allemands l'eurent arrêté. Guy n'était jamais revenu du camp de concentration où il avait été envoyé. Son nom figurait maintenant sur le monument aux morts.

— Et puis, on voulait pas prendre la place de Guy, elle était comme réservée à côté des parents. Ils l'ont toujours attendu.

— Arrête de parler de ça, supplia Marguerite.

Henri obéit docilement, tandis qu'Antoine se sentait gauche. Alors, lui adressant un sourire affectueusement triste, la petite bonne femme lui demanda s'il viendrait leur faire une visite. Juste un moment, devant un verre de pineau.

Il les regarda s'éloigner, lui un peu tassé par l'âge et elle, bien droite dans la blouse noire sortie de l'armoire pour se rendre au cimetière.

5

Laure releva la tête, lorsque Antoine poussa la porte du jardinet. Elle s'était assise à sa place habituelle sous la véranda qui protégeait l'entrée de la cuisine. Elle avait repris son tricot, un pull-over pour Marie. La veille au soir, elle avait perçu l'étonnement d'Antoine :

— L'intérieur de la maison est sombre avec ses petites ouvertures. Ici, on profite de la lumière du jour tout en étant à l'abri des intempéries.

Il avait imaginé son père en train de lire son journal confortablement installé dans le large fauteuil en châtaignier et, à ses côtés, cette épouse en train de tricoter ou de trier des haricots. Un spectacle impensable au temps de Mathilde, dans la demeure des Rozier. En prenant une autre femme, Ulysse avait changé de vie. Une certitude : Laure ne lui avait pas imposé un tel changement. Il lui convenait parfaitement. Il n'avait jamais dissimulé son goût pour la vie de paysan, à la différence de son père et de son grand-père qui s'étaient toujours comportés en petits hobereaux. Sympathiques et sociables certes, mais tout de même enfermés dans un esprit de caste. Les idées socialistes d'Ulysse avaient dû les heurter souvent.

Antoine ne gardait aucun souvenir précis de cette époque. Il n'était encore qu'un enfant quand son grand-père était mort. Pourtant, il connaissait tout de ce personnage et de ceux qui l'avaient précédé. Célébrés comme des patriarches et des héros pendant les repas de famille, ils ressuscitaient au cours d'anecdotes exagérées par la bonne chère et les bons vins. Dans son esprit d'adolescent, il pensait que son père était vraiment différent.

Mathilde Cordier, issue d'une des « bonnes familles » de la région, avait été parfaitement agréée par les Rozier, qui avaient vu dans leur future bru un frein aux mauvaises tendances politiques de leur héritier.

Laure avait des attitudes et un comportement de femme de la campagne, mais elle était encore assez jolie et surtout intelligente. Il n'était pas surprenant qu'Ulysse soit tombé amoureux d'elle quand il l'avait rencontrée.

— Je vous ai fait attendre !

— Pas du tout. Marie n'est pas arrivée et elle déjeune avec nous. Vous pouvez prendre le fauteuil de votre père. *La Charente libre* est encore dans son emballage. Il tenait à cet abonnement.

Elle ajouta presque aussitôt :

— Vous préférez peut-être regarder la télévision ? C'est l'heure des informations régionales.

— Non, la télévision ne m'intéresse pas.

Il aurait aimé lui dire combien il préférait s'installer dans le large fauteuil, sentir le contact du bois sous ses fesses, prendre le journal et déchirer le film de l'enveloppe et qu'il était bien.

Le film résista. Ulysse avait forcément son canif sur lui, pensa-t-il. Il plongeait la main dans sa poche. Elle ressortait avec le Nontron à virole. Oui, c'est ainsi qu'il devait s'y prendre.

— Vous avez vu Me Bariot ?

Elle avait gardé les yeux sur son tricot pour lui poser la question. Sans doute voulait-elle savoir s'il lui avait fait part de l'acte de donation de la maison.

— Mon père a très bien agi en vous donnant cette maison et son terrain. J'en suis très heureux pour vous.

— Vous savez, je ne voulais pas qu'il le fasse sans vous en parler.

Antoine se demanda comment il aurait réagi si son père lui avait fait part de son projet à l'époque où il reprochait, sans oser le formuler, à cette seconde épouse d'avoir pris la place de sa mère. Il voulut qu'elle entende ce qu'il pensait aujourd'hui.

— J'aurais été d'accord.

Les mêmes paroles prononcées chez le notaire. Il replia le journal sans l'avoir lu.

— J'ai fait la connaissance d'une employée de l'étude. Maud. Vous la connaissez ?

— Elle habite aux Groges, un hameau de Borsac. Elle est mariée avec le premier clerc, Bruno Thomas. Ils sont gentils tous les deux. Me Bariot a de la chance de les avoir. Elle est allée au collège avec Marie. Quand j'élevais des poulets, ils venaient ici m'en acheter. Lui est plus âgé qu'elle.

Tout en parlant, elle regardait son ouvrage. Il se demanda quel sens il devait donner à ce dernier commentaire. Allait-il lui dire la brève conversation qu'il avait eue avec Maud Thomas ? Il y avait cette phrase qui revenait depuis sa visite au cimetière et sa rencontre avec les Rousset : « Ce n'était peut-être pas un accident. » Évidemment, Maud l'avait mentionnée comme étant une rumeur. Pourquoi le notaire avait-il paru si mécontent qu'elle se soit arrêtée pour parler avec lui ?

— On s'est parlé, finit par dire Antoine. Je sortais de l'étude. Elle revenait de chercher le courrier. On n'a pas causé très longtemps, mais elle a eu le temps de me laisser entendre qu'une rumeur circulait. Un ragot, peut-être. Certains auraient l'air de penser que la mort de mon père n'était peut-être pas accidentelle.

Laure posa son tricot. Elle le fixa intensément.

— Moi aussi, j'ai entendu. Des gens qui auraient mieux fait de se taire. Il y a eu une enquête. Et puis, qui aurait bien pu en vouloir assez à votre père pour le tuer ?

Une voiture se fit entendre. C'était Marie. Elle s'avança en les regardant l'un et l'autre. Elle portait une robe vert pomme et sa coiffure était légèrement défaite. Antoine ne regretta pas de déjeuner en sa compagnie.

Marie repartit aussitôt le repas achevé. Elle devait porter des prises de sang au laboratoire. Laure s'installa devant la télévision tandis que Antoine s'éclipsa en direction de sa maison. Cet après-midi, il avait hâte de se retrouver chez lui.

Marie repensa à la conversation du déjeuner. À plusieurs reprises, Antoine avait évoqué son échange avec Maud Thomas. Ce n'était pas une cancanière. Elle la connaissait bien. Lorsqu'elles étaient au collège, elles étaient toujours fourrées ensemble. Les garçons, qui recherchaient leur compagnie, les appelaient la brune et la blonde. Par la suite, elles se virent moins souvent à cause de leur orientation scolaire. Lorsque Maud avait épousé le clerc de Me Bariot qui l'avait recrutée à sa sortie de la faculté de droit, Marie n'avait pas bien compris le choix de son amie. Bruno Thomas était ce qu'il convenait d'appeler un « vieux garçon », au demeurant peu séduisant. Maud avait jusque-là mené, tout comme elle, une vie de célibataire assez libre. Marie fut témoin à leur mariage. Quand le ménage vint habiter le logis des Groges, un petit château qu'une vedette du cinéma de Renoir avait acquis sur un coup de cœur et grâce à une fortune passagère, pour l'abandonner au lierre et aux choucas quelques années plus tard, elle y fut fréquemment invitée.

Maud ne lui avait pas parlé de cette histoire au sujet de l'accident de son beau-père, et elle en était contrariée. Pourquoi l'avoir fait avec Antoine ? Pour se rendre intéressante auprès de cet homme qu'elle ne connaissait pas ? Maud en était bien capable. Ce soir, si son emploi du temps le permettait, elle ferait un détour par les Groges. Son amie serait, en principe, revenue chez elle.

Le jardin de Mathilde vivait toujours. Les parterres, la terre retenue par de la rocaille, se dessinaient en ronds de différentes tailles. Des allées étroites et gravillonnées les entouraient. Lorsque l'espace manquait, ils devenaient des quartiers de lune ou d'étroites plates-bandes. Aucun de ces parterres n'était à l'abandon. L'été touchant à sa fin, ils avaient perdu les tons bigarrés d'avril à juillet. Antoine s'arrêta devant la tonnelle recouverte d'une vigne vierge. Celle-là même sous laquelle il aimait se tenir pour lire quand il séjournait à Borsac. Le tronc et les sarments avaient vieilli et pris quelques grosseurs, mais l'ensemble était toujours aussi vert et impénétrable. Il s'avança jusqu'à l'entrée. Sous les arceaux de soutènement, la table en pierre était toujours là. Il se pencha. Elle aurait dû être recouverte de la mousse qui prend la place de l'homme quand celui-ci s'absente trop longtemps, mais elle était lisse et propre. À mieux y regarder, on distinguait des traces, les rayures d'un instrument métallique. La table avait été grattée et nettoyée. Ulysse ? Laure ?

Les fenêtres et les volets de la maison étaient ouverts. Ce matin, en partant, il les avait laissés fermés. Qui d'autre que Laure avait pu venir ? Elle ne lui avait rien dit tout à l'heure. Les draps de housse avaient également disparu et la maison revivait.

La femme de son père suivait à la lettre ce qu'il souhaitait pour ce fils si lointain et pourtant si indifférent en apparence.

Le téléphone était toujours au même endroit, posé sur un confiturier dans le couloir de l'entrée. Dans le tiroir, un annuaire de l'année. Dans une maison inoccupée, c'était plutôt étonnant. Il souleva le combiné et entendit la tonalité. Tout était comme si la maison n'avait pas cessé de vivre. Il remit le téléphone sur son socle pour feuilleter l'annuaire. Une impulsion soudaine à cause de la phrase de Maud Thomas, qui continuait à l'obséder. La musique d'attente de la gendarmerie retentit dans l'écouteur, puis une voix féminine lui dit qu'il était bien à la brigade et qu'on l'écoutait. Antoine avait agi si vite qu'il ne s'était pas préparé à expliquer sa démarche. Enfin, il réussit à se présenter et à expliquer qu'il souhaitait avoir un entretien au sujet des circonstances de la mort de son père. Il dut répéter la même chose au chef de la brigade que la standardiste lui avait passé. Il obtint difficilement d'être reçu le lendemain après beaucoup d'hésitations de la part du gendarme. Celui-ci insista sur les conclusions de l'enquête : c'était un accident.

Antoine fut soudainement libéré de l'emprise obsessionnelle de la petite phrase : « Ce n'était peut-être pas un accident »…

Laure n'avait pas ouvert les fenêtres de l'étage. Il escalada le large escalier. Cette nuit, il avait dormi au rez-de-chaussée dans la chambre qu'elle lui avait préparée. Celle qu'il aimait, à côté du bureau que tous les Rozier avaient occupé pour s'isoler du reste de la maisonnée quand ils avaient à parler affaires avec ceux qu'ils recevaient. Une petite porte donnait directement sur le passage permettant d'accéder au jardin et au reste du logis. Ceux qui entraient par là étaient des marchands, des cultivateurs, des représentants de commerce et Ulysse, à l'image de ses père et grand-père, avait toujours considéré, malgré ses idées socialistes, que ces gens, ne faisant pas partie de son cercle d'amis, n'avaient pas à se présenter à l'entrée de l'habitation. Il utilisait la petite chambre chaque fois qu'il devait partir tôt ou rentrer tard afin de ne pas déranger Mathilde. Lorsque Antoine manifesta le désir de l'occuper quand il viendrait en vacances, son père la lui abandonna volontiers.

À l'étage, un corridor desservait les chambres, les toilettes et la salle de bains. Le long couloir un peu sombre, éclairé par une seule fenêtre, avait gardé cette empreinte de mystère qui l'effrayait dans son enfance, lorsqu'on l'avait laissé seul pour dormir, sous prétexte que, ce soir-là, les grandes personnes allaient se coucher tard.

Les deux servantes avaient leur galetas dans l'autre aile de la maison. Deux chambrettes aménagées dans un grenier où l'on remisait les meubles obsolètes et des malles contenant des objets ou du linge dont on refusait de se débarrasser au cas où… Ce « cas où », sujet de plaisanterie pour Ulysse, contrariait Mathilde, très conservatrice et toujours inquiète des incertitudes de l'avenir. Alors que son époux bradait ou jetait facilement tout ce qui était devenu inutile ou inutilisable.

Les deux bonnes se retiraient, elles aussi, après avoir débarrassé la table et fait la vaisselle. Les deux ailes communiquaient par l'étage, et un autre souvenir assaillit Antoine. Il n'était plus un enfant mais un adolescent tourmenté par la puberté. À cette époque, Mathilde avait engagé, pour le service de la maison, une jeune domestique afin de seconder l'immuable Georgette, la vieille servante attachée au foyer par la laisse invisible de la reconnaissance et ce sentiment fort et aveugle d'être « de la famille » dont s'imprégnaient les vieux serviteurs d'autrefois.

Dans l'éveil de sa libido, il fut sensible aux appas de cette fille rondelette et enjouée. Tous les prétextes étaient bons pour se tenir non loin d'elle et guetter ce qu'elle laissait entrevoir à travers sa blouse mal boutonnée ou lorsqu'elle s'asseyait sans joindre les genoux. Une position que Mathilde lui faisait rectifier sur un ton peu amène dès qu'elle s'en apercevait. Cette maîtresse de maison exigeante sur la tenue et la morale devait se rendre compte que sa servante, nettement plus âgée que son fils, perturbait celui-ci. Un soir, il s'était introduit dans le grenier et, tandis que la vieille Georgette ronflait comme un sonneur, il s'était faufilé chez la jeune servante. Rose – c'était son nom – n'avait ni crié ni ameuté personne. Il avait eu toutes les maladresses et la hâte d'un jeune puceau et elle le plaisir de lui faire goûter ce qu'elle connaissait déjà. Ses amours ancillaires s'étaient arrêtées avec la fin des vacances, quand il avait dû rejoindre la pension, et à son retour Rose était partie vers une autre destinée.

Antoine ouvrit toutes les fenêtres et les volets des chambres. La lumière inonda les tapisseries. Fleurs roses pour la chambre rose, fleurs bleues pour la chambre bleue, dominante de jaune pour la chambre jaune, fleurs mauves pour la chambre mauve. C'était par la couleur que Mathilde désignait les chambres aux invités ou aux membres de la famille qui restaient dormir à Borsac. L'étage ainsi livré à la lumière, il redescendit. Le bureau ne donnait pas l'impression d'abandon des autres pièces. On y sentait une occupation récente, l'imprégnation d'une présence. Il avait trop vu, au cours de ses déplacements, des lieux que l'on croyait déserts et qui recelaient une trace humaine. Des hommes avaient fui à l'approche d'autres qui survenaient avec leurs machines. Il avait découvert cela récemment en Amazonie. Le bureau avait une odeur, pas une odeur de renfermé comme les autres pièces, ce qui laissait à penser qu'il n'avait pas été abandonné. Alors Antoine songea à Ulysse. Il en parlerait à Laure. Il ouvrit les deux portes du buffet qui avait toujours servi de meuble de rangement pour les dossiers et les classeurs nécessaires au quotidien des familles : impôts, factures, assurances, banque, comptabilité. Sur une autre étagère : des classeurs. Ils concernaient les affaires qui n'avaient rien à voir avec les documents de la bibliothèque du salon. On y rangeait aussi les courriers qu'Ulysse tenait à conserver « au cas où ». À son tour, Mathilde se moquait de ces « au cas où ».

Antoine entendit la voix de son père : « De toute façon, Antoine, si le malheur voulait que tu restes assez longtemps sans revenir et que je ne sois plus là, tu sauras où trouver nos affaires. »

Son attention fut attirée par une pile de classeurs dont la présence contrastait avec tout le reste. Il se saisit du premier. Des lettres, apparemment des doubles, des brouillons, des correspondances récentes, l'écriture d'Ulysse. Pourquoi ces documents étaient-ils ici ? Il en parcourut quelques-uns. La plupart concernaient la commune de Borsac. Il avait oublié que son père était adjoint au maire. Il referma le classeur et ne prit pas la peine d'ouvrir les autres. Cela aussi, il faudrait qu'il en parle avec Laure. Apparemment, son père venait travailler dans son ancien bureau. Il savait pourquoi cette pièce ne respirait pas de la même manière que les autres. Ulysse devait entrer par la porte ouvrant sur l'allée au lieu de passer par le logis. Du logis, il avait fait un sanctuaire ! Il posa les dossiers sur le bureau. Il les ouvrirait plus tard, à moins qu'il ne les donne directement à Laure. Au fond, c'était plus sa vie que la sienne. En deux jours à peine, il avait beaucoup appris sur cette femme en l'observant. Et Marie ? Elle ne lui était pas indifférente. Mais il ignorait si elle n'avait pas un ami. Il serait bien étonnant qu'elle mène une vie solitaire en compagnie de sa mère. Tout était allé très vite. Ils avaient parlé de tout et de rien. Il ne connaissait rien de leur existence.

6

L'ancienne gendarmerie aux allures de caserne disparaissait derrière les cubes ocre des nouveaux bureaux et des appartements. Une grille bleue défendait l'entrée. Il eut du mal à trouver l'orifice de l'interphone. Le bruit de la rue couvrait la voix qui répondit à son appel. Après avoir décliné son identité et précisé qu'il avait rendez-vous, un déclic l'avertit que la porte était déverrouillée. Antoine pénétra dans un local exigu. Debout derrière un haut comptoir, une gendarmette l'attendait. À sa suite, il traversa un vaste bureau encombré de plusieurs tables sur lesquelles trônaient les indispensables ordinateurs pour la rédaction des procès-verbaux. Deux gendarmes occupés à des tâches administratives l'observèrent curieusement et répondirent à peine à son salut. Une porte de bureau s'ouvrit au fond de la pièce qui laissa apparaître un gendarme corpulent, visage sanguin et cheveux gris.

— Monsieur Rozier ? Entrez par ici.

D'une voix accordée à sa physionomie, le chef de la brigade ne lui donna pas le temps de répliquer. Il avait déjà disparu avant qu'il ne parvienne à la porte.

L'image de Bonneau, l'adjudant qui rendait fréquemment visite à Ulysse Rozier, adjoint au maire de Borsac, lui revint en mémoire. Figure joviale, tout en rondeurs dans son uniforme, un parler rocailleux qui ne l'empêchait pas de tonitruer quand il le fallait et de faire son métier de gendarme. Il acceptait volontiers le verre qu'on lui proposait, histoire de trinquer et d'avoir des nouvelles du canton. Être en bons termes avec le chef de la brigade était chose normale pour un élu local ou un notable.

Le chef, après avoir contourné son bureau, l'invita à prendre place sur l'unique chaise qui se trouvait en face de lui. Antoine ne fut nullement impressionné par cet accueil aussi peu chaleureux. Il savait que sa demande d'informations sur l'enquête ne serait pas accueillie favorablement. Il l'avait compris quand il avait été obligé de parlementer longuement.

— Avant toute chose, sachez, monsieur Rozier, que l'enquête que j'ai menée a conclu à un accident. Malheureux, certes. Votre père était quelqu'un de très estimé et l'événement a fait beaucoup de bruit. Mais les faits sont là.

Il fixait Antoine. Des yeux noirs sous des paupières à demi fermées. Un regard qui se dissimulait.

— Comme vous l'aurez appris, je n'ai pas pu être informé de l'événement quand il s'est produit. J'étais sur un chantier loin de tout, accessible seulement par une radio ou un téléphone parfois défaillants. La lettre du notaire ne donnait aucune précision particulière, et ce n'est qu'après mon arrivée que j'ai pu avoir des détails. Ceux que l'on a pu me rapporter. Il est donc normal que je veuille entendre de vous ce qui s'est réellement passé.

L'adjudant ouvrit un dossier posé sur son bureau. Il le feuilleta et parcourut attentivement quelques pages tout en restant silencieux.

— Je ne vais pas vous en faire la lecture, mais je veux bien vous en résumer tous les éléments sans omettre ceux qui peuvent être importants. La battue aux sangliers a été organisée à la demande de la société de chasse dont votre père était président. Il avait été saisi d'une plainte émanant de M. Rondeau, propriétaire et exploitant agricole à Borsac. Une horde de sangliers, apparemment fort nombreuse, saccageait son maïs. La chasse n'étant pas encore ouverte, il fallait une autorisation exceptionnelle, ce que la société a obtenu. Un lieutenant de louveterie était présent et c'est lui qui a dirigé les opérations. Les armes et les munitions ont été inspectées et la battue a pu commencer. Toutes les précautions d'usage ont été prises. Les chiens ne parvenant pas à faire sortir les sangliers de ce champ de plus de dix hectares, il a été décidé que des chasseurs y pénétreraient. Évidemment, personne ne devait tirer en direction du maïs. Mais, lorsque le troupeau a surgi en s'égaillant dans tous les sens et même en rebroussant chemin, effrayé par l'énorme fusillade, un chasseur a pu déroger aux ordres et tirer en direction du maïs. C'est forcément ce tir ou l'un de ces tirs qui a atteint votre père. Nous avons interrogé tout le monde. Personne n'a reconnu avoir tiré devant. Tous ont affirmé qu'ils avaient attendu que les bêtes aient franchi la ligne. Nous leur avons demandé comment ils expliquaient que des sangliers aient été retrouvés morts dans les rangs du maïs. Ils ont protesté violemment. N'importe quel chasseur savait qu'un sanglier blessé mortellement pouvait parcourir encore de grandes distances. Alors que certains, sous le coup des balles, soient retournés à l'abri, c'était possible. L'autopsie a révélé qu'il s'agit d'une balle de calibre douze, une Supervix de marque Gévelot, qui a atteint votre père à la tête. Les deux seuls chasseurs qui avaient des carabines Remington ont pu être mis hors de cause. Quant aux autres, ils étaient tous armés de fusils à deux coups de calibre douze et munis du même type de cartouches. La société fait ses achats par commande groupée. Conclusion, nous avions quatorze suspects possibles. Vous comprenez le dilemme si personne ne se dénonce.

L'adjudant s'interrompit, guettant la réaction d'Antoine. Celui-ci, qui avait suivi intensément le récit du gendarme, devait reconnaître qu'il s'était montré très précis dans sa concision. Il avait pu se représenter parfaitement le déroulement de la scène. Lui aussi avait chassé quand, étudiant, il avait tout le mois de septembre pour meubler ses loisirs. Avec son père, ils partaient au petit matin pour lever les cailles ou les perdrix dans les luzernes et les chaumes. Une ou deux fois, il avait participé à une battue. Il ne pouvait pas faire autrement : Ulysse le lui avait demandé. Il avait tout de suite détesté ce comportement sanguinaire des chasseurs qui traquent uniquement pour tuer. En écoutant le récit du gendarme, il voyait les visages tendus, les mains crispées sur les crosses, le doigt sur la détente. Oui, il était tout à fait plausible que l'un de ces hommes ait enfreint délibérément les consignes de prudence. Il fallait compter aussi avec la peur, qui n'était pas un élément négligeable. Un sanglier qui fonce sur vous, il faut une sacrée dose de sang-froid pour s'écarter et le laisser passer. Oui, faire feu sans attendre pour se protéger était une hypothèse vraisemblable.

— Je vous remercie pour tous ces renseignements.

Il avait voulu lui poser la question qui le hantait : « N'avez-vous pas pensé à un acte volontaire ? », mais il s'était abstenu.

— Est-ce que je pourrais connaître les noms des personnes présentes ce jour-là ?

Le gendarme fronça les sourcils. Manifestement, la demande l'agaçait.

— Même si j'accédais à votre requête, cela ne vous apporterait rien. Je vous assure que mon interrogatoire a été conduit sans que rien soit laissé au hasard et, franchement, ça m'étonnerait que l'un d'eux vous donne une autre version des faits ou vienne à se dénoncer tout à coup. Non, croyez-moi, monsieur Rozier, abandonnez toute recherche inutile. Il n'y a rien d'autre que ce que j'ai là dans ce dossier. Personne n'a voulu assassiner votre père. Celui qui l'a malheureusement atteint l'a atteint involontairement. Je vous ai dit qu'ils sont plusieurs à avoir pu faire feu en direction du maïs… À moins d'aveux, c'est un fait dont il faudra nous contenter.

En quittant la gendarmerie, Antoine regarda sa montre. Onze heures. Il avait le temps de s'arrêter chez les vieux Rousset, auxquels il avait promis de rendre visite dès qu'il le pourrait.

La maison de Marguerite et Henri Rousset se situait dans le vieux Borsac, un agglomérat de petites constructions épaulées les unes contre les autres, avec des impasses et des cours communes. Étagées au-dessus de l'ancien lavoir de la commune, elles avaient l'air de se soutenir pour ne pas y dégringoler. Elles s'étaient édifiées à proximité du seul point d'eau du village à une époque indéterminée. Puis, la commune s'était agrandie. À chaque fois que l'on creusait un puits à plus de trente mètres de profondeur, on trouvait l'eau. Aujourd'hui, cette richesse naturelle était négligée et même oubliée.

Antoine abandonna sa voiture dans la ruelle en veillant à laisser suffisamment de place pour que quelqu'un pût passer. Il aurait pu s'engager dans l'impasse qui conduisait à l'habitation des Rousset, mais il préférait se présenter chez eux comme il l'aurait fait s'il avait toujours résidé à Borsac. Une treille chargée de muscat couronnait l'entrée de la maisonnette. Il reconnut, sur le mur, les traces bleues de la bouillie qu'Henri utilisait pour défendre ses raisins de la maladie. Il revit Ulysse effectuant les mêmes gestes. Plusieurs fois dans la saison, il aspergeait la treille de chasselas courant autour des écuries.

Les Rousset avaient laissé la porte de leur cuisine ouverte. Leur courette donnait directement sur l'impasse exposée au soleil à cette heure de la journée. Henri lisait son journal posé sur la toile cirée de la grande table. Il tourna la tête, averti par l'ombre de la silhouette qui s'encadrait dans la porte, et regarda par-dessus ses lunettes celui qui arrivait.

— Entre, Antoine, tu déranges pas. Comme tu vois, je lisais ma feuille de chou. Si Marguerite n'y tenait pas autant à cause des avis d'obsèques, on serait pas abonnés. Avec la télévision, on en sait assez.

Henri s'était levé de sa chaise et s'avançait tout en parlant. Sans l'aide de sa canne, il se tenait un peu voûté et paraissait moins grand que dans le cimetière. Les deux hommes se serrèrent la main.

— Marguerite est dans le jardin. Elle va être contente de te voir. Elle va pas tarder. Elle est juste allée chercher un pied de salade pour midi. Tiens, quand je te disais. La voilà qui arrive.

Les deux hommes s'étaient déplacés près de la table et Marguerite, occupée à enlever les sabots en caoutchouc qu'elle chaussait pour aller dans son potager, n'aperçut Antoine qu'une fois dans la pièce. Son visage s'éclaira. Un sourire remplaça la tristesse qu'il affichait auparavant.

— Antoine ! Comme tu as bien fait de venir !

Il ne regrettait pas d'avoir laissé sa voiture dans la rue. La joie de cette femme l'émouvait beaucoup. Comme elle tenait la salade, elle voulut la déposer dans l'évier. Il ne lui en laissa pas le temps. La saisissant au passage, il se pencha vers elle et l'embrassa.

— Tu aurais dû nous avertir, j'aurais préparé quelque chose.

Il se souvenait de ce « quelque chose ». Il allait encore à l'école à Borsac. C'était le jeudi, jour du catéchisme. Mathilde l'obligeait à réciter par cœur les répons du livret à la suite des questions écrites en italique. Elle ne plaisantait pas sur les hésitations. Il détestait le catéchisme qui le privait de sa seule matinée hebdomadaire de vacances. Le dimanche, il devait servir la messe au curé. Comme Ulysse n'allait jamais à l'église, Antoine ne comprenait pas pourquoi son père ne prenait pas davantage sa défense. Alors, le jeudi après le catéchisme, il s'octroyait une récompense : un détour chez les métayers. « Je t'ai préparé quelque chose. » Elle ouvrait le battant du buffet pour en sortir une assiette de crêpes ou un bol de mousse au chocolat qu'elle posait sur la table. Elle demeurait debout près de lui, souriante et attendrie à le regarder manger. Il lui parlait de l'école, des copains et elle l'écoutait. Au déjeuner, Mathilde s'inquiétait parce qu'il n'avait pas faim. Il arrivait qu'Henri ou Ulysse surviennent pendant ces agapes. « Alors, qu'est-ce qu'il t'a raconté le curé ? » Marguerite les faisait taire en prenant un air courroucé et en les traitant de mécréants. Ils s'éloignaient en rigolant.

— Ma visite n'était pas prévue. Mais, vu l'heure qu'il était quand je suis sorti de la gendarmerie, j'ai pensé que je pouvais passer vous voir.

— Tu n'as pas d'ennuis au moins ?

— Non. Je voulais voir le chef pour qu'il m'en dise un peu plus sur ce qui est arrivé à mon père.

— Assieds-toi, Antoine. Qu'est-ce qu'on peut t'offrir à cette heure ? Un pineau ? C'est du nôtre.

Il se souvint des crêpes et de la mousse au chocolat, mais il n'osa pas le rappeler à Marguerite. Ils prirent place en face de lui. Henri très grand à côté d'elle toute petite.

— Alors, comme ça, t'es allé voir les cognes ?

Manifestement, Henri souhaitait qu'il leur parle de son entrevue. Antoine eut envie de sourire en l'entendant désigner les gendarmes par le qualificatif qu'il utilisait autrefois. Il leur résuma ce que le chef avait consenti à lui dévoiler. Ils écoutaient intensément et cela l'étonnait. De temps en temps, ils se regardaient d'une façon qui l'intriguait.

— Tu vois, Antoine, il n'en sortira rien de cette histoire. Classée comme la nôtre.

— Comme la vôtre ?

La réflexion d'Henri Rousset surprit Antoine.

— Ou plutôt celle de mon pauvre frère Guy. Il a été arrêté par la Gestapo, parce qu'il avait été dénoncé comme communiste. Et celui ou celle qui l'a dénoncé était forcément de Borsac. Jamais on n'a su et, après la guerre, ça a été étouffé. Y fallait soi-disant qu'on se raccommode.

— Tu devrais peut-être lui rapporter ce qu'Ulysse nous a raconté, il y a à peu près trois mois.

L'intervention de Marguerite sembla faire réfléchir Henri. Il fixa Antoine et son regard trahit toute l'hésitation qu'il avait à parler. Enfin, il se décida.

— Ça n'a sans doute aucun lien avec la mort de ton père, mais il vaut mieux que tu saches. De toute façon, tu devrais parler avec Laure de ce que je vais te dire. Elle doit être au courant. Voilà. Un soir Ulysse est passé à la maison. On n'a pas été étonnés, ça lui arrivait souvent. Il s'asseyait avec nous et on causait de tout. De ce qu'il y avait avant, de ce qu'il y a maintenant parce que les gens et le pays ont changé. Mais, ce soir-là, il n'était pas comme d'habitude. On a même pensé, parce qu'on s'est regardés, qu'il était malade ou bien qu'il avait des soucis. Ça se voyait à sa figure. Enfin, il a fini par nous dire, après nous avoir demandé de garder le secret, qu'il avait découvert dans les archives de la mairie quelque chose qui risquait de faire du bruit. Il a même parlé de dynamite. Pour le moment, il ne pouvait rien dire de plus, mais il le ferait dès que ça serait possible.

Henri se tut et observa Antoine. Se rendaient-ils compte de l'effet produit par son récit ? En l'écoutant parler, Antoine s'amusait de retrouver la façon très particulière du métayer de relater un événement. Le développement de l'histoire se faisait par mille détours, par de nombreux détails complètement inutiles, qui éloignaient du sujet pour y revenir enfin. Cependant, il frémit en entendant les dernières paroles. Elles semblaient par un côté conforter l'hypothèse selon laquelle l'accident survenu à Ulysse n'en était peut-être pas un. Il ne fallait pas que les Rousset s'aperçoivent de son trouble, aussi s'efforça-t-il de ne rien laisser paraître.

— J'essaierai de savoir de quoi mon père voulait parler. Sans doute un de ces secrets que l'on préfère taire pour éviter le scandale. Comme vous le dites, Henri, cela n'a aucun lien avec la mort de mon père, car alors cela signifierait qu'on a voulu le tuer...

Marguerite sembla devenir plus petite encore sous le poids de ces paroles. Antoine jeta un coup d'œil vers la comtoise qui allait sonner midi.

— Je mange avec Laure et je ne veux pas la faire attendre.

De crainte qu'il ne reparte déjà, Marguerite se leva précipitamment pour aller chercher des verres et la bouteille de pineau. Antoine suivit ses gestes. Elle avait trente ans de moins, était aussi menue, et cependant vive et presque pimpante dans la blouse à fleurs qu'elle revêtait dès qu'elle en avait fini avec les animaux et les travaux de la ferme. Le pineau dosé par Henri, avec le jus des raisins blancs qu'il fallait vendanger à part, se parait des mêmes reflets d'or.

Ils restèrent un moment silencieux. Enfin, Henri commença à l'interroger sur son travail. Une diversion dont il lui sut gré et qu'il entretint jusqu'au moment où il décida de partir en leur promettant de revenir. Il ne quitterait pas Borsac, de toute façon, sans leur dire au revoir.

7

Marie avait téléphoné à sa mère pour l'avertir de ne pas l'attendre pour le déjeuner. Ce fut, pour Antoine, l'occasion de parler avec Laure. Tout à l'heure, pendant qu'elle disposait les couverts, il avait regardé des photos dans un album posé sur un petit meuble de couture.

— Je peux?

Elle avait acquiescé avec un sourire triste. Elle aussi les regardait souvent, surtout depuis la mort d'Ulysse, ce qu'elle ne précisa pas. Toutes la représentaient en compagnie de son père, reflétant l'image d'un couple heureux. Sur certaines, il y avait Marie. Marie enfant, Marie adolescente, Marie jeune fille.

— En revenant de la gendarmerie, je me suis arrêté chez les Rousset. Évidemment, on a évoqué leur passé à l'époque où ils habitaient cette maison.

Elle l'écoutait, il la sentait attentive alors qu'elle continuait à désosser l'aile de poulet dans son assiette.

— Puis, nous avons parlé de mon père. Vous saviez qu'il leur rendait visite assez souvent?

— Bien sûr, Antoine. Moi aussi, je les aime bien. Mais, lorsque Ulysse allait chez eux, je ne l'accompagnais pas. Sauf une fois, mais leurs souvenirs n'étaient pas les miens. Pourtant, ils prenaient la peine de m'expliquer les gens et les événements dont ils parlaient, afin de ne pas me tenir à l'écart.

— Ils m'ont dit que, récemment, mon père leur avait parlé d'une chose importante qu'il avait découverte dans des papiers de la mairie. Apparemment un document concernant un fait grave. Vous êtes au courant ?

La question fut posée brusquement afin de la faire réagir, car il s'était aperçu de toute l'attention qu'elle lui portait. Elle ne put dissimuler son trouble. Les coudes sur la table, elle tenait un morceau de pain qu'elle oublia de rompre. Il sentit qu'elle allait parler.

— Je n'ai jamais aimé quand il remplaçait M. Naulet. On aurait dit que le hasard voulait que des choses importantes arrivent chaque fois que le maire était absent. De toute façon, à part les représentations et les banquets, vous savez bien que le maire se repose sur ses deux adjoints et, comme votre père était le premier, c'est sur lui que ça retombait. Alors, quand il est arrivé avec une grosse enveloppe sous le bras et cette figure qu'il faisait quand il y avait un problème dans la commune, j'ai tout de suite senti que ça ne tournait pas rond. S'il me parlait des affaires courantes, concernant les administrés il ne faisait part de rien. Il est allé chez vous. Vous avez dû vous apercevoir qu'il continuait à utiliser le bureau. Il ne voulait rien conserver d'officiel ici. Quand il est revenu, j'ai vu qu'il n'avait plus l'enveloppe, mais toujours son air préoccupé. Moi, je ne suis pas de ces femmes qui laissent les choses en suspens. Quand ça me tracasse, il faut que ça sorte. « Je ne peux rien te dire, c'est trop grave » : voilà, Antoine, ce que j'ai entendu quand je lui ai demandé ce qui n'allait pas. Puis, il a ajouté au bout d'un moment parce qu'il voyait bien que j'étais contrariée et que, de ce côté-là, votre père faisait tout pour que je sois contente : « Il ne faut pas m'en vouloir, mais moins tu en sauras, mieux ce sera. » Si je vous disais que, sur le coup, j'ai eu peur ?

— Et il ne vous a pas donné d'autres explications ?

— Non et, croyez-moi, je n'ai pas insisté.

Antoine pensa à l'enveloppe que son père avait ce jour-là en revenant de la mairie. Elle pouvait avoir un lien avec la ténébreuse découverte. Elle se trouvait dans le bureau, parmi les affaires personnelles qu'il s'était promis d'explorer. Maintenant, il n'avait qu'une hâte : aller fouiller dans les classeurs et les tiroirs du vieux buffet qui servait au rangement des papiers.

Ce matin, il n'avait pas repoussé le verrou de la porte donnant sur le passage. Il imagina Ulysse pénétrant là, avec sa précieuse enveloppe, et l'émotion l'étreignit. Son père avait refait sa vie avec Laure, cependant il conservait ce lien indéfectible avec son passé. Il avait beaucoup trop d'attentions et d'affection pour sa seconde épouse pour risquer de la blesser en lui avouant qu'il avait besoin de se retrouver régulièrement dans la demeure des Rozier.

Antoine ouvrit les deux portes du buffet et contempla les piles de dossiers et de classeurs. Il savait son père très ordonné. Il ne pouvait pas avoir mélangé ce qui concernait la mairie avec ce qui recelait l'historique de la famille. Les papiers et fascicules relatifs à la commune ne tenaient qu'une place restreinte sur une étagère. Ce serait donc facile de découvrir la fameuse enveloppe. Cependant, au premier coup d'œil, elle ne semblait pas s'y trouver. Laure avait parlé d'une grosse enveloppe. Si elle avait été là, elle aurait été visible. À moins que son contenu ne soit tout simplement rangé à l'intérieur de l'un des classeurs empilés soigneusement. Il ne lui restait plus qu'à tout répertorier.

À genoux sur le plancher, penché sur un tas de classeurs ouverts et des chemises étalées devant lui, absorbé par la lecture des feuillets qu'il découvrait, il n'entendit pas Marie, qui se tenait debout dans l'encadrement de la porte laissée ouverte.

— Tu mets de l'ordre dans les papiers ?

Il sursauta comme pris en faute, mais aussitôt, reconnaissant la voix et le ton ironique, il répondit sans se retourner.

— Viens plutôt m'aider.

Il se leva. Elle avait abandonné son jean pour une jupe qui découvrait ses jambes et son chemisier ne dissimulait aucune de ses formes. Quand ils s'embrassèrent, leurs bustes se touchèrent et elle n'eut aucun mouvement pour s'écarter. Il aima bien son odeur.

— Tu cherches quelque chose ?

— Oui. J'ai parlé avec ta mère, pendant le déjeuner. Elle m'a raconté qu'un jour mon père était revenu de la mairie avec une enveloppe. Il avait un air préoccupé. Peut-être davantage qu'à son habitude quand il avait un souci. Il ne lui avait pas fourni d'explication. Elle pense que c'était à cause du contenu de cette enveloppe qu'il s'est empressé de porter ici. C'est elle que je cherche.

— Tu penses que c'était aussi important que ça ?

— Il avait un air tellement mystérieux et grave que ta mère a eu peur. C'est ce qu'elle m'a dit, et je crois que, sans se l'avouer, elle imagine l'existence d'un terrible secret. Et moi, je ne suis pas loin de partager son avis.

Assis en tailleur sur le parquet, l'un en face de l'autre, ils s'étaient réparti les dossiers.

— Si au moins nous avions une idée de ce que nous cherchons.

Marie fit cette réflexion tout en parcourant les dernières feuilles dactylographiées à l'en-tête de diverses administrations. Elle avait presque achevé l'ensemble de ce qu'elle avait à lire. De son côté, Antoine refermait le dernier classeur. Il fallait bien convenir que tout ce qui était rassemblé dans ces archives ne comportait rien qui soit matière à scandale. Ulysse s'était contenté de garder des doubles dont il avait eu la responsabilité en tant qu'élu. La fameuse enveloppe et ce qu'elle renfermait ne se trouvaient pas dans le bureau.

— Il l'a peut-être cachée quelque part.

Marie avait vécu assez longtemps avec son beau-père pour savoir combien il était minutieux et prudent. Mais Antoine avait la certitude qu'Ulysse n'aurait pas utilisé une cachette susceptible d'être introuvable dans la grande demeure des Rozier.

— Non. Si mon père a cru qu'il pouvait lui arriver quelque chose, il n'a certainement pas enfoui cette enveloppe dans un endroit impossible à deviner. Il a sans doute agi autrement. D'une manière beaucoup plus simple.

Ils remirent tout en place et Antoine referma le buffet.

— Je n'ai jamais bien compris pourquoi ma mère n'a pas voulu habiter ici.

— Tu as entendu comme moi ce qu'elle a dit le jour de mon arrivée.

— Foutaise ! C'est plus profond que ça. Elle aurait voulu changer tous les meubles et la disposition des pièces, mais elle savait que ton père refuserait à cause de toi. Il répétait : « Je veux qu'Antoine retrouve sa maison comme il l'a quittée. » Il faut que tu saches que nous résidions dans une maison très simple, sans confort et dans un hameau isolé. Je me souviens de son regard émerveillé lors de notre installation ici. Mais vous, les hommes, vous ne pouvez pas comprendre combien c'est important pour une femme de se sentir bien dans des meubles et une décoration qu'elle a choisis. Cependant, rassure-toi, elle a été très heureuse lorsque ton père lui a dit qu'ils habiteraient dans la maison des métayers et qu'il la lui donnerait. À ce moment-là, c'est aussi à moi qu'elle a pensé.

— Tu veux que nous explorions les autres pièces ? On ne sait jamais... Tu pourrais avoir une idée que moi je ne suis pas capable d'avoir parce que je les connais trop bien.

Il fit cette proposition sans trop y croire, davantage pour demeurer en compagnie de Marie. L'attirance qu'il éprouvait pour elle n'était pas soudaine, elle datait des premiers instants de leur rencontre. Il émanait de la jeune femme une sensualité qu'il n'aurait su définir. Tout à l'heure, quand ils triaient les archives, assis l'un en face de l'autre, il avait suspendu ses gestes pour l'observer. Elle ne s'était aperçue de rien. Sa beauté était naturelle et sans artifices. Elle attirait le regard, suscitait le désir.

— Il y a un instant, tu paraissais croire que ton père n'avait pas choisi une cachette dans la maison. Tu as changé d'avis ?

Elle l'observait, un peu étonnée.

— Tu as raison, cela ne donnera rien.

Comment expliquer son impulsion soudaine ? Il avait fait cette proposition surprenante parce que, subitement, il aurait aimé tout lui expliquer, tout lui raconter de ce qu'avaient été son enfance et sa jeunesse ici. Pour chaque pièce, pour chaque meuble, pour chaque bibelot, il y avait une histoire ou un souvenir. Ce n'était pas dans l'espoir de retrouver ce qu'ils cherchaient qu'il avait eu cette idée, mais bien pour y être en compagnie d'une femme qu'il aimait. C'était d'ailleurs complètement fou d'imaginer qu'il aimait Marie.

La sonnerie du téléphone retentit longtemps avant qu'ils ne réagissent. La maison était censée être inoccupée. Il se précipita en direction du couloir afin d'atteindre l'appareil. Quand il reconnut la voix de Laure, il craignit quelque chose de grave. Elle s'excusa de le déranger, lui dit qu'elle avait appelé pensant qu'il était encore là. Elle avait reçu un appel de la banque. Le directeur voulait le voir le plus tôt possible pour régulariser le compte de son père. Laure ne lui parla pas de Marie. Ignorait-elle que celle-ci était avec lui ?

— C'est ta maman. Le directeur du Crédit agricole a besoin de me voir.

Le charme était rompu. Ils s'observaient. Marie l'avait suivi, mais s'était tenue à l'écart. Dans la pénombre du couloir, elle ne s'écarta pas quand il s'approcha. Elle ne le repoussa pas quand il la prit dans ses bras. Elle ne résista pas quand il posa sa bouche sur la sienne.

8

Marie écoutait le souffle régulier d'Antoine dormant à son côté. Quand il l'avait prise dans ses bras, elle n'avait opposé aucune résistance. Au contraire, le désir qui sourdait en elle s'était libéré dès qu'ils s'étaient placés l'un près de l'autre pour commencer leur recherche. Non seulement elle s'était abandonnée, mais elle avait répondu aux caresses en prenant l'initiative à son tour. Comme pris de folie, ils s'étaient retrouvés dans la chambre d'Antoine, sur le lit à peine refait. Ils s'étaient dévêtus, emportés par une frénésie d'amants séparés depuis des mois. Quand il l'avait pénétrée, elle avait joui intensément. Après cette première étreinte, ils s'étaient tenus serrés. Sa tête blottie contre l'épaule d'Antoine, les yeux fermés, elle s'était mise à parler. Elle craignait d'affronter son visage. Elle lui avait avoué que leurs premiers regards à son arrivée avaient été un choc, que depuis longtemps elle était amoureuse de lui, à travers son image et les souvenirs. Quand elle l'avait croisé à Borsac, dans les premiers jours de vie commune avec son père, il n'avait pas prêté attention à la gamine de quinze ans qui le dévorait des yeux et essayait de se faire remarquer. Puis, lorsqu'il avait cessé de venir, obligeant son père à le rejoindre dans la région de France où il se trouvait, elle rêvait qu'Ulysse lui demande de l'accompagner. Pendant qu'elle parlait, elle sentait les doigts d'Antoine descendre le long de son échine et un doux frisson la parcourait.

La main s'était immobilisée et la voix au-dessus d'elle lui avait posé une question surprenante.

— Tu n'as pas de compagnon ?

— Tu vois bien que je vis avec ma mère !

— Cela n'empêche pas. Tu pourrais avoir un amant. Une femme comme toi ne peut pas laisser les hommes indifférents.

Elle avait voulu se relever pour croiser son regard et deviner sa pensée, mais il l'avait maintenue fermement contre lui.

— Ne vois aucun mal dans ma question, Marie. C'est normal que je te demande ça. Moi aussi, dès que je t'ai vue à la gare, je t'ai trouvée belle et désirable. Mais ce n'était que cela. Rien d'autre. Ce n'est qu'après, quand tu conduisais à côté de moi, puis chez toi, quand tu me parlais, puis le lendemain quand j'ai ressenti ce plaisir à te voir apparaître, et tout à l'heure quand tu m'as rejoint dans le bureau, que j'ai reconnu autre chose que le simple désir de te faire l'amour. J'ai éprouvé ce sentiment qu'il m'est arrivé d'avoir pour des femmes avec qui j'aurais aimé partager ma vie.

Il s'était tu et, à nouveau, ils s'étaient enlacés. Mais, cette fois, avec l'attention que l'on donne au plaisir que l'on veut prolonger.

Maintenant, il dormait. Pourquoi l'homme s'endort-il aussi facilement après l'amour ? Elle n'avait pas envie de rire, mais son interrogation muette l'y poussait.

Lorsque Antoine lui avait demandé si elle avait un amant, elle n'avait fait que dire la vérité. Elle se doutait bien qu'il avait deviné qu'il n'était pas le premier homme à lui faire l'amour. Elle n'aurait pas besoin de le lui dire. Cependant, elle lui en reparlerait. Elle voulait qu'il en soit convaincu. Elle n'avait qu'un désir : qu'il sût qu'elle avait été inondée de bonheur en se donnant à lui, qu'elle l'aimait de cet amour incontrôlable qui s'empare de la pensée et des sens. Elle lui avouerait, plus tard mais sans attendre qu'il le lui demande, qu'elle avait aimé un homme. Follement. Qu'il l'avait possédée vierge et naïve, alors qu'elle avait à peine vingt ans. Qu'elle avait cru à ses serments, à ses paroles de tendresse. Qu'elle avait été très malheureuse lorsqu'il l'avait abandonnée pour se marier avec une autre. Que par la suite mais longtemps après, elle avait eu des amants. Des hommes qu'elle se refusait à aimer. À qui elle se donnait parce qu'elle les avait choisis et parce qu'ils étaient assez drôles et assez beaux pour qu'une femme prenne du plaisir en leur compagnie.

Antoine avait les yeux ouverts. Perdue dans ses pensées, Marie ne s'était pas aperçue du changement de sa respiration.

— Est-ce que ta mère sait que tu es là ?

La question la surprit tellement qu'elle se redressa sur un coude pour le regarder.

— Pourquoi me demandes-tu ça ?

— Je me le demandais, c'est tout. Et puis, je me disais qu'il serait bon qu'elle sache pour nous deux. Pas tout de suite, si tu y tiens, mais dès que tu voudras.

Il parlait lentement, sans la regarder. Elle s'agenouilla sur le lit. Impudique sans le savoir, elle se pencha au-dessus de lui.

— Antoine, s'il te plaît. Je ne veux pas que ma mère sache encore ce qu'il y a entre nous. Tu ne la connais pas bien. Je veux que rien ne puisse gâcher ce qui vient de se passer. Crois-moi, nous devons attendre. Nous avons une chance inouïe : cette maison et les possibilités qu'elle nous offre.

Il la regarda, surpris et curieux. Quelque chose dans son regard lui faisait comprendre qu'il devait se ranger à son avis. Il pensa cependant qu'il serait difficile que Laure ne s'aperçoive pas de leurs relations.

Il revit Méryl. Il l'avait rencontrée lors d'une soirée à Cayenne. Elle était seule, lui également. La beauté de cette métisse l'avait séduit. Son intelligence l'avait subjugué. Ils avaient vécu ensemble pendant cinq ans, le temps de gros travaux sur le barrage de Petit-Saut. Elle avait voulu le suivre, alors que les conditions d'existence étaient difficiles. Assez rapidement, il s'aperçut que Méryl était maladivement jalouse. Elle détectait la moindre avance qu'une femme lui faisait. S'il lui reprochait de voir le mal où il n'était pas, elle lui répondait : « Les femmes ont des antennes pour ce genre de choses. » Laure avait peut-être des antennes, elle aussi.

La sonnerie du téléphone suspendit le geste de Marie qui se penchait pour poser sa bouche sur la poitrine de son amant. Antoine bondit sans prendre le temps de se couvrir. Ce devait être Laure qui rappelait pour une autre raison. Il pensa aux antennes de Méryl. Une voix d'homme qu'il ne connaissait pas lui parlait.

— Monsieur Rozier ? Excusez-moi de vous déranger, mais comme votre belle-mère m'a communiqué votre numéro et dit que vous deviez être chez vous, j'ai préféré vous appeler avant que l'on se voie demain. Il serait bon que vous vous munissiez de la clé du coffre de votre père.

— Mon père avait un coffre ?

— Vous l'ignoriez ? Il ne l'utilisait pas souvent, mais il est venu à la banque quelques jours avant le funeste accident. Bien entendu, je ne sais pas si c'est pour y déposer ou en retirer quelque chose car, pendant l'opération, l'employé qui l'accompagnait est ressorti l'attendre dans le couloir des coffres, comme le veut le règlement. Je compte donc sur vous pour demain. C'est possible ?

— Oui, oui, bien sûr…

— Eh bien, au revoir, monsieur Rozier. À demain.

Antoine retourna dans la chambre. Marie était dans le cabinet de toilette dont elle avait laissé la porte ouverte. Rhabillée, elle se peignait devant la glace du lavabo. Elle n'avait pas besoin de se retourner pour constater qu'Antoine s'était assis sur le bord du lit et semblait perdu dans ses réflexions au point d'oublier de s'habiller.

— Un problème ?

— Non. Mais peut-être une solution au nôtre. C'était le directeur du Crédit agricole de Borsac. Tu savais que mon père avait un coffre à la banque ?

— Je crois en avoir entendu parler une ou deux fois, quand j'étais à table avec eux. Mais, comme je ne me mêlais pas de leurs affaires, je n'y ai pas prêté attention.

— Je suis prêt à parier que ce que nous cherchions dans le bureau se trouve dans ce coffre.

Marie se retourna. C'était tellement évident.

— On me demande de venir avec la clé. Est-ce que tu penses que ta mère sait où elle est ?

— Le mieux est de l'interroger. Dis, Antoine, tu as vu l'heure ? Ma mère doit s'inquiéter de mon retard. Je dois l'emmener faire des courses au centre Leclerc. Je ne passe pas par le jardin, je vais ressortir par la rue. J'ai l'habitude de laisser ma voiture sur le champ de foire, ce qui m'évite d'ouvrir le portail.

Le stratagème de sa maîtresse l'amusa et l'inquiéta à la fois. C'était le début de mensonges qu'il aurait tellement aimé éviter.

9

La belle maison charentaise qui avait abrité le Crédit agricole dans les années 1950 avait perdu son cachet pour faire place à une façade de vitre et d'acier aux couleurs de l'établissement bancaire. Modernisme oblige. Antoine rangea sa Mercedes dans le parking de la banque protégée par une rangée d'énormes blocs extraits de la carrière voisine. Obstacles efficaces aux voitures bélier qui sévissaient depuis quelque temps dans la région.

L'après-dîner de la veille avait été particulier. Il avait attendu les deux femmes, assis dans le jardinet. Un petit mot collé sur la vitre l'invitait à entrer et à s'installer devant la télévision. Elles s'excusaient par avance de leur retard. Elles étaient allées faire leurs courses. Il imaginait très bien Marie en train de rédiger le billet sous la dictée de sa mère, tout en pensant à leur secret.

L'air avait la douceur des fins d'été. Les plates-bandes d'hortensias souffraient d'une sécheresse persistante malgré les arrosages abondants de Laure. Il lui avait dit de ne pas se déranger pour les fleurs de sa maison. Il savait encore dérouler le tuyau pour apporter la précieuse fraîcheur sur les parterres. C'est après ce plaisir qu'il s'était imposé qu'il était allé jusqu'à l'ancienne métairie pour constater qu'elles n'étaient pas encore revenues.

Qu'avait bien pu raconter Marie à sa mère pour expliquer son retard ? Assis dans le grand fauteuil d'Ulysse, il se demandait pour quel motif cette femme de trente ans tenait tant à cacher leur liaison. Elle se comportait comme une petite fille. Non, il y avait autre chose. Quand elles étaient arrivées, il s'était levé pour les aider à sortir les achats du coffre. Pendant que Laure était dans la cuisine, il s'était retrouvé seul avec Marie. Ils avaient eu le temps de s'étreindre. À nouveau, un désir violent les avait submergés.

À la fin du repas, Laure leur avait fait une demande surprenante. Elle avait voulu qu'ils se rendent dans le verger d'Ulysse, à la sortie de Borsac. À cette heure, les rues du bourg étaient désertes, particulièrement celles qu'ils devaient emprunter, situées à l'écart des quatre commerces du centre. Antoine se rappelait de soirées identiques, vers la fin des vacances. C'était l'accalmie entre les battages et les vendanges. Pour profiter des soirées s'étirant entre les derniers rayons du soleil et l'arrivée de la fraîcheur de la nuit, les gens sortaient sur leur pas de porte, quelques-uns s'asseyaient sur le banc de pierre, appuyés au mur qui servait de dossier. Les nouvelles de la journée se transmettaient par la bouche des flâneurs qui s'arrêtaient pour causer. Parfois, c'était d'une recette que l'on discutait, ou bien de la dernière récolte de blé ou d'avoine ou d'orge.

Antoine avait compris pourquoi Laure avait proposé cette promenade quand elle leur avait indiqué l'emplacement labouré qu'Ulysse avait préparé pour y planter des chênes truffiers. Depuis quelque temps, il y avait une forte demande pour ce genre de produit et il avait passé une commande de cinquante plants. Fallait-il annuler ? Il avait eu alors un geste qui avait fait monter les larmes dans les yeux de Laure.

— N'annulez rien. Si je suis là, je m'en occuperai. S'il m'est impossible d'être présent, je ferai en sorte que quelqu'un le fasse.

Alors, dans un mouvement de reconnaissance spontanée, elle l'avait embrassé sur la joue. Antoine avait regardé Marie dont les yeux brillaient. En revenant, pendant que Laure causait avec une voisine qui fermait ses volets, Marie lui avait dit : c'est vrai que tu comptes rester jusqu'en novembre ? Il l'avait observée. Elle avait fait le rapprochement entre sa promesse et la date à laquelle on plante les arbres.

À leur retour, il les avait laissées. Marie devait se lever très tôt pour sa tournée de soins.

Le directeur de l'agence ne le fit pas attendre. Il était tel qu'on imagine un banquier : costume, cravate, parfaitement rasé, bien coiffé, mains manucurées. Ils slalomèrent entre des comptoirs avant de parvenir à un bureau dont il lui tint la porte ouverte.

— Vous avez pu dénicher la clé du coffre ?

Cela avait été plus facile que prévu. Laure avait tout simplement omis de lui en parler et s'en était excusée. La clé se trouvait sur un tableau à côté de celles du garage, du chai et autres bâtiments. Elle avait hésité au moment de la désigner et décroché une clé dont le museau tarabiscoté pouvait signaler une clé de coffre.

— Oui, j'ai été surpris d'apprendre que mon père avait un coffre.

Le banquier ne trouva rien à répondre, il fit simplement un petit geste des mains qui pouvait signifier que c'était chose normale d'avoir un coffre dans une banque.

— Si vous voulez bien, nous allons passer en revue les avoirs. Les placements que votre père effectuait étaient sûrs ; ce qui veut dire que les rapports ne sont pas extraordinaires, mais réguliers et progressifs.

Antoine aurait été étonné du contraire. Il n'imaginait pas Ulysse en train de boursicoter. Il attendit avec beaucoup d'ennui que le directeur eût achevé une énumération de titres, de durées et d'échéances, puis la liste des documents dont il aurait besoin pour clore ou transférer le compte du père au fils, unique héritier, puisque « Mme Laure Rozier, seconde épouse, avait un compte séparé et qu'il y avait un contrat de mariage ». En le suivant dans le sous-sol de la banque, il prêta une oreille distraite au monologue du banquier, où il était question d'insécurité, de la banlieue d'Angoulême assez proche, d'individus qui vivent aux crochets des autres, de l'obligation d'avoir établi le barrage de rochers à l'extérieur. Antoine pensait à l'enveloppe et se demandait s'il allait la trouver.

Elle y était bien. Du moins vit-il une enveloppe posée sur une boîte recouverte de velours rouge et ornée de dorures dans les angles, qu'il reconnut pour être celle des bijoux de Mathilde. Ulysse avait aimé deux femmes, mais il avait tout fait pour que le souvenir de la première soit préservé. Il savait, en agissant ainsi, qu'il permettrait au fils lointain, au fils à la longue absence, de retrouver ce que sa mère avait de précieux. Antoine souleva le coffret, qui était lourd. Lorsqu'il le déplaça, un son métallique se fit entendre à l'intérieur. Il le remit en place sans même l'avoir ouvert. D'autres papiers s'y trouvaient, mais Antoine n'eut pas envie de les compulser. Ayant décidé de conserver la location du coffre, il glissa l'enveloppe à l'intérieur de son blouson, referma le coffre et appela le directeur qui l'attendait dans le couloir.

Les deux hommes se séparèrent après qu'Antoine eut confirmé qu'il gardait le coffre pour lui et qu'il reviendrait.

Une fois dans sa voiture, lorsqu'il ouvrit l'enveloppe, il fut surpris d'y trouver plusieurs paquets de documents soigneusement réunis par de la ficelle à rôti. Il reconnut cette façon propre à son père de classer les papiers. Sans dénouer les ficelles, il essaya de découvrir ce qu'ils contenaient. Apparemment, il s'agissait d'écrits assez anciens à en juger par le papier. Il ne pouvait les consulter sur place, aussi décida-t-il de retourner immédiatement chez lui. Là, au calme, sûr de n'être pas dérangé, il aurait tout le temps d'essayer de comprendre pourquoi son père avait pris autant de précautions pour les préserver des indiscrétions. L'éventuel lien de ces documents avec la rumeur selon laquelle l'accident fatal n'en était pas un, resurgit. Il devait comprendre et vite !

Décrire ce qu'il ressentait lui aurait été impossible. Quelle époque ! Quelle société ! C'était ça, la République ? la fraternité ? Dès l'ouverture des premières lettres, car il s'agissait de lettres, mais parfaitement anonymes, il avait été écœuré. Un écœurement jamais éprouvé jusque-là, et pourtant, au cours de ses nombreux chantiers, il avait dû faire face à des situations pénibles nourries par la cupidité et les rivalités ! Là, il s'agissait de gens dont il connaissait les familles, les amitiés, la vie, les habitudes. Les lettres, écrites sous l'Occupation allemande, dénonçaient des personnes de Borsac pour cause d'activités interdites par la loi de l'occupant et celle du gouvernement de Vichy. Antoine n'avait pas connu cette période, mais Ulysse et Mathilde lui en avaient suffisamment décrit les péripéties et les drames pour qu'il sache ce qui s'était passé dans le village durant ces cinq années.

L'écriture de ces lettres était le plus souvent contrefaite : les caractères prenaient la forme de bâtonnets maladroits imitant les majuscules d'imprimerie ou bien étaient ridiculement déformés, laissant à penser qu'ils avaient été tracés de la main gauche. Elles étaient toutes adressées à monsieur le commandant de la Kommandantur de Borsac. À Borsac, en effet, les Allemands avaient installé une petite garnison pendant trois années. La commune, située à un point stratégique des voies de communication, présentait par ailleurs des possibilités d'hébergement pour la troupe.

Les personnes que ces lettres dénonçaient avaient pour lui un visage, parfois vague, parfois bien dessiné dans sa mémoire. Quelques-unes étaient encore en vie, ignorant l'existence de ces documents dans les archives de la mairie, puisque le petit mot qui les accompagnait, rédigé sur une feuille de calepin, précisait : « Ces lettres ont été retrouvées par moi, Ulysse Rozier, lors d'un remplacement que j'ai effectué à la mairie et d'un rangement dans l'armoire des vieilles archives pour y faire de la place. » Qu'est-ce qui avait bien pu arriver à ceux qui s'étaient livrés à de petits trafics, avaient caché de l'eau-de-vie ou, plus dangereux, avaient omis de livrer toutes les armes qu'ils possédaient, osant conserver, cachés dans leur grenier, le fusil de chasse ou la carabine à plomb bien inoffensive ? Sans doute rien de grave, puisque Antoine les avait connus ou que certains étaient morts de leur belle mort. Si tant est qu'une mort soit belle !

Abandonnant ces torchons délateurs qui ne pouvaient constituer, selon lui, un motif d'assassinat pour qui les détenait, Antoine défit le dernier paquet, beaucoup moins volumineux que les autres. Il était également accompagné d'une note, rédigée de la main d'Ulysse. Une phrase particulièrement le saisit : « J'ai pu faire un rapprochement d'écriture et découvrir, avec une quasi-certitude, l'auteur de cette lettre de dénonciation ignominieuse. Il faudra pour cela se reporter au registre des comptes rendus de la Cuma, page 16. »

Antoine était tellement fébrile qu'il peina pour ouvrir une longue missive pliée en quatre, unique pièce de ce document soigneusement ficelée par Ulysse. Qu'il l'eût mise à part n'était pas anodin. Si l'écriture n'était pas déguisée, la lettre en revanche n'était pas signée. L'auteur devait être sûr de son bon droit et de ses sentiments, persuadé que la victoire couronnerait l'Allemagne et les idées des gouvernants. Anonyme, la lettre comportait cependant cette mention finale : « Un Français qui veut l'extermination des communistes, des juifs et des francs-maçons », qui permettait à son auteur de garder lâchement l'anonymat mais aussi de se prévaloir de son geste en cas de victoire de l'occupant.

Antoine relut la lettre, trop vite parcourue à cause de l'émotion. En termes précis, celui ou celle qui l'avait rédigée informait le commandant de la garnison que le jeune Guy Rousset, communiste notoire affichant des idées subversives et nuisibles, se cachait avec d'autres terroristes, parmi des charbonniers, dans la forêt de Borsac, cela afin d'échapper au Service du travail obligatoire. Elle donnait aussi à savoir qu'il se rendait régulièrement la nuit chez ses parents, pour se ravitailler.

Il relut une troisième fois en pensant à Ulysse. Plus jeune que Guy Rousset, ils avaient été à l'école communale ensemble. Il l'avait entendu plusieurs fois parler de lui avec Henri.

Adolescent indifférent à des événements qui ne le concernaient pas, Antoine n'avait pas saisi l'importance et la gravité des faits évoqués par les deux hommes. La guerre, l'Occupation, la Résistance, il n'en avait rien à faire. Mais, brusquement, la révolte s'emparait de lui. Comment un habitant ou une habitante de Borsac avait pu commettre un tel crime ? Et puis, cette idée soudaine, qui germait depuis son retour : ce document pouvait être un motif suffisant pour essayer de faire taire Ulysse Rozier. Oui, bien sûr. Encore fallait-il que le meurtrier ait su que sa lettre n'avait pas disparu et qu'elle avait été retrouvée… Ça ne collait pas. Il devait croire que les archives allemandes avaient brûlé en même temps que le bâtiment abritant la Kommandantur. À la Libération, les maquisards y avaient mis le feu, le jour où ils avaient promené, dans les rues de Borsac, trois femmes qu'ils avaient tondues. Il tenait ce récit de Mathilde qui n'approuvait pas ces agissements.

Non, il devait découvrir autre chose, retracer tous les instants de la battue et, pour cela, passer en revue, un par un, ceux qui, ce jour-là, y avaient participé.

10

Marie arriva avec un peu de retard chez Charles et Lucienne Maury, au Bois-d'en-Haut, un hameau de Borsac composé de cinq habitations construites autour d'une place ronde et herbue. La margelle d'un puits surmontée d'un toit couvert de tuiles brunes apportait sa note pittoresque. Des cinq familles qui vivaient là, les Maury étaient les seuls Français, les autres étaient britanniques. Charles, en roulant sa cigarette entre des doigts énormes, répétait qu'il tiendrait bon jusqu'au bout contre ces foutus rosbifs qui persistaient à parler leur charabia. « S'ils veulent me comprendre, c'est à eux de faire l'effort et, pour la mémoire de Du Guesclin, je leur montrerai de quoi on est capable ! », ajoutait-il après quelques tournées au comptoir du Commerce, à la fin d'une journée de chasse.

Le hameau formé de fermes trop petites pour faire vivre les hommes s'était dépeuplé après les années 1950. Ses jeunes habitants avaient émigré pour prendre l'uniforme de cheminot, de conducteur de bus, de militaire, de gendarme ou, plus simplement, être ouvrier chez Renault ou Citroën. Les propriétés désertées avaient été achetées ces quinze dernières années par des Anglais charmés par leur isolement et leur prix. Charles et Lucienne s'étaient accrochés à leur coin de terre. Elle vivotait grâce aux fromages de ses chèvres, qu'elle vendait sur le marché de Borsac chaque jeudi, et à son bouc qui lui assurait sa descendance en chevreaux. Lui bricolait à droite et à gauche au noir ou bien travaillait à la journée, chez des agriculteurs qui voulaient bien le déclarer. Il complétait son revenu en coupant du bois l'hiver, qu'il revendait un bon prix et sans facture à ses voisins et à quelques citadins qui avaient leur résidence secondaire dans Borsac.

Marie allait chez les Maury depuis une semaine. Lucienne avait été opérée d'une hanche. La pauvre femme souffrait de ne pas pouvoir s'occuper de ses chèvres. « Je voudrais quand même pas m'en débarrasser », se plaignait-elle. Charles était, sous des dehors bravaches, quelqu'un de simple et de serviable. Il houspillait Lucienne mais malicieusement, avant de finir toujours par lui rendre le service qu'elle lui avait demandé. Il l'avait donc remplacée à la traite des chèvres.

La première fois que Marie était venue pour administrer ses soins et une série de piqûres, Lucienne lui avait soufflé en riant sous cape : « Quand je pense qu'il voulait pas que j'achète des trayeuses électriques... ! »

Ce matin, en entrant dans la maison, elle trouva Charles attablé devant un pot de rillettes, une assiette de fromages et une bouteille de vin rouge. Il accueillit Marie avec un large sourire et un regard qui n'éprouvait aucune gêne à inspecter les formes de l'infirmière. À côté de lui, assis sur une chaise, attendant l'aumône d'un morceau de tartine, son fox. Celui-ci ne s'était pas précipité en aboyant à l'arrivée de la voiture : il la reconnaissait et montrait beaucoup moins d'intérêt que son maître pour l'infirmière.

— Elle arrive. Vous voulez manger un morceau ?

Si Marie n'avait pas connu Charles, elle aurait pu s'offusquer. Mais, depuis longtemps, la stature impressionnante du bonhomme et sa gouaille avaient pris place dans la galerie des personnages hauts en couleur de Borsac. Son beau-père faisait souvent appel à lui pour des travaux de bûcheronnage. Le grand Charles déjeunait avec eux ou bien sur place, dans la forêt, en compagnie d'Ulysse. Elle avait bien sûr remarqué combien il se complaisait à la regarder. Laure aussi ne manquait pas de le remarquer et elle s'en offusquait. Elle marmonnait que tous les hommes étaient des cochons, qu'il n'y en avait pas un pour racheter les autres. Un jour, Marie avait demandé à sa mère si elle mettait son mari dans le même panier. Elle ne lui avait pas répondu, se contentant de la regarder d'un air scandalisé.

— Non, merci. C'est gentil de votre part.

Sans changer ses habitudes, malgré la présence de cet homme, elle posa sa sacoche et commença à disposer des fioles et des paquets de pansements sur un petit meuble, près de l'évier de la cuisine.

— Il est là, Antoine ?

Elle ne s'attendait pas à la question, qui la surprit. Et c'est sans lever la tête qu'elle répondit :

— Oui, et il mange tous les jours avec nous.

— Vous lui direz de monter jusqu'ici. Je voudrais lui toucher deux mots de cette histoire et puis aussi parce que je l'aime bien… Et puis aussi parce qu'il y a longtemps que je ne l'ai vu.

Elle s'attendit à ce qu'il répète une fois de plus : « et puis aussi ». Charles mâchait tranquillement, les coudes sur la table, son Laguiole dans une main, sans la regarder. Apparemment, l'allusion à Antoine l'avait plongé dans une réflexion. Quand il reprit son monologue, elle l'écouta soudain attentivement.

— Je voudrais lui parler de ce jour. Moi, je trouve bizarre ce qui s'est passé. Ça n'aurait pas dû se produire. J'aimerais bien lui causer, savoir c'qu'il en pense. Y vous l'a dit ?

— Non.

Elle mentait, ne souhaitant pas dévoiler ses relations avec Antoine, ni leurs recherches. Lucienne apparut à la porte de la chambre qui ouvrait directement sur la cuisine. Cette robuste paysanne, toujours si active, souffrait d'être obligée de se déplacer avec des béquilles. Elle avait procédé à une toilette minutieuse dans l'attente de « son infirmière », telle qu'elle désignait Marie aux amies venant lui rendre visite depuis son opération. Sa chevelure bien ondulée et son visage soigné n'échappèrent pas à Charles qui crut bon de lâcher : « Ton infirmière a plus de chance que moi... » Une remarque que Marie ne sut pas interpréter. Ce ne fut qu'une fois seules, Charles les ayant laissées pour aller à l'étable, que Lucienne lui expliqua qu'il lui reprochait de faire sa toilette seulement l'après-midi, quand elle avait fini tout son travail à la chèvrerie.

— Je ne vais pas vous montrer mes fesses sans avoir soigné le haut !

Marie réprima un sourire puis s'occupa de sa patiente. Tout en effectuant des gestes précis, quasi instinctifs, elle pensa qu'elle appellerait Antoine depuis son portable. Il devait être revenu de la banque. Elle avait hâte de l'entendre. Après ce que venait de lui dire Charles Maury, il était très important que les deux hommes se rencontrent. Enfin, c'est sans doute ce qu'elle dirait... après qu'ils se seraient retrouvés. À côté d'elle, Lucienne ne pouvait deviner ce qui agitait Marie, un intense désir de caresses, une envie terrible de faire l'amour avec Antoine. Il lui fallut surmonter son émoi afin de terminer sans trembler le pansement de Lucienne.

Elle laissa sonner longtemps, et crut tomber sur la messagerie. Enfin, la voix qu'elle espérait. Un « j'écoute » sec, impatient.

— C'est moi, Marie.

Un silence. Puis la chaleur dans la voix.

— Excuse-moi, j'étais vraiment loin de toi. Tu veux que l'on se voie ? J'aimerais que l'on parle de ce que j'ai découvert dans le coffre de mon père à la banque. Cela m'intrigue et confirme toutes nos craintes. Je ne veux pas t'en dire plus au téléphone.

— Antoine ?

— Oui.

— J'ai envie de toi. Je peux passer tout de suite ?

— Je t'ouvre la porte. Entre, je serai dans le bureau ou une autre pièce en bas.

11

Lorsque Marie pénétra dans le bureau d'Antoine, elle remarqua les feuilles étalées sur la table. Elles ressemblaient à des lettres écrites sur un papier vieilli et jauni. Elle ne prit pas le temps de les examiner. Antoine lui avait dit : « Si je ne suis pas dans mon bureau, je serai dans la maison. » Autrement dit, appelle ou cherche-moi. Le salon et la salle à manger étaient déserts, les housses des sièges avaient été ôtées, ce qui redonnait aux pièces une vie qu'elles avaient perdue.

— Antoine ?

— Je suis là.

La voix, qui provenait de l'étage, semblait lointaine. Apparemment, il n'était pas aussi impatient qu'elle. Elle aurait tant aimé qu'il soit resté en bas à l'attendre. Un raclement de caisses que l'on déplace sur un plancher. Il était dans le grenier ! Elle avait très rarement exploré ce grand espace qui occupait toute la surface du logis sous les combles. L'immense grenier constituait la totalité du deuxième étage de la maison des Rozier. Il était éclairé seulement par trois vasistas, les volets des lucarnes restant toujours fermés. L'endroit lui paraissait tellement sinistre et rempli de mystère qu'elle avait peur d'y aller seule, lorsqu'ils habitaient encore la maison.

Des malles de voyage, des valises déformées, fatiguées par de nombreux transbahutements étaient remisées là, devenues inutiles ; des sommiers et des châssis de lits étaient entassés au lieu d'avoir pris le chemin de la déchetterie ; d'anciens buffets, qui auraient fait le bonheur de brocanteurs, entrouvraient leurs portières et leurs tiroirs laissant échapper des guenilles ; trois mannequins sans jambes embrochés sur un axe à trois pieds rappelaient le temps des couturières à domicile ; des amoncellements de revues, de registres anciens et de livres empilés sur cinq rangées d'étagères bancales arrimées le long d'une cloison, complétaient la composition hétéroclite de ce gigantesque débarras.

Dans le jour venu d'un vasistas, elle découvrit Antoine en train de vider des étagères.

— Qu'est-ce que tu fais ? Tu chasses les araignées ?

Elle plaisantait en avançant vers lui, mais sa déception était si grande que toute envie de sentir ses mains sur son corps, d'éprouver à nouveau la douceur des caresses qu'il lui avait prodiguées hier, l'avait abandonnée. Pourtant, dès qu'elle fut devant lui, à le toucher, à nouveau elle le désira. Il dut voir dans son regard ce qu'elle attendait. Il l'étreignit très fort, violemment, jusqu'à lui faire mal, et c'était bon. L'on percevait le souffle du vent sur les tuiles. Elle jouit instantanément, comme une petite fille qui découvre l'amour, quand sa main atteignit son sexe.

— Viens, ne restons pas là.

Ils dégringolèrent les escaliers des deux étages, sans prendre le temps de refermer les portes.

Dans le hall de l'entrée la comtoise égrena douze coups. Midi !

— Ta mère va se demander pourquoi nous sommes en retard.

— Je vais l'appeler depuis mon portable, pour lui dire qu'elle ne s'inquiète pas.

Marie descendit du lit, se saisit de son téléphone dans son sac posé sur une chaise et appela Laure.

Il ne bougeait pas, admirant la silhouette nue devant la fenêtre. De l'autre côté des vitres, dans le jardin, des machaons voletaient autour des épis des buddleias. Une sensation de bonheur intense effaçait sa découverte de la matinée.

— Maman ? Je t'appelle pour que tu ne t'inquiètes pas. J'ai rencontré Antoine comme je sortais de la pharmacie. Il veut que je l'accompagne jusqu'à la librairie pour choisir un livre et un journal, et c'est plein de monde. Oui… À tout à l'heure.

Cette histoire qu'elle venait d'inventer le stupéfia.

— Est-ce que tu te rends compte de ce que tu viens de faire ? Et pourquoi ?

Elle revint vers le lit. Mais, au lieu de s'allonger près de lui, elle s'agenouilla. De son index, elle dessina des figures mystérieuses sur sa poitrine. Puis, elle répéta mot pour mot ce qu'elle lui avait dit la veille. Il connaissait mal sa belle-mère. Celle-ci serait tellement stupéfaite d'apprendre ce qu'il y a entre eux qu'elle aurait du mal à l'admettre. Il fallait la préparer et, pour cela, il devait lui faire confiance. Il se mit à la regarder, mais elle porta ses yeux ailleurs, semblant s'intéresser à son anatomie. Il avait la sensation qu'elle fuyait une autre question de sa part.

— Les papiers que j'ai vus étalés sur la table de ton bureau, c'est important ?

Le charme était rompu, et il lui en voulut un peu. Il n'y avait pas que Laure qu'il connaissait mal. Il y avait aussi Marie.

— Je les ai trouvés dans le coffre à la banque et c'est aussi à cause d'eux que j'étais dans le grenier à ton arrivée. Mais ce serait trop long à t'expliquer maintenant. On a juste le temps de prendre une douche avant de rejoindre ta mère.

Il lui donna une claque sur les fesses quand elle se leva. Juste assez fort pour qu'elle proteste et lui lance un oreiller sur la figure.

Quand elle le retrouva dans le bureau, elle remarqua que les papiers n'étaient plus sur la table.

— Tu as rangé les lettres ? Ce sont bien des lettres ?

— Oui, je n'ai pas envie qu'on les lise. Ce qu'elles contiennent a pu menacer la vie de mon père, il était important qu'on ignore qu'il les détenait.

— Alors, l'accident n'en serait pas un ?

— Je n'ai pas dit ça. Disons que ce qui est arrivé à mon père pouvait en arranger certains. C'est ce qu'a sous-entendu Henri Rousset quand je l'ai rencontré au cimetière. Bon, si tu veux, on rejoint Laure.

— Tu ne prends pas de douche ?

— Je préfère que ton odeur me suive un peu.

Marie le considéra mi amusée, mi-choquée.

Au cours du déjeuner, Marie raconta sa visite au Bois-d'en-Haut. Elle ne parla ni de Lucienne ni des soins qu'elle lui apportait, mais de Charles et de son comportement. Un sacré bonhomme ! et sympathique ! Pour un peu, elle aurait accepté de s'asseoir en face de lui pour partager son casse-croûte.

— Marie ! Quand même !

Tel fut le commentaire de Laure.

Puis, plus sérieusement, parce qu'elle savait qu'Antoine y prêterait attention, Marie lui fit part du souhait qu'il avait exprimé : Charles voulait « lui causer ».

— Est-ce qu'il n'était pas à la battue ?

La question de Laure les décontenança. Quand elle ajouta à l'adresse d'Antoine que, sous des dehors bon enfant, Maury pouvait se montrer rancunier et que d'ailleurs elle n'aimait pas la façon dont il regardait les femmes, Marie se persuada qu'elle avait eu raison de n'avoir pas fait allusion à la manière dont Charles se comportait quand elle était au Bois-d'en-Haut, chaque matin.

— Maman, si Charles Maury veut voir Antoine et souhaite aborder avec lui la triste histoire, il faut le laisser faire.

Le téléphone les interrompit. Quand Laure revint dans la cuisine, elle dit à Antoine :

— C'était la gendarmerie. Ils veulent qu'on vienne récupérer le fusil d'Ulysse. Je leur ai répondu que c'est vous qui iriez. Il faut que ce soit le plus tôt possible.

Antoine ne s'était pas posé la question du fusil. Il avait même pu penser qu'il se trouvait ici et qu'il attendrait un peu avant de demander à Laure qu'elle veuille bien le lui donner. Non pas qu'il tenait à l'arme elle-même, mais pour avoir entre les mains le dernier objet que son père avait serré dans les siennes.

12

Dans les derniers lacets du chemin goudronné qui mène au Bois-d'en-Haut, Antoine ralentit, avant d'arrêter sa voiture sur le promontoire où les engins encombrants se garent pour laisser passer ceux qui montent. Dans l'épingle à cheveux, la vue plonge jusqu'en bas de la descente, et l'on attend patiemment que le véhicule soit arrivé à la hauteur du refuge pour reprendre sa route. Il avait toujours aimé cette vue. Avant d'avoir connu d'autres horizons, chaque fois qu'il accompagnait son père au hameau, il pensait que c'était le plus beau panorama qu'on puisse avoir. Au loin, la Charente déroulait ses méandres en s'éloignant de Borsac. Elle se serait bien aventurée jusqu'aux portes du gros bourg, si des mamelons importuns ne l'avaient détournée. Elle s'était tout de même assez rapprochée du Bois-d'en-Haut pour que ses habitants, par des raccourcis connus d'eux seuls, y descendent braconner l'anguille ou la truite à la saison. Charles Maury et quelques autres persistaient à ignorer les dates et les heures d'ouverture : ils étaient des hommes libres et entendaient le demeurer.

Charles avait manifesté le désir de le voir. Il le savait assez intime avec son père. Une amitié qui pouvait paraître étonnante tant les deux hommes étaient différents. Lorsque la saison de chasse arrivait, Ulysse avertissait Mathilde qu'il ne rentrerait pas pour déjeuner ou pour dîner parce qu'il resterait au Bois-d'en-Haut. Antoine se souvenait des réflexions de sa mère : « Je ne comprends pas que ton père se complaise en compagnie de ce rustre aux plaisanteries douteuses. »

Il retrouva la place du hameau avec une bouffée de souvenirs. La maison des Maury n'avait pas changé. En revanche, les autres fermettes qu'il avait connues, aux allures vieillottes, voire délabrées pour certaines, apparaissaient pimpantes et habitées. Comme autrefois, il dut soulever le battant de la barrière à claire-voie pour l'ouvrir. Il se demanda si c'était toujours la même. Ces clôtures en châtaignier ont une incroyable longévité. Un chien aboya et fonça à travers les lanières en plastique de couleur qui servaient de store à la porte ouverte. Il s'immobilisa afin de permettre au fox de le flairer. Machinalement, il l'appela Hector et l'animal, surpris, leva la tête vers lui en remuant la queue. Charles avait toujours eu des fox pour la chasse et leur compagnie, tous nommés Hector, à l'encontre des initiales qu'il est convenu d'employer selon l'année de naissance pour les chiens de race.

Le rideau s'écarta complètement et Charles apparut. Un large sourire s'épanouit, lorsqu'il reconnut Antoine.

— Çà, mon gars, c'est une fameuse idée que t'as eue de monter jusqu'à nous.

Ils se serrèrent la main. Charles retint sa main dans la sienne en lui tenant le bras de sa main gauche, geste qu'Antoine ne lui avait jamais vu faire. Une démonstration d'affection aussi émouvante que surprenante.

— Lucienne ! Allume sous le café, on a une visite ! Entre, la patronne va être contente de te voir.

Tout était à sa place : la grosse cuisinière à bois, la planche à pain au-dessus de la table, le vaisselier arborant ses belles assiettes et ses plats que Lucienne n'utilisait jamais de crainte de les ébrécher et la pendule-tableau avec son décor de nacre. Excepté la toile cirée de la table et peut-être le poste de télévision sur son meuble et les deux fauteuils, rien n'avait changé.

S'il n'avait pas appris par Marie l'opération de Lucienne, il eût été peiné de la voir se déplacer avec deux béquilles. En s'appuyant sur ses fausses pattes ainsi qu'elle venait de les désigner, elle leva la tête pour l'embrasser.

— Je ne pense pas que tu as grandi. C'est moi qui dois avoir rapetissé.

Ils prirent place de part et d'autre de la table, lui en face d'eux. Il comprit vite ce qu'ils attendaient : c'était à lui de parler. Il dut leur expliquer pourquoi il n'avait pu être là pour l'enterrement. S'il avait le sentiment d'avoir raconté cela de nombreuses fois, il ne voulait pas leur donner l'impression qu'il était ennuyé. Ils comprenaient. L'Amérique, c'était si loin. À leur tour, ils lui racontèrent, dans le détail, la cérémonie de l'enterrement. La foule, des gens venus de partout, les deux places de Borsac et les rues encombrées de voitures, les discours du maire et du conseiller général. Il ne se voyait pas les interrompre pour leur dire qu'il savait déjà tout cela par Laure. Lucienne se complaisait dans des détails qui lui étaient pénibles. Il réussit, à l'occasion d'un silence, à détourner le récit.

— Charles, Marie m'a dit que vous vouliez me parler. Je ne serais pas resté longtemps sans venir jusqu'ici. Ne croyez pas que je vous avais oubliés.

— Je vous laisse causer tous les deux.

Lucienne se leva difficilement. Ils la suivirent des yeux jusqu'à ce qu'elle ait disparu derrière la porte de la buanderie. Le son fêlé de la pendule annonça trois heures. Charles sortit sa blague à tabac et son papier Job sur la table. Il réfléchissait. Ses gros doigts avaient une agilité surprenante pour déposer le tabac et modeler la cigarette.

— Je crois bien que cette foutue journée m'empêchera longtemps de dormir.

Charles avait ses mots à lui pour exprimer ses sentiments. Ils étaient souvent inappropriés aux circonstances. Antoine le savait. Mais ils avaient la valeur de la sincérité, et c'est ce qui comptait.

— On n'aurait jamais dû accepter de faire cette battue. Mais comme président de la société de chasse, il n'y avait pas plus réglo que ton père. Les Rondeau menaçaient de porter plainte pour dégâts de gibier. Comme si on y pouvait queq'chose que des cochons soient dans leur pièce de maïs ! Dix hectares, qu'est-ce que ça peut foutre à côté des cent qu'ils ont ailleurs ! Ces richards plus y s'en ont, plus y s'en veulent !

Le pouce de Charles dérapa plusieurs fois sur la molette du briquet. Lorsque la flamme jaillit, la cigarette brûla sur plus d'un centimètre.

— En plus, c'est qu'on n'était pas si nombreux. Remarque pour faire des conneries, on est toujours assez... La preuve !

Il sembla soudain se rendre compte qu'il parlait au fils d'Ulysse.

— En fait, je crois que « conneries » ne convient pas tout à fait... Bertrand du village des Houches était venu avec sa meute. Il ne chasse que le gros. Tout ce qui est lièvre, caille ou perdrix n'a pas d'intérêt pour lui. Les consignes étaient précises et chacun était à son poste. Pour pas faire de jaloux, on avait tiré au sort les numéros des postes.

— Ça s'est gâté quand on s'est rendu compte que les chiens n'arriveraient pas à faire sortir les bestiaux du maïs. Le lieutenant de louveterie a demandé quatre volontaires pour avancer dans les travées laissées libres pour l'irrigation, avec ordre de pas tirer, seulement remettre les chiens sur le pied. Bertrand était tout désigné puisque c'étaient ses chiens. Il en fallait trois autres. On s'regardait. Tu penses ! Une battue aux sangliers, on est là pour le trophée ! Même moi, faut-y être con ! Ceux qui entraient dans le maïs n'auraient pas le droit de tuer. Évidemment, le premier à se proposer a été ton père, puis Julien Robert, le fils du garagiste, plus écolo que chasseur. Ce qui nous a étonnés, c'est quand on a entendu le vieux Rondeau dire qu'il était volontaire, lui aussi. « Puisqu'on n'a pas le droit de tirer, j'y vais. » Pour ça, on l'avait tous compris ; il faut pas que ça bouge ou que ça coure, sinon il manque. C'est pour ça qu'il va en Sologne. Il paraît que, là-bas, ils ont un garde à côté d'eux qui tire en même temps pour leur faire croire qu'ils ont fait mouche ! Mais pour ce qui est du reste, c'était bizarre, car on sait qu'il a du mal à mettre un pied devant l'autre et qu'il a plutôt tendance à faire faire le boulot par les autres.

La cigarette était éteinte et Charles s'y reprit à deux fois pour la rallumer. Il penchait la tête de côté et Antoine craignit qu'il n'enflamme sa moustache.

— Quand les cochons sont sortis du maïs, d'abord il y a eu un flottement. On pensait pas qu'ils étaient aussi nombreux. Y en avait partout, dans tous les sens, le poil hérissé, la queue en trompette. Puis, ça s'est mis à ferrailler de tous les côtés. C'est là que j'ai un doute… Quand un gros mâle a rebroussé chemin… Y pourrait bien s'faire que ça lui a pété au cul.

Antoine, subjugué par le langage de Charles, revivait la scène et les tirs peut-être en direction des hommes à l'intérieur du maïs.

Après avoir écrasé son mégot dans le couvercle de pot de confiture qui lui servait de cendrier, Charles se tut.

— Qui a découvert mon père ?

— Julien Robert. Quand on a entendu ses hurlements qui nous traitaient de saligauds et d'assassins, on a compris, on n'avait pas besoin d'un dessin.

La porte de la buanderie s'ouvrit et Lucienne revint auprès d'eux.

— Tu as dit à Antoine pour ce que tu penses ?

— Non, mais j'allais le faire.

En réalité, Antoine eut l'impression que l'intervention de sa femme venait à point pour Charles. Jusque-là, il n'avait fait qu'apporter une nouvelle version, un peu comme ces histoires qui se répètent de bouche à oreille et se modifient un peu à chaque fois. Il avait une confidence à lui faire.

— Excuse-moi, mais y a des choses pas faciles à dire. Ulysse a été tué d'une balle dans la tête et, que je sache, un sanglier ça ne vole pas. On aurait eu affaire à des perdreaux, je comprendrais. Celui qu'a expédié la balle est un foutu maladroit ou un qui avait perdu la boule à cause des sangliers qui giclaient dans tous les sens. On n'osait pas se regarder. Personne n'a bronché quand les gendarmes ont emporté les fusils pour les examiner. Même moi, j'aurais été incapable d'affirmer que je n'avais pas tiré sans savoir, et pourtant Dieu sait si j'en ai vu des vertes et des pas mûres à la chasse. Mais maintenant, en y réfléchissant, je sais et aussi pour le Paul Lebrun qui était sur la même ligne que moi, qu'on a tiré vers l'arrière.

Charles s'interrompit, comme s'il attendait une question de la part d'Antoine, puis ressortit sa blague à tabac.

— À propos, j'ai eu un coup de fil de la gendarmerie, il faut que j'aille récupérer mon fusil.

— Ils m'ont appelé également pour le fusil de mon père. J'y vais en partant d'ici.

— Je me demande pourquoi ils ont pris nos armes, puisqu'il paraît qu'avec une balle qui provient d'un canon lisse on peut pas reconnaître laquelle a servi.

— Peut-être pour comparer le calibre ou bien savoir ceux qui n'avaient pas tiré.

La réponse d'Antoine laissa Charles rêveur.

— Alors, normalement, les fusils d'Ulysse, de Norbert Rondeau, de Julien Robert et de Bertrand ne devaient pas avoir de traces de poudre.

Les gros doigts de Charles se montraient d'une incroyable dextérité pour envelopper le tabac dans le papier gommé. Lucienne, appuyée sur ses deux béquilles, les voyant soudain muets, intervint :

— Charles, il faut lui parler du soir où Ulysse est venu.

— Bon, si tu veux. Mais c'est autre chose et qui n'a rien à voir avec l'accident. Ton père est passé, il était à peu près neuf heures, on avait juste fini de souper et on prenait le frais dehors. La moitié des Anglais n'était pas là et la place était presque comme autrefois. Rien qu'à sa tête, on a compris, et Lucienne est d'accord, qu'il ne venait pas pour nous faire une amitié. Presque tout de suite il nous a raconté qu'en rangeant des vieux papiers dans une armoire de la mairie qui date de Mathusalem, il avait fait une drôle de découverte. Dans un carton bien ficelé, il avait trouvé un paquet de lettres de dénonciation datant de la dernière guerre. Sur le coup, on n'a pas compris pourquoi il était tracassé. Tout ça, c'était du passé oublié et ceux dont les lettres devaient parler devaient être morts et enterrés depuis longtemps. Mais quand il nous a dit qu'y en avait une qui concernait Guy Rousset et qu'il pourrait peut-être en connaître l'auteur parce que, contrairement aux autres, l'écriture n'était pas déguisée, il faut reconnaître que ça nous en a foutu un coup. Et puis, avec Guy, on était de la classe et, chaque fois que je rencontre Henri, on se rappelle de lui à travers des histoires de l'école, pour pas être trop tristes.

— Je sais comment mon père a pu découvrir l'auteur de la lettre. Ce matin, j'ai mis la main sur un mot de lui qui le laisse comprendre.

Les Maury le fixèrent des yeux, sidérés et angoissés.

— Bon sang !

Charles se rendit soudain compte de ce que cela signifiait. Quelqu'un aurait vraiment pu vouloir assassiner Ulysse en apprenant sa découverte.

— Charles, vous avez idée où mon père aurait rangé le registre de la Cuma, votre société de matériel agricole ? Je pensais qu'il pouvait être dans le grenier. J'ai passé une partie de la matinée à le chercher, sans le trouver.

Antoine perçut l'étonnement dans les yeux du vieil homme et décida de lui en dire plus.

— Dans le mot que j'ai trouvé, mon père fait allusion à ce registre.

— Tu parles d'un registre ! C'était simplement un gros cahier d'écolier qui servait aux comptes et aux comptes rendus des réunions. On avait fait tamponner et numéroter les pages, pour être en règle.

— Qui le tenait quand vous vous réunissiez ?

— Ah ça, c'est une autre histoire. On était assez nombreux à être fâchés avec l'orthographe et surtout l'écriture. Les manches de fourche et de bêche n'arrangent rien dans ce domaine. Pourtant, ton père ne voulait pas que ce soit toujours le même qui écrive dedans. Finalement, ils ont été une bonne dizaine à tenir le porte-plume. À l'époque, on n'avait pas de stylos-billes comme maintenant.

— Vous vous rappelleriez les noms ?

— Oh là ! comme tu y vas ! Pour beaucoup, ils ont pris le chemin du cimetière. De vivants, doit y avoir encore Nodin, Barret et Rondeau. Évidemment pas le fils, le père. À la liste j'aurais rajouté ton père s'il était encore vivant. Quant à te dire où le cahier se trouve, jusqu'à maintenant j'aurais répondu qu'il était chez Ulysse. Quand la société s'est dissoute, c'est lui qui a gardé nos papiers.

Antoine embrassa Lucienne qui avait fini par s'asseoir dans l'un des fauteuils et avait repris son tricot. Charles l'accompagna jusqu'à sa voiture.

— Je vois que tu te sers de l'auto de ton père… Il en serait heureux.

Il s'appuya à la portière et, avant qu'Antoine n'ait démarré le moteur, ajouta en baissant la voix, comme s'il craignait qu'on l'entende sur la place déserte :

— Si tu vas causer de cette histoire avec Henri Rousset, réfléchis bien. Il est pas du genre à laisser dormir les choses. La justice, il n'y croit plus beaucoup. Il a même déchiré sa carte du Parti communiste.

13

Laure se sentit étrangement seule après le départ de Marie et d'Antoine. Leur présence, leurs conversations l'accaparaient, la maintenant dans une sorte d'oubli momentané. La mort d'Ulysse l'avait brisée, heureusement la présence de sa fille lui permettait de résister au désespoir. Son deuil était récent, autant que la déchirure ressentie. Pourtant, depuis l'arrivée d'Antoine, il s'était produit un petit miracle. Il y avait eu ce choc, lorsqu'ils s'étaient trouvés l'un en face de l'autre, au soir de son retour en compagnie de Marie. Une ressemblance stupéfiante entre les deux hommes. Devant elle, c'était Ulysse. Dans les derniers temps, il avait un peu grossi et pris de l'estomac. Elle l'en plaisantait pour répondre aux moqueries, bien peu méchantes il est vrai, qu'il avait pour elle, par exemple lorsqu'il lui disait qu'elle devait faire attention à ce qu'elle mangeait.

Elle retrouvait Ulysse comme au premier jour de leur rencontre, plus mince, plus svelte, le visage anguleux. Elle gardait de cette première fois un souvenir si vivace qu'il lui arrivait souvent d'y penser quand elle voulait s'habiller pour sortir avec lui à l'occasion d'une fête ou d'une cérémonie.

Elle était dans la cour de la petite maison des Granges où ils habitaient avec Jean-Louis, son mari, ouvrier à la papeterie de Villognon. Elle avait d'abord pensé que le conducteur de la voiture qui venait de s'arrêter devant le portillon de l'entrée voulait un renseignement. C'était fréquent. Leur habitation était la première des neuf maisons que comptait la petite agglomération et, après la dernière, la route devenait un chemin qui se perdait dans des prés peuplés de vaches et de moutons.

— Madame Martin ?

— Elle-même.

Une réponse teintée d'étonnement. L'étranger descendu de cette grosse automobile venait de s'adresser à elle en l'appelant par son nom. Cela l'inquiéta. Puis elle eut honte. Elle sortait de l'étable dans la blouse qui servait pour la traite et le pansage. Elle savait qu'il y avait autour d'elle cette affreuse odeur, si tenace qu'elle imprégnait jusqu'à la peau. En sortant dans la cour, elle avait enlevé, sans aucune précaution, le foulard protégeant sa chevelure des frôlements contre le cuir des bêtes, et des mèches pendaient sur ses joues. Cet homme qui l'observait devait penser qu'elle était de ces paysannes qui se négligent, insouciantes de leur aspect.

— Votre mari est là ? J'ai quelque chose à lui demander.

Zut, ce n'était pas un renseignement qu'il voulait, mais entrer et parler à Jean-Louis. Heureusement, celui-ci n'était pas encore revenu de l'usine. Cette semaine, il était de la faction de 4 heures à 12 heures.

— Il n'est pas rentré de son travail.

Ulysse Rozier, c'était ainsi qu'il s'était présenté en restant derrière la clôture qui le masquait jusqu'à la taille, semblait hésiter. Elle se maintenait à distance, à cause de l'odeur et des traces de salissures qu'elle espérait invisibles, et cependant assez près pour ne pas paraître impolie. Avant qu'il ne reparte, elle lui avait promis de faire la commission. Il avait entendu dire que M. Martin coupait du bois l'hiver ; or justement il avait une coupe à faire, et avait pensé à lui. En repartant, il avait répété son nom.

Jean-Louis complétait son maigre salaire de la papeterie par des travaux de bûcheronnage. Laure, de son côté, élevait deux ou trois veaux pour la boucherie, vendait le lait de ses vaches, ses fromages et les œufs de ses poules.

Lorsque Ulysse Rozier se présenta, la semaine d'après, c'était à une heure où elle avait déjà fait une toilette complète, procédé à une mise en plis de sa chevelure, après avoir conservé toute la matinée des bigoudis sous un foulard, et mis la robe qu'elle revêtait l'été, quand ils allaient à la foire de Rouillac si celle-ci avait lieu un dimanche.

Elle était demeurée auprès des deux hommes pendant qu'ils discutaient et se mettaient d'accord. Elle avait été flattée qu'Ulysse Rozier s'adresse à son mari en lui donnant du « monsieur Martin » et à elle, avec un sourire, du « madame ». C'était vraiment différent du « Lolo » par lequel l'interpellaient les gens du hameau.

Pourquoi cette première rencontre avec Ulysse lui revenait-elle aujourd'hui ? Pourquoi pas les autres qui étaient toute leur histoire ? Face à Antoine, l'autre soir, elle avait vu le fantôme d'Ulysse, son regard, le même regard profond, inquisiteur et soudain changeant, où la douceur se mêle à l'ironie. Elle avait craint qu'il ne la trouve mal habillée, pas assez coquette, marquée par l'âge. Quand elle était rentrée chez elle, elle s'était jugée stupide et ses pensées déplacées. Pourquoi Antoine lui aurait-il prêté attention ?

C'était, à n'en pas douter, cette étrange ressemblance entre les deux hommes qui ressuscitait ces souvenirs. Quel était l'âge d'Antoine ? Environ quarante ans. Ulysse ne parlait pas en années quand il pensait à l'anniversaire de ce fils exilé volontaire. Il disait, au moins un mois à l'avance : « Le 5 mai, c'est l'anniversaire d'Antoine. Je ne peux pas lui envoyer des sous, il gagne plus d'argent que moi. » Alors il obligeait Laure à réfléchir avec lui.

Elle connaissait mal les goûts de celui qui l'avait dédaignée ostensiblement lorsque son père les avait présentés. Elle se substituait à une mère sans doute adorée qu'elle ne pourrait jamais remplacer. Au fond d'elle-même, elle l'avait compris, sans pour autant l'admettre.

Pour dénicher le cadeau, ils allaient à Angoulême ou à Poitiers. Un jour, il l'avait entraînée jusqu'à Bordeaux. Il n'y avait rien de mieux, disait-il, que la rue Sainte-Catherine. Mais cette année, à la même époque, Ulysse se planta devant elle. Assise sous la tonnelle du jardin, elle tricotait.

— Et si tu lui tricotais un pull ?

Un pull-over pour Antoine ? Elle n'oserait jamais. Elle argua qu'elle ignorait sa taille. Il balaya l'objection en lui affirmant qu'Antoine et lui avaient la même taille, l'estomac en moins. Il fit cette dernière remarque dans un sourire, afin probablement de l'attendrir. Elle pensa le convaincre en lui faisant valoir l'incongruité d'un tel cadeau. Elle n'était peut-être pas très instruite, mais tout de même assez pour savoir qu'en Guyane et en Amazonie il n'avait pas besoin d'un pull. Elle finit par rendre les armes quand il l'assura que, lorsque Antoine viendrait en Europe, il le mettrait dans ses bagages. D'ailleurs, à leur dernière rencontre, en Normandie, Antoine grelottait, et s'il avait eu un pull ce jour-là... Dans la lettre qui les remerciait, il avait affirmé que le pull était très beau et qu'il lui allait très bien.

Après avoir fini de préparer les crêpes roulées au jambon et à la béchamel prévues pour le soir, elle se sentit un peu désœuvrée. Il lui vint alors l'idée de faire un peu de ménage dans la maison qu'Antoine occupait depuis déjà trois jours. Si elle s'autorisait à prendre cette initiative sans d'abord le consulter, c'est parce qu'il lui semblait qu'il avait beaucoup changé à son égard et se montrait très gentil avec elle.

Elle n'avait jamais aimé les portraits de la famille d'Ulysse qui ornaient les couloirs de la maison, mais aujourd'hui ils lui étaient indifférents. Antoine devait certainement apprécier qu'ils aient été conservés à leur place. Celui qu'elle aimait le moins était sans conteste celui de Mathilde. Il traduisait beaucoup de froideur, dans un visage hautain. Il y avait plusieurs autres photos d'elle dans de petits cadres sur pied en laiton. Ceux-là, elle n'avait pas pu s'empêcher de les ranger dans des tiroirs. Quand ils avaient quitté la maison pour aller habiter dans celle des métayers, Ulysse les avait ressortis et remis à leur place.

Elle se contenta d'essuyer les meubles et les bibelots du salon et de la salle à manger. Ces pièces n'avaient pas été occupées. Elle refit le lit d'Antoine en se disant que les hommes étaient décidément indifférents aux soins du ménage. Elle ouvrit les fenêtres des chambres pour aérer. Redescendue au rez-de-chaussée, elle revint dans la chambre d'Antoine, hésita devant la porte du cabinet de toilette. L'instant d'avant, elle avait pensé qu'il n'aimerait pas qu'on ose pénétrer dans son intimité. Pourtant elle ouvrit la porte qu'elle s'apprêtait à refermer quand elle s'immobilisa, saisie. Sur la table de toilette, une petite trousse de maquillage en cuir rouge, identique à celle qu'elle avait offerte à Marie pour Noël. Elle s'avança. Le M gravé sur le côté avait cette tache d'encre indélébile que Marie avait faite et qui l'avait tellement vexée.

Si la trousse se trouvait là, c'est que Marie l'y avait laissée. Qu'était-elle venue faire ici ? Marie… Antoine… Le rapprochement lui faisait mal et elle savait pourquoi. Oh, bien sûr, elle n'ignorait pas que sa fille avait de temps en temps une aventure. Depuis son grand chagrin d'amour qui l'avait rendue dépressive pendant plusieurs années, elle ne cachait pas à sa mère ses rencontres et ses relations, se confiant à elle comme à une amie. Laure déplorait seulement qu'aucune ne se fût transformée dans la durée. Mais qu'elle soit devenue aussi vite la maîtresse d'Antoine, cela la stupéfiait. Il fallait que ce fût un coup de foudre auquel l'un d'eux avait cédé. Et si c'étaient les deux ?

Elle se prit à espérer, sans trop y croire, que Marie avait seulement utilisé la salle de bains en même temps qu'Antoine pour se maquiller – elle était assez libre et parfois assez inconséquente. Dans ce cas, la trousse était un simple oubli. Elle se promit d'en parler bientôt à sa fille.

14

Après une si longue absence, Antoine redécouvrait avec bonheur des sensations, des odeurs, des parfums, en roulant vitres baissées en direction de Borsac. Il avait plu pendant la nuit. Par endroits, la terre retournée par les déchaumeuses dégageait l'âcre fumet de son humus. Lorsque la route étroite passait entre deux boqueteaux, un parfum de moisissures s'exhalait du sous-bois. Il pensa aux premiers champignons de l'automne proche. Un lièvre interrompit sa dégustation pour l'observer et se remit tranquillement à son repas, dès qu'il se fut éloigné.

La voix de Charles résonnait encore à son oreille. Il était troublé. Avant de rencontrer les Maury, il ne doutait pas que son père avait été victime d'un meurtre. Ce dernier avait mis au jour un terrible secret, lourd de conséquences, et il avait commis l'imprudence de le divulguer. Maintenant, il était possible que son père fût mort dans un stupide accident. Un accident à cent exemplaires pendant la période de la chasse en France.

Pour se rendre à la gendarmerie afin de récupérer le fusil, il aurait pu traverser Borsac, mais il préféra la route que les familiers du pays empruntent les jours de marché ou de la foire mensuelle. Elle permettait d'éviter le centre du bourg et la grande place de la mairie et des halles. D'autre part, il savait que la voiture d'Ulysse Rozier était très connue et qu'elle ne manquerait pas d'attirer l'attention de ceux qui viendraient à passer. Depuis son arrivée, il repoussait ce moment où il lui faudrait s'arrêter, saluer, parler, écouter les condoléances des uns et des autres. Il imaginait sans peine que son retour était un sujet de conversation, que le décès de son père, et ses circonstances, suffisaient déjà à alimenter. En savoir davantage de sa bouche ne pouvait qu'être intéressant et permettrait d'interrompre une litanie de « y paraît que… ».

Il reconnut la Clio de Marie devant l'un des pavillons du nouveau lotissement que son père avait évoqué dans l'une de ses lettres. Des habitants de Borsac pour lesquels il était un étranger. Marie devait effectuer une visite. Sans réfléchir il rangea sa voiture sur le bas-côté à une dizaine de mètres de la Clio. Il avait envie qu'elle sorte, qu'elle l'aperçoive. Un brusque désir, violent. Si elle était libre, il différerait son déplacement à la gendarmerie. Ils iraient chez lui. Elle avait pris possession de lui, très vite. En guettant sa sortie de la maison, il se dit qu'il était aussi amoureux qu'un gamin. Depuis combien de temps cela ne lui était pas arrivé ? Méryl ? Non, c'était autre chose, il ne l'avait jamais autant désirée. Elle était voluptueuse et charnelle, elle avait su l'attirer, mais il n'avait pas rêvé, à aucun moment, d'être constamment près d'elle. C'était différent. Il revenait de ses chantiers, fatigué, assailli par les bestioles et les démangeaisons de leurs piqûres, il se sentait sale et, tout à coup, c'était la douceur et le parfum d'une peau dans la salle de bains, la chambre climatisée, des caresses surprenantes, affolantes…

Marie apparut sur le perron du pavillon, portant sa lourde sacoche en bandoulière. Elle lui tournait le dos, disant au revoir à une femme dont il n'apercevait qu'une partie du visage. Il sortit de sa voiture et elle ne le vit qu'au moment où elle se retourna après avoir refermé le hayon de son auto. Elle ne se précipita pas dans ses bras comme il l'avait espéré, mais attendit qu'il arrive à sa hauteur. Aux regards qu'elle jeta en direction de la maison, il comprit qu'elle craignait que l'on devine la nature de leurs relations.

— Qu'est-ce que tu fais là, Antoine ?

— Je contournais Borsac pour me rendre à la gendarmerie, quand j'ai reconnu ta voiture. Je me suis arrêté pour t'attendre. Tu as fini ta tournée ?

— Non, j'ai encore deux visites : des soins qui doivent se faire dans l'après-midi. J'en ai pour une heure, après je rentre. La journée a été dure.

— Dans une heure, je serai chez moi. Tu me rejoins ? J'ai terriblement envie de toi.

Elle regarda à nouveau en direction du pavillon.

— On dirait que tu as peur que l'on nous voie ensemble ?

— Ce n'est pas ça, Antoine, c'est moi qui suis stupide… À tout à l'heure, chez toi.

À les observer de loin, on ne pouvait que croire à une brève rencontre entre l'infirmière et l'une de ses connaissances. Ils ne s'étaient pas rapprochés, ils n'avaient pas senti leur souffle, ils avaient gardé la distance des convenances.

Elle s'installa rapidement derrière son volant, Antoine ne laissa rien paraître de sa déception. Il venait de s'apercevoir qu'on les regardait depuis une fenêtre. Il pensa que c'était la femme à laquelle, tout à l'heure, elle avait parlé sur le perron.

Il attendit que Marie se soit éloignée pour démarrer.

En pénétrant dans le bureau de la gendarmerie, il retrouva l'atmosphère de sa première visite. Cependant, le chef le reçut plus aimablement, l'invitant d'emblée à s'asseoir. Il ne parut pas pressé de le voir repartir, après lui avoir fait signer, en trois exemplaires, l'imprimé nécessaire à la restitution du fusil d'Ulysse.

— Avez-vous eu l'occasion de parler avec des chasseurs qui ont participé à la battue ?

La question survint comme au détour, comme étant de peu d'importance. Antoine se rendait bien compte cependant qu'elle n'était ni anodine, ni posée par hasard.

— Oui, un ami de mon père, Charles Maury, qui, comme moi, ne comprend pas qu'il ait pu être atteint à la tête.

— Vous n'êtes pas les seuls à être intrigués. Nous le sommes aussi.

Antoine eut soudain envie que l'entretien se prolonge. Il n'eut pas besoin d'imaginer comment, car le chef poursuivait :

— Immédiatement, au premier examen du corps, le médecin légiste et nous-mêmes avons éliminé la thèse de l'accident ; la détente accrochée par inadvertance ou bien l'arme qui tombe et que l'on essaie de rattraper. À bout portant, la balle aurait produit une blessure bien plus importante, et même effroyable. Mais là, nous avions – pardonnez-moi ce détail – une plaie apparente causée par un tir à distance. Et puis, lorsque nous avons ouvert le fusil, nous avons constaté qu'il était désarmé.

À notre première entrevue, je vous ai dit que les détenteurs des carabines Remington pouvaient être mis hors de cause et que les autres chasseurs, tous possesseurs de calibres douze, pouvaient être soupçonnés d'être l'auteur du tir malheureux. Toutefois, il est important que je vous précise quelque chose : les trois autres chasseurs qui progressaient en compagnie de votre père, à l'intérieur du maïs, ne peuvent pas être soupçonnés. Les examens ont révélé que leur arme n'avait produit aucun tir. Dans ces conditions, seuls les chasseurs qui cernaient le champ pouvaient être l'auteur de l'homicide par imprudence. Nous avons convoqué tout le monde et nous leur avons demandé de se replacer là où ils se tenaient au moment du drame. Cela n'a pas été facile, car beaucoup hésitaient et n'étaient pas toujours d'accord sur l'endroit indiqué par les autres. Enfin, on y est arrivé, hélas de manière un peu approximative. Cela nous a permis d'en éliminer six placés à une portée vraiment supérieure à celle reconnue pour un fusil de chasse. À vrai dire, ils ne sont guère que quatre ou cinq à avoir pu atteindre votre père.

Antoine se rendait à l'évidence, il avait eu tort d'imaginer un lien entre ce qui était arrivé à son père et la fameuse lettre. Un gendarme apporta le fusil, qu'il déposa sur le bureau. Saisi d'une intense émotion, Antoine caressa, sans la prendre en main, la crosse de l'arme avec le sentiment d'effleurer la main de son père. Le dernier objet qu'il avait manipulé… Antoine fut submergé par un flot de souvenirs. Dès qu'il avait été assez fort et assez adroit pour le tenir, Ulysse lui avait accordé l'immense privilège de le nettoyer au retour de la chasse. La première fois, il lui avait montré des inscriptions gravées sur la partie métallique de la crosse. « Excelsior » et deux initiales, « O. P. » : la série de la fabrication et la signature de l'armurier. Ensuite, il s'était perdu dans des explications dont Antoine avait conservé quelques bribes. Son père, « ton grand-père », avait acheté ce fusil de la manufacture de Saint-Étienne, chez Brunet, l'armurier qui, à l'époque, avait son magasin, avenue Gambetta à Angoulême. Un canon *plume*, autrement dit « allégé ». Une arme capable de tirs à longue distance. Une arme extrêmement moderne pour l'époque. Les paroles d'Ulysse résonnaient à son oreille.

Machinalement, il fit pivoter le verrou et les canons basculèrent. Par réflexe, il les porta devant ses yeux, à la lumière de la fenêtre du bureau. Les deux gendarmes l'observaient, le chef, quant à lui, paraissait satisfait de cette inspection.

— Mais on a tiré avec cette arme !

— Exact, monsieur Rozier, et cela nous a paru très bizarre. Le coup droit a été utilisé ! Comme il n'a pas pu se tuer avec son fusil, il aura dû s'en servir avant la battue et le rassemblement avec le lieutenant de louveterie. On ne peut pas prétendre que votre père négligeait d'entretenir son arme : le canon gauche était parfaitement propre ! Et l'on ne voit pas non plus qu'il ait nettoyé un canon et pas l'autre… Alors ? La seule explication possible, d'après nous, c'est que votre père, avant de se rendre à la battue, aura essayé une cartouche sur une cible. Votre propriété est assez grande pour ça.

Antoine était loin de penser comme le gendarme, ou bien alors il fallait imaginer qu'Ulysse avait beaucoup changé, pour déroger ainsi aux anciennes obligations et consignes qu'il avait toujours imposées. Jamais un coup de feu ne devait être tiré dans la cour ou le jardin. Il avait encore le souvenir cuisant de la seule gifle que son père lui avait administrée. Il avait douze ans. Cette année-là, son cadeau de Noël avait été une carabine tirant de vraies cartouches à plomb, une neuf millimètres. Une arme initiatique pour le futur chasseur qu'il deviendrait. Il n'avait pas eu la patience d'attendre qu'Ulysse l'accompagne dans le grand enclos à la sortie de Borsac. C'était le verger des Rozier, entouré d'un mur de plus de deux mètres de hauteur où s'alignaient des rangées de pommiers, poiriers, pruniers et cerisiers. Lieu sacré que son père défendait jalousement contre les étourneaux, les merles, les grives et les moineaux. Seuls les mésanges, pinsons et autres passereaux colorés jouissaient d'une certaine immunité, sans doute due à leur plumage tellement admiré par Mathilde et à leur utilité reconnue.

En cette saison, les deux plaqueminiers, caprice de Mathilde, achetés chez un pépiniériste, portaient encore leurs magnifiques fruits orange. Plantés dans le jardin devant la maison, ils étaient la table des merles et des grives. Antoine n'avait pas su résister : il avait trucidé un malheureux merle occupé à déguster un kaki. La détonation avait effrayé Mathilde et causé l'irruption d'Ulysse. La gifle et la confiscation de la carabine jusqu'à la fin des vacances avaient marqué la fin de ses exploits cynégétiques.

15

À peine était-elle rentrée chez elle que Laure retourna chez Antoine. Désemparée, elle voulait s'assurer que rien ne pouvait trahir son passage. Elle avait essuyé les meubles et les bibelots, remis en place des chaises et des fauteuils. Est-ce que cela se voyait ? Si, le lit qu'elle avait refait très soigneusement selon son habitude ! Elle entreprit de le rouvrir, essayant de se rappeler comment elle l'avait trouvé. À la manière des criminels des séries télévisées, elle s'efforça d'effacer toute trace de son incursion. Elle ne résista pas devant le cabinet de toilette. Elle ouvrit la porte. La trousse était toujours là, visible, tellement visible. Elle fut tentée de s'en emparer. Ce serait le moyen d'obliger Marie à reconnaître sa présence en ces lieux ? Elle renonça aussitôt à cette idée. Sa fille avait trente ans, c'était une femme épanouie, apparemment heureuse malgré le grand chagrin d'amour subi dans sa vingtième année. Indépendante, elle ne supporterait aucun reproche sur sa conduite avec Antoine. Quel reproche ? Elle imagina ce qui se passerait. « Mais qu'est-ce qui te prend, maman ? C'est parce que c'est Antoine ? Le fils de ton mari ? Un presque frère ? » Alors, elle répondrait : « Tu ne crois pas si bien dire. » Et Marie la regarderait de ses beaux yeux verts qu'elle aime tant. « Assieds-toi, il faut que je te raconte. J'espérais ne jamais avoir à le faire. Ou alors bien plus tard, quand tu aurais fait le choix de l'homme qui partagera ta vie. »

Assise sous la véranda, Laure se tenait immobile, ressassant dans sa tête son dialogue avec Marie. Elle ne pensait plus à son éternel tricot dont elle se saisissait dès qu'elle se trouvait oisive. Elle avait oublié le sac de haricots à écosser que la voisine lui avait apporté le matin et remis à plus tard le raccommodage d'un vieux drap qui pourrait encore servir.

Tout à l'heure, en arrivant, Marie l'embrasserait avant de s'asseoir à côté d'elle, comme tous les jours. C'est le moment qu'elle avait choisi pour lui raconter. Elle ne la regarderait pas. Ce serait plus facile en fixant les rosiers grimpants sur le mur d'en face, ou bien le parterre garni de soucis encore en fleurs. Elle commencerait par lui dire qu'elle aurait dû lui en parler beaucoup plus tôt, mais qu'il lui avait toujours semblé que c'était à Ulysse de le faire, parce que lui connaissait les mots pour ça, tandis qu'elle…

« Mais enfin, maman, tu m'inquiètes avec tout ce mystère ! » Elle répondrait : « Tu as raison, Marie. Bon, eh bien, écoute. » En butant sur les mots, elle avouerait qu'elle avait aimé Ulysse Rozier alors qu'elle était encore la femme de Jean-Louis Martin et qu'ils s'étaient aimés passionnément. « Et papa ? Tu as trompé papa ? », s'exclamerait Marie. « Ton père ? Je n'ai jamais eu l'impression de le tromper, parce que je l'aimais vraiment, mais d'une autre façon. »

Elle oserait regarder vers Marie, pour y lire la réprobation dans ses yeux verts et dans sa bouche. Marie n'avait pas quatre ans quand Jean-Louis avait été renversé par une voiture en revenant de l'usine. Il faisait nuit. Il n'était peut-être pas très bien éclairé. C'est ce qu'avait prétendu le chauffeur, mais les gendarmes n'en avaient pas tenu compte : le vélomoteur était réglementairement équipé. Marie ne garde que de vagues souvenirs de son père, quelques images que les photographies entretiennent.

Laure songeait qu'elle devrait tout dire, ne rien taire. C'était trop important. Elle voyait bien qu'elle n'avait pas avoué l'essentiel. Jusque-là, c'était une aventure semblable à celle de beaucoup de femmes, sauf que... Oui, il faudra qu'elle trouve le courage de ne rien lui cacher.

Jean-Louis avait accepté le chantier d'abattage des bois de M. Rozier. Il s'était passé quelque temps sans qu'elle revoie cet homme si aimable et si prévenant avec elle. Quand ils se rencontrèrent à nouveau, ce fut dans des conditions qu'elle n'aurait jamais envisagées. Comme chaque jeudi matin, sur le marché de Borsac, elle avait installé, sur la petite table qui lui servait d'étal, les œufs et les fromages qu'elle vendait afin d'augmenter ses revenus. Quand elle le vit, planté devant elle avec au coin de la bouche le pli moqueur qu'elle avait remarqué au premier jour, elle faillit, en se dressant brusquement, renverser le pliant sur lequel elle se tenait assise dans l'attente des clients.

— Si vous m'aviez dit que vous étiez sur le marché de Borsac, le jeudi, je n'aurais certainement pas manqué de passer pour vous saluer. Les courses, ce n'est ni moi, ni mon épouse qui nous en chargeons. C'est l'affaire de Marguerite Rousset, la femme de notre métayer. Peut-être la connaissez-vous ?

Elle ne se rappelait pas sa réponse. Elle avait certainement bredouillé n'importe quoi, tellement elle était troublée.

Ulysse prit l'habitude de se rendre au marché, chaque jeudi. Quand elle n'était pas occupée avec un client, ils bavardaient. Peu à peu, elle fut moins intimidée et se surprit à répondre à une de ses plaisanteries par une autre plaisanterie.

Ce jeudi-là, il avait plu. Un orage violent, accompagné d'une bourrasque. Des étals s'étaient effondrés, faisant fuir la foule. Elle avait réussi à rassembler ses produits sous une toile. On était en juillet. Elle avait mis une robe légère pour ne pas trop ressembler aux autres marchandes. La trombe l'avait transpercée, le tissu collait à son corps révélant toutes ses formes. Il avait surgi, tel un sauveur, et, sans lui demander son avis, avait tout entassé dans le break avec lequel il était venu. Assise à côté de lui, sur le siège du passager, elle grelottait et claquait des dents. L'eau dégoulinait de ses cheveux épars sur son visage. Elle ne pensait pas qu'elle était laide. Plus tard, il lui dirait qu'il l'avait trouvée magnifique : c'était après leur arrivée aux Granges, une fois qu'il l'avait aidée à tout ranger.

Elle l'avait rejoint dans la cuisine qu'elle avait quittée un instant plus tôt pour aller se changer. Ils ne s'étaient rien dit, ils s'étaient rapprochés l'un de l'autre, si proches qu'ils sentaient la chaleur de leur souffle et de leurs corps. Elle n'avait opposé aucune résistance quand il l'avait enlacée et entraînée dans l'unique chambre de la maison.

Non, elle ne s'imaginait pas rapporter tous ces détails à Marie, pas de cette manière. C'étaient ses images à elle et elles n'appartenaient qu'à elle et à Ulysse. Oui, elle reconnaîtrait qu'elle était coupable d'avoir trompé Jean-Louis, après quatre ans de mariage. Ils s'entendaient bien, ils étaient heureux, mais Ulysse lui avait apporté le rêve.

« Avec Jean-Louis (elle utiliserait le prénom, plutôt que « ton père »), nous avions décidé de ne pas avoir d'enfants tout de suite, de faire des économies. Seulement, quand on a pensé à avoir cet enfant, on s'est dit qu'on avait peut-être trop attendu. Une femme ne doit pas trop contrarier la nature. Et avec ça, ta grand-mère Martin qui nous relançait en nous répétant : "Alors quand c'est-y que vous allez me faire un p'tit ?", et Jean-Louis qui répliquait : "C'est pas faute d'essayer !" Quand j'ai été enfin enceinte de toi, il y avait plus d'un an que j'étais la maîtresse d'Ulysse et je continuais d'avoir des rapports normaux avec Jean-Louis. »

Laure se dit qu'elle n'allait pas pouvoir lui raconter ça de cette façon. Et pourtant, il fallait que sa fille comprenne qu'à ce moment-là elle ne pouvait savoir qui en était vraiment le père. Jean-Louis était tellement fier et heureux d'avoir une fille, tandis qu'elle était tellement partagée, tellement dans le doute. Elle ne pourrait surtout pas lui avouer qu'après la mort de Jean-Louis elle avait décidé que sa fille serait celle d'Ulysse. D'ailleurs, en grandissant, elle lui avait trouvé des ressemblances avec l'homme qu'elle avait finalement choisi.

Laure, assise sous sa véranda, pleurait doucement. Une passion se nouait entre ces deux êtres si proches d'elle, et elle devait la détruire. Elle ne saurait pas trouver les mots pour le faire. Elle en voulut à Ulysse de ne plus être là.

16

Antoine aurait juré avoir laissé le portail ouvert en partant. Bien que la disposition des lieux lui permette de circuler autour du logis hors des regards indiscrets, il préférait entrer directement chez lui sans être obligé d'arrêter sa voiture, et d'en descendre. Lorsqu'il découvrit la Clio de Marie garée dans l'allée, il comprit pourquoi le portail avait été refermé. Elle était arrivée avant lui et ne souhaitait pas que l'on sache sa présence. Il fut contrarié d'être en retard et de la faire attendre.

Il pénétra dans la maison par la petite porte du bureau de son père. Le « passage d'Ulysse ». Il tenait le fusil d'une main et, malgré les conditions dramatiques de la situation qu'ils vivaient, il ne put s'empêcher de sourire. Il allait surgir devant Marie, peut-être la surprendre suffisamment pour lui faire peur, dans cette attitude du *bandit d'honneur*.

Elle l'attendait dans le salon. Par jeu, sans doute, elle n'avait pas répondu à ses appels, elle l'avait laissé parcourir une partie du rez-de-chaussée, étonné du silence, s'inquiétant presque de n'obtenir aucune réponse à ses appels. Au pied du grand escalier, il avait crié : « Tu es en haut ? », pensant qu'elle pouvait se trouver dans la salle de bains de l'étage ou dans l'une des chambres.

C'est en percevant un rire étouffé qu'il se dirigea vers le salon et la découvrit sur le canapé.

Elle éclata de rire en le voyant avec son arme à la main.

— Je me rends ! Prenez-moi ! Surtout ne me faites aucun mal ! Violez-moi !

Dans une position qui aurait pu être obscène en toute autre circonstance, Marie s'offrait à lui.

Ils se tenaient maintenant serrés l'un contre l'autre, silencieux. La lumière déclinante du jour cédait à la pénombre, créant une atmosphère feutrée troublée par le chahut d'une bande de moineaux dans les rosiers du jardin.

— Tu crois que quelqu'un avant nous a fait l'amour sur ce canapé ?

La soudaine question de Marie le prit au dépourvu et le choqua même un peu. Il ne pouvait répondre franchement, ni lui dire qui était Mathilde, une femme aimante sans doute, mais tellement froide dans son comportement de mère et d'épouse. Il n'avait jamais vu ses parents s'embrasser, encore moins s'étreindre. Mathilde était une catholique rigide et puritaine, et cela même vis-vis de son fils. Il était impensable que ce canapé ait pu être le lieu d'ébats amoureux. Il préféra jouer le doute.

— Cela m'étonnerait. Mais sait-on jamais ?

— Moi, je crois que ton père en était capable.

Antoine tressaillit.

— J'ai observé comment il se comportait avec ma mère. Ils étaient très amoureux l'un de l'autre. À l'âge de la puberté, quand la petite fille que j'étais a découvert qu'elle était une femme en voyant ses premières règles, j'étais agacée quand la main de mon beau-père s'attardait sur les fesses de ma mère et que celle-ci lui donnait une gentille petite tape sur les doigts, accompagnée d'un regard langoureux. Puis, quand j'ai su ce que c'était d'aimer un homme, je les ai souvent enviés.

Antoine se redressa. Lui aussi enviait cette femme encore offerte à côté de lui, mais pour une autre raison. Elle avait connu Ulysse sous un jour qu'il ne lui avait pas été donné de connaître et qui lui manquait à présent. Aussi voulut-il rompre le charme de leur intimité, quitte à la décevoir.

— Tout à l'heure, quand je suis entré avec le fusil de mon père à la main, tu t'es fichue de moi. Je pensais bien te surprendre et ce fut le contraire.

Marie se releva, réajusta sa jupe et prit le fusil qu'Antoine avait posé précipitamment sur le tapis devant la cheminée, afin de la rejoindre.

— Tu sais qu'il m'avait appris à tirer ? Ma mère n'était pas d'accord, elle a toujours eu peur des armes. Il a tellement insisté qu'elle a fini par céder, elle a même accepté que je passe le permis. Je n'aime pas tellement la chasse, mais il m'est arrivé de l'accompagner. Il me prêtait son douze comme il disait, et je reconnais que je n'étais pas mauvaise sur les cailles. Quand il a voulu m'offrir un fusil, j'ai refusé. J'avoue qu'aujourd'hui je le regrette.

Marie s'était approchée de la porte-fenêtre tout en parlant. La lumière du jour du côté du jardin était encore assez forte.

— Mais ce n'est pas son fusil !

Il sursauta, tant l'exclamation avait été violente.

— Mais si, c'est son fusil. Quand le gendarme me l'a apporté, j'ai tout de suite vérifié l'inscription gravée sur la plaque de la crosse. C'est bien un Excelsior de la manufacture de Saint-Étienne et il y a bien les initiales « O. P. » de l'artisan armurier.

— Je t'assure, Antoine, que ce fusil n'est pas celui de ton père. Cette crosse est ancienne, alors que celle du fusil d'Ulysse était neuve. Même s'il l'avait choisie dans un bois vieilli et patiné, on voyait bien en l'observant que ce n'était pas la crosse d'origine comme celle-ci semble l'être.

— Tu es certaine de ça ?

— Évidemment ! L'an dernier, en mettant son fusil en bandoulière, la bretelle s'est décrochée et la crosse s'est fendue en heurtant le carrelage de la cuisine. Putain ! Si tu l'avais entendu râler et se traiter d'imbécile. Sans perdre de temps, il est allé porter son fusil chez Brunet, l'armurier de l'avenue Gambetta à Angoulême.

Antoine reprit le fusil des mains de Marie pour l'examiner attentivement. Aucun doute, la crosse semblait être celle d'origine avec ses éraflures anciennes, cicatrices de nombreuses campagnes de chasse. Ignorant ce détail qui lui paraissait maintenant capital, il n'avait pu en faire part au chef. Mais alors, à qui était l'arme qu'il avait entre les mains ? Apparemment, c'était celle que son père détenait le jour de la battue. Où était son fusil ? Il fallait alerter tout de suite la gendarmerie.

— On n'a plus le temps d'aller à la brigade. Maintenant, ils ont des horaires de permanence.

— Téléphone-leur. On ne sait jamais.

Le conseil de Marie était judicieux. La voix du chef manifesta d'abord une certaine impatience, puis finit par écouter les explications d'Antoine. Un grand silence accompagna ses révélations, suivi d'une protestation véhémente lorsqu'il lui suggéra la possibilité d'une erreur au moment où ses hommes à lui avaient répertorié les armes remises par les chasseurs. Pour finir, le chef lui demanda de bien vouloir rapporter le fusil le lendemain matin.

Tandis qu'il était au téléphone, Marie s'était éclipsée dans le cabinet de toilette. En attendant son retour, il essayait de récapituler tous les faits qui tournaient autour de la mort de son père. Depuis trois jours, ils avaient été si contradictoires et entourés de soupçons qu'il ne savait plus quoi penser. Cette histoire de fusil le perturbait. C'était d'une telle invraisemblance ! Ulysse le méticuleux aurait eu entre les mains un autre fusil que le sien ? Et pas n'importe lequel, puisqu'il s'agissait d'une arme aussi ancienne et de la même provenance ? Il y avait là un véritable mystère, presque une impossibilité. Quand il avait supposé avec Marie qu'une erreur avait pu se produire lors de la collecte des armes, le gendarme s'était récrié comme si on l'avait outragé…

Marie revint en fredonnant. Il avait déjà remarqué cette façon qu'elle avait de chantonner, sans raison apparente. Il s'avança au pied de l'escalier pour la saisir et la soulever. Leurs visages étaient à la même hauteur. Les yeux verts plongeaient dans les siens.

— Est-ce que tu aimerais habiter ici ?

Elle pencha la tête en arrière pour mieux voir son visage.

— Je veux dire : si moi-même j'y étais aussi… ?

Il ne savait pas lui-même ce qui l'avait poussé à lui demander ça. Certainement un sentiment très fort et incontrôlable. Antoine sentit la chaleur de la jeune femme et resserra son étreinte.

— Arrête, Antoine, tu me fais mal.

Il la reposa sur le sol sans pourtant la lâcher. Maintenant, elle était obligée de lever les yeux.

— Tu es sérieux ? Si c'est une plaisanterie, tu aurais pu choisir autre chose.

Au ton de sa voix, il comprit qu'elle ne prenait pas sa question à la légère.

— Ce n'est pas une plaisanterie. Je n'ai pas envie de badiner avec l'avenir de ma maison. J'ignore encore ce que je vais décider. Repartir ou rester. Je suis employé par ma société pour un temps qu'il m'appartient de gérer, sauf catastrophe économique mondiale qui ferait que la Stiep disparaisse. Alors, c'est venu comme ça. J'ai eu envie de te proposer de vivre ici. Dans cette maison, pour qu'elle renaisse.

— Ce ne sera jamais sans toi, Antoine. Si je m'y sens bien, c'est parce que tu es là. Sinon, cela ne signifie rien. Je n'ai aucun souvenir ici. Mon passé dans cette maison n'a pas plus de trois jours. Je n'aurais aucune peine à l'abandonner, si toi tu n'y es pas.

— Je n'ai encore rien arrêté, mais tu pèseras lourd dans mon choix.

Marie eut un élan vers lui, se blottit contre sa poitrine et l'étreignit très fort. Dehors, le soir d'automne balayait les dernières lueurs du jour. Les moineaux du jardin s'étaient tus. Antoine referma le lourd portail derrière la voiture de Marie. Ils allaient se retrouver à table, face à Laure, cachottiers et gardiens de leur secret.

17

La ferme des Rondeau était une grosse bâtisse refermée sur elle-même, avec des murs quasiment sans ouvertures sur la rue. Lorsque son porche roman était clos, il était impossible de deviner ce qui se passait dans la grande cour carrée sur laquelle s'ouvraient les pièces de l'habitation et toutes les dépendances. Rares étaient les passants, puisque la rue qui la desservait depuis Borsac devenait un chemin communal goudronné traversant les champs immenses de la propriété avant de rejoindre la forêt.

La présence fréquente de Norbert Rondeau posté en sentinelle assise sur le banc de pierre à côté du porche suffisait à intimider les promeneurs. Le vieux patriarche avait décidé, le jour de ses quatre-vingts ans, d'effectuer la passation de pouvoir de l'exploitation du domaine à Henri, l'aîné des quatre enfants qu'Henriette, son épouse, lui avait donnés. Depuis, il passait de longs moments assis, raide dans son costume de toile ou de velours selon la saison, gardien rébarbatif de la propriété. Les mains posées en appui sur la crosse de sa canne, Norbert dit « le vieux Rondeau » fixait d'un regard d'aigle toute silhouette qui sortait de Borsac, en se demandant quel motif pouvait la mener vers une plaine dont il était presque l'unique propriétaire, et dans des champs où il n'y avait rien d'autre que des céréales. Norbert Rondeau manifestait une incompréhension totale pour cette lubie moderne de la promenade ou de la randonnée. Il ne comprenait pas que l'on puisse éprouver du plaisir à marcher dans des lieux faits pour les cultures et, à la saison, la quête du gibier.

Lorsque la fourgonnette de son père franchit le porche pour aller se ranger à côté des tracteurs sous un hangar, Henri, qui se dirigeait vers la maison, s'arrêta pour l'attendre. Son père revenait de la gendarmerie où il était allé chercher leurs fusils et il se demandait si le chef avait accepté de lui remettre le sien. Avec toutes les complications de l'administration et les règlements, il était fort possible qu'on le lui ait refusé. Lorsqu'il le vit s'extirper de sa voiture, les mains vides, il fut étonné et s'avança vers lui.

— Ils ne t'ont pas remis nos fusils ?

— Je ne suis pas entré dans la gendarmerie. Au moment où j'arrivais, Antoine Rozier y pénétrait. J'ai attendu au moins un quart d'heure qu'il ressorte. Mais comme ça avait l'air de durer, j'ai préféré repartir et revenir demain matin.

Henri n'aurait pas plus aimé que son père croiser Antoine. Lui présenter ses condoléances aurait été pure hypocrisie. La mort d'Ulysse Rozier le laissait parfaitement indifférent. Il y avait longtemps que les deux familles ne se parlaient plus, pour des histoires d'attribution de terres au moment des opérations du remembrement, et il n'avait aucune raison de tenter un rapprochement. De plus, quand Ulysse avait laissé la totalité de ses terres en fermage aux Boisseau, un jeune ménage d'agriculteurs qui se spécialisaient dans le bio, il leur avait ôté la possibilité de s'agrandir et de cultiver une zone pourvue des plus beaux espaces de culture de Borsac.

— Mais j'y retournerai dès demain matin. Nos fusils seront mieux ici que là-bas.

Dans la grande pièce à la fois cuisine et salle à manger, les Rondeau mangeaient en gardant le silence. C'était le début du repas et chacun semblait apprécier la soupe de légumes que Jeanne, la femme d'Henri, avait préparée en y ajoutant une carcasse de canard. Les places autour de la longue table étaient immuables. À une extrémité se tenait Norbert. On attendait toujours qu'il soit assis pour commencer à servir. Le service revenait à Jeanne. À la droite de Norbert, Henri. Il occupait la place dévolue à l'aîné des garçons. Face à lui, Henriette, sa mère. À quatre-vingt-deux ans, dans son habillement strict venant des magasins de prêt-à-porter féminin les plus chers d'Angoulême ou de Poitiers, avec ses bagues, son sautoir et son énorme bracelet en or, elle illustrait son origine. Née Corbet et fille unique, elle avait apporté, dans la corbeille de mariage, une propriété à Levroux dans l'Indre, une ferme que Jean, le cadet d'Henri, exploitait. À côté d'elle, Bernadette, la seule fille de la famille. À cinquante-trois ans, elle était une parfaite caricature de vieille fille. Mal habillée au contraire de sa mère, rébarbative et desséchée par manque d'amour, elle était à la fois méchante et mauvaise langue, tout en étant très pieuse. La place souvent inoccupée à côté d'Henri était celle de Jeanne. Elle s'y installait sur une fesse entre deux plats à servir, toujours à surveiller si son beau-père ou sa belle-mère ne manquaient de rien. Jeanne était d'extraction simple, selon l'expression d'Henriette. Si elle était entrée dans la famille, c'était par raison ou, si l'on veut, par raisonnement. Assez jolie et bien faite, cette fille de petits cultivateurs de Borsac avait su attirer le regard d'Henri Rondeau. Il avait eu du mal à faire accepter à ses parents sa volonté de l'épouser, mais les qualités de ménagère de la jeune femme et son talent de cuisinière s'étaient révélés déterminants. Décision devenue d'ailleurs nécessaire depuis que Suzanne, la vieille servante à vie, avait pris le chemin du cimetière.

Bien conformée et d'excellente santé, Jeanne avait fait six enfants en neuf années de mariage. Les quatre premiers ayant été des filles, Henri avait insisté : il lui fallait un garçon pour lui succéder. Le cinquième exauça son souhait, et pour parer à tout hasard il en fit un sixième qui, opportunément pour Jeanne, fut encore un garçon. Élevés dans le giron familial et le cloisonnement de l'école libre de Borsac, qui les avaient soigneusement tenus à l'écart des enfants de la commune, les deux garçons étaient pensionnaires à Saint-Paul à Angoulême et les filles au Sacré-Cœur.

À côté de Bernadette et en face de personne, Marc, le deuxième et dernier garçon des Rondeau. Peu doué pour les études, taciturne, solitaire, parfois violent, il travaillait sous les ordres de son aîné qui le traitait plus en domestique qu'en frère. Il était resté célibataire. Il faisait peur à Jeanne qui évitait de rester seule en sa compagnie. Elle l'avait souvent surpris en train de l'observer, surtout l'été quand elle mettait une robe légère pour être plus à l'aise, qui s'entrouvrait parfois, laissant voir un peu de ses cuisses ou de sa gorge. Lorsque c'était le jour de la lessive des draps, elle envoyait Bernadette chercher ceux de Marc. Une fois qu'elle était allée elle-même dans la chambre qu'il occupait, elle y avait trouvé une revue pornographique et des taches qu'elle avait reconnues comme étant du sperme.

— Antoine ? Est-ce qu'il est toujours pareil ?

La question d'Henri, faisant suite à ses pensées et s'adressant à son père, rompit le silence. Les femmes n'y prêtèrent pas trop attention. Seul, Marc dressa l'oreille. Les deux hommes étaient coutumiers d'entamer des échanges à table sans se soucier des femmes. Ils suivaient leur idée ou bien ruminaient ce qu'ils s'étaient dit longtemps auparavant et s'exprimaient sans donner d'explications. Parfois, Marc intervenait. Ils l'écoutaient à peine et reprenaient le fil de leur conversation.

— C'est le portrait de son père, il y a vingt ans. Quand je l'ai vu sortir de la Mercedes, j'aurais juré que c'était Ulysse ressuscité.

— Qu'est-ce que tu crois, il va repartir ou bien rester ?

Norbert ne répondit pas tout de suite. Il réfléchissait. Si les deux hommes avaient été attentifs à ce qui se passait autour de la table, ils se seraient aperçus que, contrairement à leur habitude, les femmes écoutaient ce qui se disait. La mort d'Ulysse Rozier avait bouleversé la commune, *La Charente libre* et *Sud-Ouest* en avaient fait une première page et FR3 Poitou-Charentes, un reportage. C'était pour elles un bon sujet de bavardages.

— Il n'a jamais été agriculteur, on ne le devient pas du jour au lendemain, même si on est ingénieur. Bien sûr, il peut faire jouer son droit de reprise, mais quelque chose me dit qu'il ne le fera pas. Cela mettrait les Boisseau en difficulté et, en plus, ils ne sont pas en fin de bail.

Norbert monologuait. Les autres étaient tout oreilles. Mais sa pensée était ailleurs et, là où elle allait, personne ne devait le savoir, pas même Henri.

— Bon, avec tout ça, je pense qu'il est temps que Jeanne nous apporte la suite. Je ne voudrais pas manquer le débat télévisé sur la Une.

Jeanne et sa belle-mère se regardèrent. Elles auraient aimé regarder le film projeté sur la Deux. Quant à Marc, il se disait qu'il serait mieux dans sa chambre. Il avait loué un DVD porno, *Prends-moi partout*.

Henri était encore dans son bureau. Il avait de la comptabilité en retard. Norbert avait abandonné le débat télévisé, devenu inintéressant et incompréhensible. Les intervenants ne s'écoutaient pas, ne se laissaient pas parler. Il avait laissé la télévision aux femmes alors que leur film était commencé depuis une demi-heure. Il était sorti dans la cour. L'air frais le fit frissonner, il referma sa veste et noua son écharpe en se dirigeant vers le clos. Il aimait cet espace ceint de murs que la pleine lune éclairait cette nuit-là. Les nuances bleues de sa lumière dessinant les formes des arbres en taches noires et colorant les allées sablées d'un ton blanchâtre le laissaient parfaitement indifférent. Norbert Rondeau n'avait jamais eu une âme de poète. S'il aimait ces lieux, c'était pour leur calme. Là, à l'écart de la maison, dans cet espace préservé, il s'était souvent retiré pour réfléchir. Plus d'une fois il y avait pris une décision importante, et c'était là qu'il avait décidé de réduire Ulysse Rozier au silence définitif, sans bien savoir encore comment procéder. Son cerveau se refusait au mot d'assassinat. Il haïssait suffisamment cet homme pour penser que le tuer ne constituait pas un crime.

Soixante ans auparavant, il avait agi imprudemment, sans réfléchir, parce qu'il était jeune et qu'il avait foi en un idéal. C'était l'occupation allemande. La France avait enfin des gouvernants qui se préoccupaient d'éradiquer les juifs, les francs-maçons et les communistes. C'était la solution si on voulait s'en sortir, et il y croyait. Il fallait que des hommes comme ce Guy Rousset disparaissent.

Il détestait le jeune fanfaron qui passait devant le curé en criant « crôa, crôa », imitation imparfaite du corbeau. Un accapareur de biens qui ne se cachait pas, le dimanche au café, au milieu des joueurs de billard, d'être communiste. Mais tant que celui-ci s'en tenait aux paroles, il était difficile de le faire arrêter. Alors, quand il eut appris que Guy avait rejoint le maquis pour échapper au STO, il n'eut de cesse que de se renseigner pour savoir où il se trouvait. Et quand on lui eut indiqué que Guy était tout simplement caché avec deux ou trois autres dans la forêt parmi des charbonniers, Norbert Rondeau n'avait pas hésité. On pouvait bien affirmer que Guy Rousset était un terroriste, Norbert Rondeau ne s'en priva pas, en adressant une certaine lettre au commandant de la Kommandantur de Borsac. Il ne prit pas la peine de contrefaire son écriture, tant il était convaincu de la victoire finale et qu'il pourrait, plus tard, s'en prévaloir. S'il ne la signa pas, ce fut par simple prudence, pour le cas où elle s'égarerait. Mais voilà, les événements avaient tourné autrement et, comble de malchance, les archives que l'on croyait à jamais disparues dans l'incendie de la Kommandantur venaient d'être en partie retrouvées dans une vieille armoire de la mairie, parmi un entassement de paperasses.

Dire qu'il avait été adjoint au maire tout le temps d'un mandat et que ce document avait été à sa portée, que l'idée de fouiller dans les armoires ne lui était pas venue… ! Les vieilleries et les livres ne l'avaient jamais passionné. Il avait fallu que ce soit Ulysse qui mette la main dessus. Ulysse Rozier, peut-être le seul homme de la commune dont on ne pouvait acheter le silence. Car il aurait payé, et fort cher, pour récupérer cette lettre.

Le soir de cette fameuse séance de conseil – ah ! celle-là, il s'en souviendrait – Ulysse avait pris la parole, après que toutes les questions à l'ordre du jour avaient été débattues… Lorsqu'il l'avait entendu annoncer qu'il avait découvert, en triant les archives, des lettres de dénonciation datant de l'Occupation, son sang s'était glacé dans ses veines. Un brouhaha s'était ensuivi. Certains avaient aussitôt affirmé que c'était de l'histoire ancienne, tandis que d'autres, au contraire, avaient manifesté de la curiosité, demandant à en savoir davantage. Ulysse avait paru d'accord avec le maire selon lequel il convenait de tourner la page sur des événements concernant des gens disparus pour la plupart. Norbert s'en était trouvé soulagé. Mais, quand le nom de Guy Rousset avait été prononcé, un silence énorme avait pesé sur l'assemblée et, à nouveau, l'horreur de sa situation avait resurgi. Si l'on apprenait qu'il était l'auteur de la lettre, il se ferait lyncher. Marguerite et Henri Rousset traînaient encore leur chagrin et tout le village en connaissait la cause.

Norbert était persuadé qu'Ulysse parviendrait jusqu'à lui. C'était un homme intelligent et tenace. Il devait absolument l'empêcher de poursuivre son action. Il réfléchissait à longueur de journée. Il dormait mal. Il perdait l'appétit. Les siens le croyaient malade. Il fallut cette histoire de sangliers dans le maïs pour que le voile se déchire et se fasse jour la possibilité d'agir. Elle ne lui vint pas immédiatement, ce fut en préparant son fusil pour la battue.

La remarque de l'armurier, où il avait laissé son fusil à réviser, surgit, lumineuse. « Vous savez que vous avez quelqu'un de Borsac qui a le même fusil que vous ? Même origine, même série et, ce qui est plus rare, même signature. » Lorsqu'il avait prononcé le nom de Rozier, Norbert n'avait pas paru enthousiasmé. Il avait simplement lâché quelque chose comme : « C'est possible, nous sommes de vieilles familles de chasseurs. »

Le lendemain, sur les lieux du rendez-vous, il s'était tout naturellement approché du président de la société de chasse. Quoi de plus normal, même si tout le monde savait qu'ils se battaient froid ?

— Tiens, on dirait que ton fusil est identique au mien.

— Rien d'étonnant à cela, tu sais très bien que c'est celui de mon père et je suppose que le tien a dû suivre le même parcours. À leur époque, il n'y avait pas trente-six endroits pour acheter un bon fusil.

Norbert n'avait rien ajouté mais, en rejoignant les autres, il avait ressenti un malaise. Ulysse lui avait adressé un drôle de regard, un regard qui n'avait rien à voir avec le sujet de leur bref échange. C'est à ce moment-là que l'idée avait pris de la consistance. Un accident de chasse ! Oui, mais comment ?

La décision inattendue prise par les chasseurs de pénétrer à l'intérieur du champ de maïs fut le déclic. À la surprise générale, quand il vit qu'Ulysse se dévouait, il se porta volontaire. Ordre de ne pas tirer pour ceux qui allaient ainsi progresser. Le lieutenant de louveterie vérifia qu'aucune cartouche n'était dans les armes.

Ils devaient emprunter les allées tracées par les enrouleurs de l'irrigation. Norbert prit celle qui était à gauche d'Ulysse. Cela ne pouvait pas mieux tomber. À un endroit, il y avait un espace où le tracteur avait manœuvré. Dès qu'ils furent hors de portée du regard des autres, il mit une cartouche dans son coup droit et progressa du plus vite qu'il put. Il était loin d'être un bon tireur, mais un homme n'était ni la perdrix, ni la tourterelle qu'il manquait régulièrement. Lorsque Ulysse sortit du layon, il s'arrêta pour écouter les chiens. Il n'eut pas la possibilité d'apercevoir Norbert qui le visait avec beaucoup d'application dissimulé par un rideau de tiges de maïs. La détonation se perdit au milieu des autres.

Norbert réprima une nausée quand il se pencha afin d'échanger les fusils. Il avait pris la précaution de retirer la douille vide de la chambre et se félicita d'avoir pensé à tout. Si l'on s'enquérait de savoir s'il avait enfreint les ordres, on constaterait que son arme n'avait pas servi.

Norbert arrêta sa promenade à son endroit habituel. Le mur du clos était assez bas pour que l'on puisse voir la plaine se dérouler à l'infini. Dans la lumière lunaire, l'espace était impressionnant d'immensité et des résonances des bruits de la nuit. Cris et appels des chasseurs nocturnes poursuivant des proies affolées à l'approche de la mort. Demain matin, il récupérerait « son fusil ».

18

Un soleil blanc montait derrière un brouillard d'automne. Laure aimait cet instant où elle venait cueillir les derniers fruits de l'été s'attardant sur les poiriers, les pommiers et les plants de tomates agrippés à leurs tuteurs. Mais, ce matin-là, elle marchait entre les plates-bandes du potager, son panier à la main, indifférente au parfum de rosée sur les feuilles, d'humus sur les carrés qui attendaient les semis d'hiver.

Marie et Antoine, hier soir, étaient enfin arrivés, et bien tard pour le dîner. Antoine lui avait présenté ses excuses. Il ne s'était pas rendu compte de l'heure ; il était vraiment navré de l'avoir fait autant attendre. Comme pour se faire pardonner, il l'avait embrassée. Et elle, pauvre imbécile, avait oublié qu'il mentait. C'était Ulysse qui lui parlait.

Dans cette double vie qu'elle menait alors, folle amoureuse de cet amant merveilleux qu'était Ulysse, épouse aimante d'un Jean-Louis toujours constant et désireux que leur bonheur continue dans leur fermette des Granges, elle ne se reconnaissait pas, n'essayait pas de réfléchir et ne se demandait surtout pas si cela pouvait durer.

Pourquoi Antoine lui mentait-il ? Cela lui allait si mal. Elle savait que son excuse était fausse, puisque l'instant d'avant, inquiète de son retard et de celui de Marie, elle était allée jusqu'au logis et avait aperçu les deux voitures garées dans l'allée du porche. Si elle n'avait pas d'abord découvert la trousse de maquillage de sa fille dans cette maison, elle aurait certainement ressenti un choc violent. Elle était vite revenue sur ses pas, craignant qu'ils ne s'aperçoivent de sa présence. Sa peine était grande. Pour la première fois, les relations de confiance établies de longue date entre elle et sa fille étaient rompues. Déjà, enfant, Marie lui confiait tout, comme cette réflexion faite de sa voix fluette, un jour où elles étaient toutes les deux devant la gazinière, occupées à faire sauter les crêpes de la chandeleur : « Tu sais, maman, M. Ulysse qui était si gentil et qui ne vient plus, j'aurais bien aimé qu'il soit mon deuxième papa. »

Jean-Louis était mort depuis deux ans. Si Laure avait exigé qu'elle et Ulysse rompent dès le lendemain de l'accident, c'était à cause du remords. Elle s'en voulait terriblement de sa conduite honteuse. Ulysse n'avait pas insisté, mais sa peine était sincère. Quand elle l'avait raccompagné jusqu'au portillon de la cour, il l'avait regardée très sérieusement, un regard qui avait failli la faire revenir sur sa décision, avant de lui dire : « Laure, sache que je serai toujours là, et quand tu voudras je reviendrai. » S'ils avaient vraiment cessé de se voir, elle savait qu'Ulysse rôdait non loin d'elle sans se montrer. Marie grandissait. À huit ans, elle était devenue un petit bout de femme lui tenant compagnie avec de véritables conversations. Et puis, tout à coup, dans une réflexion naïve, elle avait exprimé le désir même de sa mère. Une mère qui ne pouvait lui avouer que, depuis quelque temps, elle rêvait d'Ulysse, qu'elle imaginait ses caresses, qu'elle entendait sa voix, ses histoires, son rire, que tout simplement, elle, la femme, le désirait de tous ses sens. C'est à cet instant qu'elle sut ce qu'elle devait faire, pour elle et pour Marie.

Laure comprenait qu'Antoine ne lui révèle pas ce qu'il y avait entre sa fille et lui. Elle espérait seulement que Marie ne tarderait pas à le faire, avant qu'elle-même ne soit obligée de lui dire qu'elle savait. Il allait falloir aussi lui dévoiler le doute qui la rongeait à propos de sa naissance.

Lorsque Marie arriva, le mensonge qu'elle lui servit lui fit très mal. Une urgence et un remplacement imprévu. Elle les avait regardés, l'un puis l'autre, en essayant de cacher sa déception. Elle avait failli éclater, leur crier : « Pour qui me prenez-vous ? » Elle s'était tue. Au commencement du repas, ils avaient reparlé d'Ulysse. À mots couverts d'abord, pour la ménager, puis d'une histoire de fusils qui auraient pu être échangés. Elle n'y comprenait rien et se demandait comment Marie pouvait déjà connaître tous les détails qu'Antoine était en train d'exposer. Car, à la façon dont elle donnait certaines précisions, il était évident qu'ils en avaient déjà parlé. Elle ne voulut pas intervenir, parce qu'ils évoquaient la possibilité d'un meurtre prémédité et non d'un accident.

Tout à coup, elle avait pensé : « Et si mes soupçons sur leurs rapports n'étaient pas fondés ? Et s'ils voulaient me tenir à l'écart de leurs recherches, menées en cachette, pour élucider la mort du père d'Antoine ?

Marie disait qu'elle avait voulu demander à Maud Thomas pourquoi son patron avait paru si contrarié de l'avoir surprise en train de parler à Antoine, mais que la présence de son mari l'en avait empêchée.

Quand Laure surprit la main d'Antoine posée sur celle de Marie, puis le regard de celle-ci vers Antoine, elle sut qu'elle ne s'était pas trompée sur la nature de leurs relations. Ils étaient bel et bien amants, et tout ce qu'elle avait remué dans sa tête à propos de la naissance de Marie resurgit.

Laure posa son panier à terre pour décrocher trois énormes tomates qui faisaient ployer la tige au risque de la rompre. Elle sursauta au « bonjour Laure » qu'Antoine lui adressa. Il se tenait à l'entrée du potager, souriant.

— Je ne m'avance pas davantage, le sol est boueux et je viens juste de cirer mes souliers. Si j'avais pensé vous trouver là, j'aurais chaussé les sabots de mon père dans le placard des chaussures.

Il eut l'air d'ignorer la mine sérieuse de Laure, continuant à lui parler depuis l'endroit où il se trouvait. Comme il allait à la gendarmerie rapporter le fusil, il venait savoir si, par hasard, elle avait des commissions à lui donner. Soudain, elle s'avança.

— Antoine, il faut que je vous parle.

En marchant vers lui, elle entendait sa voix. Elle ne la reconnaissait pas. Pas plus qu'elle ne reconnaissait la mère s'approchant de cet homme qui ressemblait tellement à Ulysse. Antoine sentit que quelque chose d'important se passait là. Il n'avait pas la moindre idée de ce dont il s'agissait, mais l'attitude de Laure était très éloquente. Il ne pensa pas à Marie.

— Si vous avez le temps, nous serions mieux à la maison.

Le ton était grave. Il craignit que ce ne fût quelque secret que Laure se sente obligée de dévoiler. Son attitude le laissait supposer.

Ils se tenaient face à face, tout près l'un de l'autre. Laure tenait son panier, Antoine le lui prit des mains et, en même temps, l'embrassa. Elle en fut bouleversée. Ils marchèrent en silence. Les phrases et les mots dansaient la sarabande dans la tête de Laure. Antoine était sans inquiétude apparente. Il apprenait un peu plus chaque jour à connaître la deuxième femme de son père, se disant que décidément Ulysse avait vécu deux vies vraiment différentes. Quand ils furent entrés dans la maison, Laure le fit asseoir. Elle entreprit de préparer du café. Ce matin, il n'était pas venu prendre son petit déjeuner comme les autres jours. Il leur avait dit la veille au soir qu'il s'arrêterait au Commerce, histoire de renouer avec le passé. Sa présence à Borsac étant maintenant connue, certains devaient s'étonner qu'on ne l'ait pas encore aperçu dans le bourg.

Ce ne fut qu'une fois assise en face de lui, tandis qu'elle tournait la cuiller dans sa tasse pour dissoudre le sucre, qu'elle parla.

— Antoine, ce que j'ai à vous dire me pèse, et il faut bien reconnaître que, tous les deux, vous ne me rendez pas la tâche facile.

— Tous les deux ?

— Oui, vous et ma fille. Pourquoi Marie, qui ne me cache rien, ne m'a pas dit qu'entre vous et elle il y avait quelque chose ?

Elle le regardait avec des yeux de souffrance, lui était stupéfait de ce qu'il entendait. Non que la question le gênât, il n'était pas un jeunot pris en faute et n'était pas stupide au point de croire que Laure le prenait pour tel. Non, ce qu'il n'arrivait pas à comprendre, c'était la réaction de Laure. Elle semblait tourmentée par ce qu'elle avait deviné. Quand il avait dit à Marie qu'elle ferait mieux de mettre sa mère au courant, que les femmes avaient des antennes pour ces choses-là, il ne s'était pas trompé. Il lui fallait rassurer Laure : il aimait sa fille, et ce n'était pas une passade.

— Laure, j'aime Marie. Dès que je l'ai vue, dès que je lui ai parlé, le jour de mon arrivée, elle m'a troublé. Cela ne s'est jamais produit, quelque chose d'aussi fort, d'aussi foudroyant. Je n'ai rien fait pour la séduire. C'est vrai qu'elle aurait dû vous parler, d'ailleurs je le lui ai demandé. Je ne comprends pas pourquoi elle a hésité quand je lui ai proposé de nous installer ensemble dans ma maison.

Antoine ne se rendait pas compte de l'effet produit par ses paroles. Au lieu de rassurer Laure, elles augmentaient sa souffrance et son désarroi. Maintenant, elle ne savait plus comment s'expliquer.

— Antoine, il aurait fallu que j'aie le courage de parler en présence de Marie. Hier soir, j'avais prévu de le faire. Mais vous êtes arrivés tous les deux très tard. Je savais que vous aviez de fausses excuses. Vous étiez ensemble chez vous, j'avais vu les deux voitures. Je n'ai rien dit quand j'ai surpris vos préoccupations. J'ai pensé que ce serait bien si vous pouviez découvrir comment Ulysse a été tué.

Tout en parlant, Laure fixait intensément Antoine, lequel comprenait qu'il lui fallait surtout se taire. Il devinait le fantôme d'un secret à travers les détours qu'elle empruntait.

— Vous ne savez rien de moi, Antoine. Vous m'avez vue la première fois le jour où votre père nous a présentés. Maintenant, il faut que vous sachiez que ce que l'on vous a raconté est un mensonge. Nous nous connaissions depuis bien plus longtemps… Votre mère était encore vivante.

Laure s'interrompit. Elle s'attendait à une protestation, qui ne vint pas. Ce fut une émotion intense qui l'étreignit lorsque Antoine lui prit une main sur la table et la serra sans la lâcher.

— J'ai trompé mon mari avec votre père. J'ai été follement amoureuse de lui, alors que je n'avais pas cessé d'aimer Jean-Louis. J'ai été comme ces femmes dont on parle mal.

Antoine était étrangement ému par les aveux de Laure. Il aurait voulu pouvoir se lever et s'asseoir à côté d'elle.

— Laure, pourquoi avoir honte de vous-même ? Celui qui est à blâmer, c'est mon père. Moi, je sais ce que j'aurais peut-être fait à sa place. Je n'ai pas de mal à imaginer comment il s'est comporté, et pourquoi. Je suis marié avec une femme belle et riche, mais que sa pruderie et son puritanisme empêchent d'exprimer la moindre sensualité. Je rencontre une jolie femme, elle est très différente de la mienne avec son sourire et sa façon de se comporter, j'en tombe amoureux et j'essaie de la séduire.

Laure, sidérée, regardait Antoine.

— Je n'ai jamais connu votre mère et je n'en dirai pas de mal. J'ai été comme emportée, je n'étais plus moi-même.

— Comme moi avec Marie.

Elle faisait non de la tête. C'était tout à fait différent, cela n'avait rien à voir.

— Antoine, je vous en supplie, écoutez-moi, il y a autre chose que vous ignorez et qu'il faut que vous sachiez. Ne me regardez pas comme ça ! C'est déjà assez difficile…

Dans un geste inattendu, Laure mit les mains devant son visage et parla d'une voix assourdie par cet écran de chair.

— Je suis tombée enceinte pendant que j'étais la maîtresse de votre père, j'étais aussi la femme de mon mari. Je ne suis pas capable de dire aujourd'hui qui est le père de Marie. Voilà, Antoine, ce que je voulais vous dire et qu'il fallait que vous sachiez.

Doucement, Antoine se déplaça, vint à côté de Laure, lui prit les mains qu'il écarta pour découvrir son visage. Elle pleurait silencieusement. Il s'agenouilla afin de l'obliger à rester assise. Elle se tourna vers lui avec un pauvre sourire.

— Laure, j'aime sans doute Marie comme vous avez aimé Ulysse. Qu'est-ce que vous voulez qu'on fasse ? Que l'on se sépare tout de suite en se disant que nous sommes peut-être en train de commettre un inceste ? C'est ça que vous voulez ? Il faut que Marie soit au courant. Notre amour est tellement neuf que vous imaginez bien qu'à notre âge on n'a pas évoqué la question du mariage. Pour ma part, je n'y pense même pas et pourtant je veux que nous vivions ensemble. Je veux l'emmener, si je repars. Je veux qu'elle habite avec moi, si je reste.

Il se releva et, sur la main qu'il tenait dans la sienne, il appuya très fort sa bouche. Laure, à son tour, se redressa et vint se serrer contre lui. Ils demeurèrent ainsi, enlacés un long moment, pour enfin se séparer. Elle souriait. Antoine essuya de son index, sur la joue de la femme de son père, une larme qui avait mal séché.

19

Il était un peu plus de dix heures quand Antoine arriva à la gendarmerie. Il n'avait pas quitté Laure aussitôt après ses confidences intimes.

— Je voudrais vous montrer quelque chose, avait-elle dit.

Elle s'était éclipsée un instant, revenant avec une mallette qui paraissait très lourde malgré ses petites dimensions. Après l'avoir ouverte, elle en avait sorti quatre albums. Ils ressemblaient à ceux des collections de cartes postales qu'Antoine avait chez lui.

— C'est votre père qui m'a trouvé ces albums chez un brocanteur. Au lieu de cartes postales, nous y avons mis les photos qu'il prenait de nous.

Antoine connaissait l'intérêt de son père pour la photographie, poussé jusqu'à la manie. Il changeait souvent d'appareils, se tenant au courant des dernières nouveautés. Il avait d'abord eu un Kodak à soufflet. Prises avec cet appareil, il y avait, entassées dans d'anciennes boîtes à gâteaux en fer, toute une série de photos en noir et blanc de lui avec sa mère. Des clichés qui n'avaient pas vieilli, bien conservés malgré les années. Puis, il avait eu un Agfa, c'était, disait-il, la qualité allemande de l'optique. Celui-ci avait fixé pour la postérité Mathilde et Antoine au bord de la mer ou bien en voyage. Pour finir, Ulysse avait cédé à l'hégémonie japonaise avec un Nikon. De ce dernier album, il n'y avait pas de photos de lui.

Antoine ne voulait pas contrarier Laure, il tenait au contraire à lui faire plaisir. Maintenant qu'elle s'était libérée de son secret, elle était intarissable sur ce passé qu'il ignorait. Curieusement, il ne se sentait ni jaloux, ni frustré. C'est ainsi qu'il suivit l'évolution de Marie, à travers des scènes qu'il aurait pu vivre : les vendanges, le concours agricole, les kermesses du curé, les fêtes des écoles et la frairie annuelle. Il s'attarda sur l'une d'elles : on y voyait Marie remettre une gerbe au vainqueur de la course cycliste de la frairie de Borsac. Pour chaque événement, Ulysse s'était efforcé que la jeune fille, puis la jeune femme, figure en bonne place. Comme il lui fit la remarque qu'elle était souvent absente sur les photos, Laure répondit qu'elle avait horreur de se faire photographier.

Aussitôt qu'il fut entré dans la petite pièce d'accueil, un gendarme le conduisit au bureau du chef. Il traversa la pièce où un autre gendarme était en train d'enregistrer les déclarations de trois personnes qui le regardèrent avec beaucoup d'étonnement. Il comprit que c'était à cause du fusil qu'il tenait à la main.

Le chef n'était pas seul. Auprès de lui, un officier. Un lieutenant, à en juger par les deux barrettes ornant ses épaulettes.

— Bonjour monsieur Rozier. Je vous présente le lieutenant Morin de la brigade d'enquêtes d'Angoulême. Il supervise notre affaire depuis le début et je l'ai avisé de votre appel d'hier soir.

Le lieutenant Morin devait être à peu près de l'âge d'Antoine. Les deux hommes se serrèrent la main. Il lui demanda de bien vouloir lui redire comment il avait découvert que ce fusil n'était pas celui de son père. Il écouta attentivement les explications, tout en démontant l'arme d'une main experte.

— Bien, ce que vous dites peut être facilement vérifié : non seulement l'armurier a forcément conservé la trace de son travail mais il a surtout relevé les numéros d'immatriculation que vous voyez là.

Ce disant, il montra à Antoine une série de lettres suivie de numéros gravés sur la culasse invisibles à moins que l'arme ne soit démontée.

— Reconnaîtriez-vous le fusil de votre père parmi d'autres ?

— Il est identique à celui-ci. Hier, n'étant pas au courant du remplacement de la crosse, j'ai vraiment cru que l'on me remettait le douze de mon père. J'ai appris à chasser avec cette arme et, apparemment, il n'y a aucune différence. Regardez la marque et la signature sur la plaque de la crosse.

Les deux gendarmes se dévisagèrent. Manifestement, les déclarations d'Antoine leur convenaient. Pourtant, ils ne firent aucun commentaire. À cet instant, le gendarme de l'accueil se présenta sur le seuil du bureau.

— Nous avons M. Henri Rondeau qui réclame avec insistance qu'on lui remette son fusil.

— Dites-lui qu'il y a un changement, que les armes seront rendues ultérieurement.

— C'est qu'il insiste, chef. Déjà que son père est reparti tout à l'heure, pas très content.

— Je viens.

Le chef quitta le bureau, laissant Antoine seul en compagnie du lieutenant.

— Vous ne pensez pas qu'il puisse y avoir eu une erreur ?

Antoine se rappelait les vives protestations du chef.

— La procédure a été rigoureusement appliquée, mes hommes sont formels. Il faut donc trouver une explication. Mais, avant cela, nous devons être sûrs que ce que vous nous dites à propos de l'arme de votre père est exact, et c'est pour cette raison que nous avons suspendu la remise des armes et récupéré les cinq autres qui avaient été rendues à leurs propriétaires. Nous devons également entendre la personne qui se trouvait en votre compagnie lorsque vous nous avez appelés hier soir. D'après ce que vous nous affirmez, c'est grâce à son observation que vous vous êtes aperçu de cette anomalie. Est-ce que l'on peut la joindre rapidement ?

— Elle est infirmière à domicile et sans doute en déplacement. Si vous voulez, je peux vous communiquer le numéro de son téléphone portable.

20

Le café-restaurant du Commerce, comme chaque jeudi matin, jour de marché à Borsac, était submergé de conversations, d'appels, de saluts échangés de loin. Marie avait réussi à joindre son amie Maud. Elles s'étaient donné rendez-vous au fond de la salle, afin d'être plus tranquilles. Les jours de marché et à titre exceptionnel, le notaire lui accordait deux heures pour qu'elle puisse faire ses achats en fruits et légumes.

Lorsque Maud entra dans la salle, Marie lui adressa un signe depuis sa table. Les conversations s'interrompirent au passage de la clerc du notaire. Beaucoup la connaissaient et les regards des hommes la suivaient à la trace. Marie s'en amusa. Un quart d'heure avant, elle avait été l'objet de la même curiosité. Les deux femmes s'embrassèrent avant de s'installer l'une en face de l'autre.

— Si tu voulais que nous passions inaperçues, l'endroit est plutôt mal choisi.

Maud avait dit cela avec le petit rire de gorge que Marie lui connaissait bien.

— Au contraire, c'est parfait. Ailleurs, on aurait eu l'air de deux conspiratrices, alors qu'ici et aujourd'hui c'est la rencontre fortuite idéale.

Ce fut d'abord entre elles une revue de leurs occupations respectives, un échange de potins sur leurs anciennes connaissances. Quand la serveuse se fut éloignée, Marie en vint au but de leur rencontre.

— Tu as bien compris l'autre soir, quand je suis passée chez toi à l'improviste, que je voulais te parler de quelque chose, à toi et à toi seule… Aujourd'hui, c'était l'occasion et je me suis arrangée pour modifier ma tournée.

Maud écoutait attentivement, se demandant où son amie voulait en venir. Elle pensait, évidemment, que le retour d'Antoine Rozier pouvait avoir un rapport avec sa démarche. Mais, suspectant plutôt une histoire d'héritage – elle était au courant de la donation –, elle fut très surprise par la demande de Marie.

— Lorsque Antoine est venu à l'étude, le lendemain de son arrivée, vous avez parlé tous les deux et tu lui as dit quelque chose qui l'a beaucoup intrigué. Ce qui lui a paru encore plus bizarre, c'est que ton patron t'a interpellée comme s'il était mécontent de vous voir ensemble.

Maud se souvenait parfaitement de l'incident. Sachant le motif de la semonce qui avait suivi, elle redouta d'entendre ce à quoi Marie voulait en venir. Elle avait pourtant trop d'affection pour elle pour lui mentir : elles avaient par le passé partagé tant de choses, y compris leurs amoureux respectifs auxquels elles s'amusaient à donner des notes… Elle préféra d'abord se retrancher derrière le fameux secret professionnel, tellement commode quand on veut taire des actes peu avouables.

— Je ne vais pas te raconter d'histoires en te disant que j'ignore de quoi tu veux parler. Me Bariot m'a soupçonnée d'avoir pu divulguer un secret de l'étude, et il m'a rappelée à l'ordre.

— S'il a pensé ça, c'est qu'il a cru que votre conversation pouvait avoir un lien avec la mort d'Ulysse Rozier. Je me trompe ?

— Oh, et puis, zut ! J'ai simplement dit à Antoine que ce n'était peut-être pas un accident. Mais ça dépassait ma pensée.

— On ne raconte pas des choses comme ça, si on n'a pas une idée.

Marie insistait vraiment. Maud découvrit alors que son amie éprouvait un véritable attachement pour le père d'Antoine. À moins que… Mais oui, elle connaissait sa Marie par cœur. Derrière toute cette démarche, il y avait comme un parfum d'amour. Aussi lui posa-t-elle une question qui, l'espérait-elle, ferait diversion.

— Dis-moi, ma petite chérie, entre toi et Antoine, il n'y a rien ?

Elle se rendit vite compte que ses paroles avaient porté.

— Remarque que moi, à ta place, je n'hésiterais pas.

— Il y a, comme tu dis, quelque chose, mais pour une fois, du moins en ce qui me concerne, c'est sérieux.

Elles se turent pour boire leur café. Dans la salle, le brouhaha augmentait en même temps que la clientèle. La table voisine inoccupée jusqu'alors fut prise d'assaut par trois forains qui avaient momentanément abandonné leurs bancs. Ils regardèrent à peine les deux jeunes femmes, entamant aussitôt une discussion animée à propos du droit de place trop élevé. Marie et Maud se penchèrent l'une vers l'autre. Tout leur passé resurgissait et le secret professionnel fut aboli.

— Deux semaines avant son accident, ton beau-père est venu à l'étude. Mais ce n'était pas pour une affaire nous concernant. Il cherchait à rencontrer la femme de mon patron, qu'il n'arrivait pas à joindre. Me Bariot était en déplacement pour une expertise avec Bruno. J'étais seule et c'est moi qui l'ai reçu. Tu sais que la femme de mon patron est graphologue. Une graphologue suffisamment réputée pour être officiellement expert auprès des tribunaux. En fait, ton beau-père voulait lui faire comparer deux écritures. Il avait dans les mains deux photocopies de ce qui m'a paru être une lettre et une page de cahier. Muriel Bariot était absente, elle aussi. Je lui ai proposé de lui remettre les documents quand elle rentrerait. Il s'est installé au petit bureau à côté du mien, s'est mis à rédiger une explication après m'avoir demandé une feuille de papier et une enveloppe. Il m'a redonné le tout sans cacheter l'enveloppe. Ton beau-père était un homme charmant et bien élevé à qui on ne pouvait rien refuser. Il est reparti, et j'ignore la suite.

Bien qu'elle savait gré à son amie de s'être confiée, Marie avait le sentiment qu'elle ne lui avait peut-être pas tout dit.

— Tu es sûre de ne pas avoir lu ce qu'il y avait dans l'enveloppe ?

Maud esquissa un sourire. Marie décidément ne changeait pas, elle était toujours aussi fine mouche. Elle ne chercha d'ailleurs pas à tergiverser.

— Ton beau-père expliquait qu'il avait besoin d'authentifier l'écriture de deux textes retrouvés dans des archives et que c'était vraiment très important. Ce qui m'a paru bizarre, c'est que, de toute évidence, les textes photocopiés avaient été découpés, comme si l'on voulait que Muriel compare les écritures, mais sans pouvoir déterminer leur origine exacte. Enfin, il disait considérer que ce service n'en était pas un et exigeait de payer l'acte afin de pouvoir s'en servir.

Mon patron est revenu avant sa femme et c'est à lui que j'ai remis le courrier. Comme l'enveloppe n'était pas cachetée, il a pu penser que j'avais éventuellement pris connaissance du contenu. Après une hésitation, il m'a regardée sans faire aucun commentaire. Le lendemain de l'accident, il m'a fait venir dans son bureau pour me dire quelque chose de plutôt bizarre.

« Maud, vous vous souvenez de ces documents que M. Rozier vous a remis pour mon épouse ? Eh bien, oubliez-les, si vous voyez ce que je veux dire. »

— C'est depuis que j'ai repensé aux circonstances du décès de ton beau-père. La photocopie incomplète de la lettre évoquait un peu ce qu'on voit dans les films de la dernière guerre où des gens en dénonçaient d'autres. Quant à l'autre, elle paraissait complètement différente : c'était un compte rendu de réunion d'une espèce d'assemblée où il était question d'achat de matériel agricole.

La sonnerie du portable de Marie les fit sursauter. Voyant que l'appel provenait de la gendarmerie, elle craignit le pire.

— Tu as un problème ?

— Non, je dois passer à la gendarmerie pour faire une déclaration. Ça doit être en relation avec l'accident de mon beau-père. Il faut que j'y aille. Je te remercie, Maud. C'est bon de sentir que l'on a une amie.

— Dis-moi, si des fois ce n'était pas sérieux entre toi et Antoine… Non, je plaisante, j'aime Bruno, même s'il n'est pas toujours rigolo.

Devant elles, sur la place, une foule compacte circulait autour des étals colorés. Marie accompagna Maud jusqu'à sa voiture d'où elle sortit un grand panier.

— Tu sais qu'il y a toujours la même marchande de fromages et de volailles à l'emplacement qu'occupait ta mère ? C'est à elle que je prends mes œufs et de temps en temps un poulet.

Elles s'embrassèrent. Tandis que Maud s'éloignait, elle revit, là-bas, sous l'avant-dernier tilleul de la place, la petite table pliante, sa mère derrière et elle, qui n'allait pas encore à l'école, et ce monsieur si gentil que Laure appelait Ulysse.

21

Norbert Rondeau attendait le retour de son fils avec beaucoup d'impatience et une inquiétude grandissante. Il avait un mauvais pressentiment. Il n'aimait pas ce changement d'attitude des gendarmes. Habituellement, le chef se montrait beaucoup plus aimable avec lui, presque prévenant. Quand il avait insisté pour être reçu, il s'était heurté à une fin de non-recevoir très ferme. Si le fusil ne lui était pas rendu, c'était, paraît-il, pour complément d'enquête. Il se demandait comment sa supercherie aurait pu être découverte. Il y avait bien ces numéros gravés dans l'acier de la culasse, mais ce serait bien le diable qu'ils aient été notés quelque part depuis le temps que ces deux fusils avaient été achetés. Le doute ne le quittait plus.

En entendant la voiture d'Henri pénétrer dans la cour, il s'avança du plus vite qu'il put. Au visage renfrogné de son aîné, il comprit ce qui se passait et lui demanda s'il avait pu parler au chef.

— Oui, et il m'a même déclaré que ça ne dépendait plus de lui, qu'un supérieur était là pour élucider un problème dans l'enquête. Quand je l'ai questionné, il m'a répondu qu'un élément nouveau les obligeait à reprendre leurs recherches. Je n'ai rien pu lui soutirer d'autre. En repartant, j'ai remarqué la Mercedes de

Rozier sur le parking de la gendarmerie. Je me suis posé de drôles de questions à propos de celui-là. Qu'est-ce qu'Antoine pouvait bien traficoter avec les flics ?

Norbert ne pouvait lui révéler ses craintes. À cause d'un détail qui lui échappait, le fils d'Ulysse avait pu fournir une information qui orientait l'enquête différemment. Il eut soudain besoin de réfléchir et s'éloigna vers le clos sans entendre Henri crier qu'il ne serait pas là pour le déjeuner à cause d'une assemblée à la coopérative ; il était d'ailleurs déjà en retard.

Cet espace où il aimait tant à se retrouver lui-même lui devenait presque étranger. La peur l'envahissait. On allait le suspecter et l'arrêter. Le scandale, la honte, le déshonneur. Il n'avait pourtant rien à faire de cette République aux mains des gauchistes, des juifs et des islamistes. Les gouvernants d'aujourd'hui avaient tourné le dos aux vraies valeurs, et lui était la victime d'un idéal perdu.

Il s'assit sur le banc de pierre au pied du cèdre. Un arbre superbe planté par Octave Rondeau en 1860. C'était la mode à l'époque. Il revoyait Ulysse apparaître à découvert, immobilisé et semblant écouter la musique des chiens, quand, tout à coup, la fusillade avait éclaté. La distance qui les séparait ne lui permettait pas de distinguer nettement son visage. Heureusement, il avait conservé, accrochée à sa ceinture, la canne télescopique qui servait d'appui à son fusil quand il avait à viser le gros gibier en Sologne. Une fois repliée, c'était une canne, une canne soulageant sa marche claudicante.

« Vous l'avez tué ! Vous avez échangé les fusils pour faire croire à un accident ! Vous connaissiez la particularité de vos armes ! » Norbert ferma les yeux. C'est ainsi que lui parlerait ce gendarme venu d'Angoulême.

Heureusement pour sa défense il avait un argument de poids. La lettre ne pouvait être pour quelque chose dans la mort d'Ulysse, celui-ci n'avait pas eu le temps de l'utiliser. Une fière chandelle qu'il devait à Philippe Bariot. Il savait que le petit notaire épousait les mêmes idées que les siennes, mais discrètement. Quand on est notaire, on ne fait pas de politique. Ils étaient tous les deux présents à cette fameuse séance du conseil municipal où Ulysse avait fait état de sa découverte. Si lui avait gardé le silence, Philippe Bariot avait insisté, avec quelques autres, pour enterrer l'affaire, afin d'éviter un scandale qui n'aurait pas manqué d'éclabousser la commune. Lorsqu'il l'avait prié au téléphone de passer à l'étude pour une affaire importante, sans autre précision, Norbert s'y était aussitôt rendu. Philippe Bariot lui avait montré ce dont il s'agissait et il avait frémi. Il était perdu ! Le notaire s'était voulu rassurant. Son épouse était en déplacement pour quelque temps et elle n'était pas obligée de répondre favorablement à la demande d'Ulysse. Il ferait en sorte de le lui faire comprendre. Toutefois, il convenait d'être encore très vigilant et de tout mettre en œuvre pour en rester là.

Plongé dans ses réflexions, il demeurait sourd aux appels de Bernadette qui, depuis la cour, lui criait qu'on le demandait. Quand enfin il l'entendit, il se leva en s'appuyant sur sa canne et se dirigea vers sa fille. En la regardant, il se dit qu'il ne comprenait décidément pas pourquoi Henriette tolérait que leur unique fille s'habille aussi mal. Tout ce qu'elle portait était informe. Et son allure ! Elle se déplaçait les bras croisés comme pour protéger une poitrine inexistante. Penchée légèrement vers l'avant, elle avait l'allure d'une vieille ! Malgré la situation de la famille, Bernadette n'avait suscité aucune demande d'aucun prétendant susceptible d'arrondir le patrimoine des Rondeau.

— C'est la brigade de gendarmerie. Ils viennent d'appeler, tu peux aller chercher ton fusil. Mais il faut que ce soit tout de suite.

Norbert fut à la fois rassuré et inquiet. C'est « le tout de suite » qu'il n'aimait pas.

Le lieutenant Morin avait pris sa décision dès qu'il avait pu comparer les deux fusils posés côte à côte. Celui que l'on croyait appartenir à Ulysse Rozier comportait une différence notable pour qui savait le détail important de la crosse. Malgré le talent de l'armurier et le bois patiné exigé par Ulysse qui voulait « faire ancien », on voyait en s'approchant que le poli était exempt des petites éraflures et minuscules dommages que l'usage et le temps infligent nécessairement au bois. Mais force était de reconnaître qu'au premier coup d'œil la chose était loin d'être évidente.

Lorsque Marie Martin était entrée dans le bureau, oubliant tout à coup le motif de sa présence, le lieutenant s'était surpris à admirer les formes de la jolie femme avant de penser que les gens de Borsac et des environs avaient bien de la chance de l'avoir comme infirmière. Les fusils étaient dissimulés sous une toile. Il lui avait demandé de répéter le plus exactement possible dans quelles conditions elle avait reconnu que l'arme rapportée par Antoine Rozier n'était pas le fusil de son beau-père.

Quand il avait soulevé la bâche, Marie n'avait marqué aucune hésitation, désignant dans l'instant l'arme que l'on attribuait à Norbert Rondeau.

— C'est celui-ci.

— Vous en êtes certaine ?

— Certaine ! C'est moi, le plus souvent, qui démontais son fusil pour le nettoyer au retour de la chasse, et je peux vous affirmer, pour l'avoir eu souvent entre les mains, que cette crosse est bien celle du fusil de mon beau-père.

— Puisque c'est vous qui l'entreteniez, diriez-vous que l'arme était propre le jour de la battue ?

— Forcément, l'ouverture n'étant pas faite, il ne pouvait en être autrement.

— Il a peut-être tiré avant de partir ?

— Vous rigolez ! Il était absolument défendu de tirer à l'intérieur de la propriété, et Ulysse était le premier à se l'interdire.

Le lieutenant Morin se garda de tout autre commentaire. Il remercia Marie d'être venue aussi rapidement avant de la raccompagner à sa voiture.

Le lieutenant Morin observa Norbert Rondeau pendant qu'il traversait le grand bureau de la brigade en compagnie du chef pour venir jusqu'au sien. Il devait reconnaître que le bonhomme avait belle allure et, s'il s'aidait d'une canne pour se déplacer, le fait ne nuisait en rien à sa prestance. Costume en tweed dans les tons verts, chemise assortie et nœud papillon, tête nue mais chevelure assez abondante pour se permettre une raie impeccable sur le côté… Norbert Rondeau était le portrait même du gentilhomme campagnard. Une légère couperose sur son visage un peu coloré trahissait son goût pour la bonne chère, en même temps qu'une santé apparemment vivace.

Debout derrière son bureau, le lieutenant le salua avant de l'inviter à s'asseoir. Le chef se tenait près de la table sur laquelle reposait un seul des fusils : celui qui avait été examiné comme étant le sien.

— Pourquoi me faire revenir maintenant, après avoir refusé de me donner mon fusil ce matin ?

Le ton était poli, avec une pointe d'arrogance. Ils en avaient débattu avec le chef : si Rondeau prenait le fusil sans rien remarquer et de manière tout à fait naturelle, ils pourraient le suspecter d'avoir voulu les duper. L'armurier d'Angoulême leur avait faxé les références de la réparation effectuée pour le compte de M. Rozier, et elles correspondaient bien au fusil que l'on avait attribué à tort à Norbert Rondeau. La question qui restait en suspens était la suivante : comment l'inversion avait-elle pu se faire ?

— Nous devons prendre toutes les précautions afin qu'aucune erreur ne se produise, or il nous manquait encore une information concernant l'expertise des armes. Maintenant, monsieur Rondeau, votre fusil est sur cette table et vous pouvez le reprendre.

Norbert pensa que c'était trop facile, que les choses s'arrangeaient trop bien. Ce lieutenant, avec son ton courtois, ne lui inspirait qu'à moitié confiance. Cependant, il se leva. Le fusil était devant lui. Ce n'était pas son arme, celle qu'avait possédée son père avant lui. C'était l'arme qu'il avait échangée le jour de la battue, voulant la faire passer pour la sienne. Celle-ci avait une crosse artificiellement patinée. Au moment de passer à l'acte, sous le coup de l'émotion, il ne s'était aperçu de rien en s'approchant d'Ulysse. Mais, à cet instant, sentant que les deux gendarmes l'épiaient, il se rendait compte de sa terrible erreur.

— Mais ce n'est pas mon fusil que vous avez là !

L'inspiration lui était venue en même temps que l'exclamation. Il se tourna vers les deux gendarmes en prenant un air complètement stupéfait. Ceux-ci se regardèrent décontenancés. Rondeau n'était pas tombé dans leur piège.

— Pourtant, monsieur Rondeau, c'est bien celui que vous avez remis entre les mains de nos hommes, le jour de la battue. Il n'y a pas d'erreur possible de notre part.

— Je vous assure que ce fusil n'est pas le mien. C'est celui d'Ulysse Rozier.

— Comment le savez-vous ?

— Mais parce que, avant de commencer la traque, je me suis aperçu qu'Ulysse avait un fusil qui paraissait identique au mien. Vous savez, nous sommes de vieilles familles terriennes. On a toujours chassé, c'est un droit que nos ancêtres ont revendiqué et acquis. Alors, je me suis avancé vers lui et je lui en ai fait la remarque. J'ai même vu que la crosse du sien avait été changée. Si nous avions eu le temps de parler, je lui aurais demandé quel armurier avait pu faire un aussi beau travail.

— Comment expliquez-vous que ce fusil vous ait été attribué ?

— Parce que vous vous êtes trompé !

— Je vous ai dit que c'était impossible.

— Vous y étiez, vous ? Si vous aviez vu dans quel état nous étions quand on l'a découvert. Moi, je me souviens que j'ai essayé de le soulever parce que j'espérais qu'il n'était peut-être pas mort. Si ça se trouve, comme j'avais posé mon fusil par terre dans l'affolement général, en voulant reprendre mon arme, j'ai saisi la sienne.

Les deux gendarmes en restèrent médusés. Si Norbert Rondeau ne leur jouait pas la comédie, il leur serait difficile de prouver autre chose. Il pourrait facilement expliquer pourquoi l'un de ses canons avait des traces de poudre. Il avait fait un essai de tir chez lui, voilà ce qu'il prétendrait. De plus, ils n'avaient aucun motif à faire valoir à part cette rivalité entre les deux hommes sur le plan de la commune et peut-être des intérêts de terres. Il paraissait inimaginable que l'on puisse commettre un crime pour cela.

— Bon, admettons votre version. Vous avez ramassé une arme qui n'était pas la vôtre. Alors, comment expliquez-vous que le fusil que l'on croyait appartenir à Ulysse Rozier et qui était en fait le vôtre ait été utilisé alors que vous n'en aviez pas le droit ?

— Mais je vous jure mes grands dieux que je n'ai pas tiré pendant la traque. En revanche, avant de partir pour le rendez-vous, j'ai voulu tester de vieilles cartouches, pour voir si elles étaient encore bonnes. J'aurais dû vous le révéler sur le moment ? Je crois que, si j'avais fait ça, vous auriez conçu de véritables soupçons à mon égard. Est-ce que ce n'est pas la vérité, messieurs ?

Décidément ce Rondeau était ou quelqu'un de très fort, ou quelqu'un de sincère, n'ayant, dans l'un comme dans l'autre cas, aucun mal à trouver ses mots. Le chef lui présenta un procès-verbal de décharge en lui remettant son fusil. Norbert Rondeau quitta la pièce en les saluant très froidement. Il y avait presque du reproche dans son regard.

22

— J'accepte ! Mais à une condition : nous y allons en voiture !

Ils regardaient Laure, heureux et amusés.

Antoine était arrivé le premier, un peu avant midi. Il était soucieux. Marie l'avait appelé depuis son portable et résumé brièvement sa conversation avec Maud Thomas. De leur entretien, il ressortait que Philippe Bariot était au courant d'une démarche entreprise par Ulysse Rozier afin d'établir la preuve d'une similitude d'écriture entre deux documents : l'un était un extrait de lettre, l'autre une page d'un compte rendu de réunion. C'étaient des photocopies. Ulysse avait apporté ces documents à l'étude pour les présenter à Muriel Bariot, la femme du notaire, expert agréé en graphologie. Il s'agissait de prouver qu'ils avaient été rédigés par la même personne. Elle était absente, c'est son patron qui les avait gardés.

Antoine était maintenant persuadé que c'était par cette voie que l'auteur de la lettre avait pu être au courant de la recherche d'Ulysse Rozier.

En attendant l'arrivée de Marie, Laure avait essayé d'évoquer leurs confidences du matin. Antoine pensait qu'elle avait tort d'accorder une telle importance au silence de sa fille sur la nature de leurs relations. Il avait cherché à la rassurer. Pour la convaincre d'attendre des confidences qui ne manqueraient pas d'advenir, il lui avait expliqué le rôle important de Marie à ses côtés pour éclaircir le mystère de la mort de son beau-père.

— Je vous en prie, Laure, attendez que Marie vous en parle. Elle le fera, j'en suis certain. Vous me dites qu'elle ne vous a jamais fait de cachotteries, ce n'est pas aujourd'hui qu'elle va commencer. Et puis, c'est moi qui vous ai tout raconté. Elle ne le sait pas encore. Ce matin, elle a vu Maud Thomas. Nous pensons vraiment que mon père n'est pas mort par hasard et c'est de ça qu'il faut que nous parlions, tous les trois.

Laure ne put s'empêcher d'être froide avec sa fille quand elles s'embrassèrent.

— Quelque chose ne va pas, maman ?

Sans lui laisser le temps de répondre, Antoine demanda aussitôt à Marie comment cela s'était passé à la gendarmerie.

— Le lieutenant m'a carrément fait du gringue avant d'enregistrer ma déposition.

Elle leur donna encore quelques détails, puis revint sur ce que Maud lui avait révélé. Laure suivait attentivement la conversation. Quand elle entendit Antoine déplorer qu'en l'absence du cahier de la Cuma ils ne pourraient relancer l'enquête sur l'étrange mort de son père, elle se leva brusquement de table. Ouvrant l'un des tiroirs du buffet où elle rangeait tous ses papiers, en particulier son cahier de recettes, elle s'exclama :

— C'est ça que vous cherchez ?

Elle brandissait un épais cahier d'écolier rouge.

Leur stupéfaction fut grande. Ce qu'ils cherchaient depuis le début était chez Laure !

— Mais maman, enfin, tu entendais pourtant ce que nous disions !

Laure prit un air vexé en jetant le cahier sur la table.

— Vous disiez registre. Pour moi, un registre ce n'est pas un cahier comme celui-ci. D'ailleurs, comme il restait beaucoup de pages blanches et qu'il ne servait plus, j'allais l'utiliser pour noter les petits trucs utiles à la maison. J'écris sur des feuilles volantes qui sont toutes en vrac dans une chemise.

Antoine la fit doucement asseoir. En l'embrassant, il lui glissa :

— On vous aime. Sans vous, on ne pourrait rien faire.

Marie considéra la scène d'un air perplexe. Elle devait estimer qu'Antoine était devenu bien familier avec sa mère. Elle en conçut presque de la jalousie.

Le cahier fut aussitôt ouvert à la page 16. Il s'agissait du compte rendu d'une réunion. Ce jour-là, le secrétaire de séance qui avait consigné les décisions et mentionné les présences était Norbert Rondeau. Une belle écriture régulière et inclinée, sans aucune faute d'orthographe. Antoine pensa qu'Ulysse n'avait pas pu hésiter. Nul besoin d'être un expert comme Muriel Bariot, ni même d'avoir les deux documents sous les yeux, pour constater que l'écriture ressemblait beaucoup à celle de la lettre de dénonciation.

— Vous pensez vraiment tous les deux que Norbert Rondeau aurait pu vouloir tuer Ulysse pour ça ?

— Maman, mets-toi à sa place. À cause d'Henri Rousset qui traîne encore son chagrin, soixante ans après, tout le pays serait bouleversé et Norbert Rondeau mis au pilori. Orgueilleux comme il est, cet homme est capable de tout pour échapper au déshonneur.

— Laure, rappelez-vous aussi qu'il n'a pas hésité à envoyer Guy à une mort certaine, sous le seul prétexte qu'il était communiste…

Puis, à force de ressasser les faits, de chercher le moyen de faire éclater le scandale, d'imaginer une solution pour qu'enfin soit faite la volonté d'Ulysse, Antoine eut une idée.

— Je suis persuadé que Philippe Bariot n'a pas transmis les documents à sa femme et ça, pour une raison qu'on ignore. Muriel est peut-être une snob remplie de préjugés, mais elle n'est pas malhonnête. Si elle avait eu connaissance des documents et qu'elle n'avait pas voulu s'exprimer à cause de leur dangerosité, elle aurait trouvé un prétexte pour éluder sa réponse et fait attendre mon père. Alors, il m'est venu une idée et, pour ça, Laure, j'ai besoin de vous. Quand on s'est vus, avec Philippe Bariot, il m'a presque reproché de ne pas lui avoir annoncé mon retour plus rapidement. Il m'aurait invité au Commerce, cela aurait mieux convenu à des retrouvailles. Eh bien, c'est moi qui vais l'inviter dès ce soir, avec sa femme. Et comme je veux une femme avec moi, ce sera vous.

Les deux femmes étaient interloquées.

— Mais c'est Marie qui doit vous accompagner, pas moi !

— Non, j'ai l'intention de parler des fameux documents. Il va me demander comment je suis au courant et je ne peux pas dire que c'est grâce à Marie. Il ferait tout de suite le rapprochement avec Maud, qui encourrait les pires ennuis. C'est donc vous, Laure, qui confirmerez que vous les avez vus le jour où votre mari s'est rendu à l'étude.

Laure tergiversa. Elle était incapable de tenir une conversation, elle ne connaissait Muriel Bariot que de vue, elles ne s'étaient jamais fréquentées. Qui plus est, elle n'avait pas de tenue pour sortir et, ce qui était plus grave, il n'y avait pas un mois qu'Ulysse était enterré : aller au restaurant était parfaitement indécent !

Antoine lui répondit qu'en matière d'habillement elle devait faire confiance à sa fille et que, pour la conversation, elle se trompait. La femme du notaire avait peut-être des idées sur la mode ou les spectacles, mais certainement pas sur tout. Il suffirait d'échanger des propos sur Borsac et les gens qu'ils connaissaient. Et puis, n'était-il pas là pour intervenir au cas où elle se sentirait en difficulté ? Pour ce qui était du deuil, franchement dîner au restaurant avec son notaire n'était pas un signe de festivité. Laure finit par se rendre à ses raisons, en exigeant toutefois d'aller au Commerce en voiture. Elle ne voulait pas traverser Borsac à pied habillée d'une façon qui pouvait donner à penser qu'elle avait déjà oublié Ulysse.

Lorsque Laure descendit de voiture, sur le parking du restaurant, Antoine ne put s'empêcher d'être à nouveau surpris par la transformation de sa belle-mère. Il la regarda avec une sincère admiration. Marie y était pour beaucoup. Tandis qu'il lisait le journal, celle-ci avait obligé sa mère à ouvrir sa garde-robe et son armoire. Lui parvenaient des bribes de dialogue entre les deux femmes. Laure réfutait l'idée de mettre le pantalon en velours qu'elle avait acheté récemment. Il ne dissimulait pas suffisamment son ventre qui, ces derniers temps, devenait trop apparent et faisait ressortir ses fesses. Marie balayait l'objection en proposant une marinière toute neuve qu'elle n'avait jamais portée. Le débat intime s'était poursuivi le temps des essayages. Lorsque Laure était enfin apparue, Antoine s'était pris à regretter de n'avoir pas autre chose que son jean et sa veste en toile pour l'accompagner.

Comme ils allaient entrer dans le restaurant, ils aperçurent Philippe et Muriel Bariot arrivant de leur côté. Ils les attendirent pendant que Philippe rangeait sa voiture à côté de la leur.

Muriel était une jolie femme, toujours élégante, toujours très maquillée, toujours impeccablement coiffée, qui, dans son tailleur-pantalon vert pomme, ne manquait pas d'allure. Antoine perçut le murmure de Laure à ses côtés.

— Je ne serai jamais à la hauteur.

Sans réfléchir, il lui prit la main et la serra, ajoutant à voix basse, parce que le couple Bariot parvenait à leur hauteur :

— Enlevez-vous ça de la tête. Vous êtes très belle.

Philippe Bariot était au moins aussi étonné qu'Antoine devant l'élégance de Laure Rozier. Muriel, quant à elle, qui avait pensé prétexter une grosse migraine pour se soustraire à l'ennui de cette soirée en compagnie d'une paysanne, se demandait comment elle avait pu imaginer que la seconde épouse d'Ulysse Rozier fût si différente de la réalité.

La salle du restaurant du Commerce avait retrouvé l'atmosphère feutrée de la semaine. Le patron, après les avoir lui-même accueillis, les avait accompagnés jusqu'à la table ronde qu'il avait réservée pour eux.

— C'était la place préférée de votre père, monsieur Rozier. Mme Ulysse vous le confirmera.

Antoine eut du mal à réprimer une envie de rire. Ainsi donc son père avait l'habitude de venir ici en compagnie de Laure que l'on appelait « Mme Ulysse »... Une vieille coutume d'affubler l'épouse du prénom de son mari au lieu du patronyme, une marque de notoriété toute provinciale. Il se garda bien de montrer sa surprise, de crainte de décontenancer sa belle-mère. Une fois de plus, depuis son retour, il découvrait son père sous un autre aspect et n'en éprouvait aucune contrariété. Bien au contraire.

Autour des trois autres tables occupées, on s'était intéressé à leur entrée. L'une d'elles avait salué le notaire au passage et celui-ci avait répondu d'un signe discret ; ces connaissances ne méritaient sans doute pas qu'il s'attarde auprès d'elles. Encouragée par les manières avenantes de Muriel, Laure ne paraissait pas mal à son aise, et c'est en vain qu'Antoine avait pu craindre qu'elle n'eût une attitude empruntée. Évidemment, on évoqua la mémoire d'Ulysse, mais sans insister. Antoine ne souhaitait pas en venir de but en blanc à l'objet de son invitation. Il fallait d'abord une ambiance détendue, pour mieux surprendre Philippe Bariot pour le cas où les soupçons à son sujet se révélaient fondés. Ensuite, Antoine ignorait dans quelle mesure Muriel pouvait être au courant de la démarche d'Ulysse quand il s'était rendu à l'étude.

La conversation dévia assez rapidement vers la Guyane car Muriel se montra curieuse des activités d'Antoine. Son mari lui parlait si souvent de cet ami à travers ses souvenirs de lycée et de vacances à Borsac… Finalement on ne savait pas grand-chose de lui, si ce n'est qu'il parcourait le monde de grand chantier en grand chantier de travaux publics.

Laure ne fut pas sans remarquer la façon dont la femme du notaire regardait Antoine. Elle fut heureuse de discerner chez lui une indifférence polie. De toute évidence, il n'était pas sensible aux façons aguicheuses de Muriel qui le considérait comme « un aventurier des temps modernes ». C'était exactement les termes qu'elle avait employés, les yeux brillants. Quand elle demanda si son père n'était pas triste de le savoir si loin de Borsac et si peu désireux d'y revenir, Antoine vit là l'occasion de tourner la conversation vers le sujet qui le préoccupait. On arrivait au dessert et il commençait à s'inquiéter. Il s'était imaginé cette invitation comme le moyen de dévoiler une partie du mystère entourant la mort de son père, pour peu que Muriel et Philippe Bariot en viennent à se contredire ou s'emmêlent dans des explications embarrassées. La vérité pourrait bien en surgir… Ramener de lui-même la conversation sur Ulysse Rozier n'était pas facile.

— Vous avez raison, Muriel, mon père souffrait de mon éloignement et je ne m'en suis jamais rendu compte. Aujourd'hui, je n'ai que des remords.

Il s'interrompit, semblant hésiter, avant de poursuivre :

— Quelques jours avant de recevoir la lettre de Philippe qui m'annonçait son décès, j'avais reçu une lettre de lui. Selon son habitude, il me parlait de Borsac et des événements qui s'y déroulaient. Il mentionnait quelque chose qui me fit mettre la lettre de côté afin d'y répondre plus tard.

Antoine sentit qu'il avait mis l'attention du notaire en éveil, avec ce mensonge.

— J'ai cru au réveil de ces anciennes histoires qui ont bouleversé Borsac en leur temps. Des histoires datant de la guerre et de l'Occupation qu'il valait mieux éteindre. Mon père les avait vécues. Il nous en reparlait souvent. Particulièrement celle de Guy Rousset, le frère de nos métayers.

Tout en parlant, il scrutait les réactions de Philippe Bariot. Celui-ci s'était soudain tendu. Ses doigts avaient arraché de la mie de pain d'un reste de croûton et la pétrissaient en boule. Muriel était simplement attentive, attendant la suite du récit de son aventurier.

— Je l'ai relue avant de quitter la Guyane. Il disait qu'en classant des archives à la mairie, il avait trouvé des lettres de dénonciation concernant des gens de Borsac et qu'il ne voulait pas que les choses en restent là. C'était trop grave, selon lui.

— Et, quand vous êtes revenu, vous les avez trouvées ? Muriel avait enchaîné, prise par le récit.

— Non, mais Laure m'en a parlé, et j'ai été étonné que Philippe ne m'en touche pas un mot quand je suis venu à l'étude.

— Il aurait dû ?

L'attaque avait été brutale et Philippe Bariot avait blêmi. La question de Muriel trahissait le plus grand étonnement. Antoine comprit qu'elle ne savait rien de l'existence des documents déposés à l'étude par son père. Ce serait plus facile.

— Laure, vous voulez bien répéter ce que vous m'avez dit, l'autre soir ?

Il avait décidé de présenter les révélations concernant les lettres anonymes comme une affaire surgie au détour d'une conversation, cela afin d'endormir la méfiance de Muriel et Philippe.

— J'ai raconté à Antoine que mon mari avait rapporté des vieux papiers de la mairie et que, parmi eux, il y avait des lettres compromettantes. Il voulait en faire expertiser l'écriture et il avait pensé à vous, madame Bariot. Il a même été les porter à l'étude.

Cette fois, ce n'était plus une allusion. Le climat autour de la table s'en trouva considérablement dégradé. Muriel fixait son époux d'un regard où se lisaient à la fois l'étonnement et le reproche.

— Mais, Philippe, tu ne m'as jamais parlé de ces papiers…

Le notaire sembla rapetisser soudain, tel un petit garçon pris en faute. Antoine prit toute la mesure de la faiblesse de cet homme que sa femme avait toujours dirigé.

— Tu étais absente pour plusieurs jours et je n'ai pas voulu t'embêter avec ça. D'autant plus qu'il s'agit de vieilles histoires. Quand le père d'Antoine nous en a parlé, au conseil municipal, on a émis l'avis qu'il ne fallait pas en faire état. Alors, le jour où il les a déposés à l'étude pour que tu les étudies, j'avoue que je les ai oubliés. Ils doivent se trouver quelque part sur une étagère de mon bureau.

— Eh bien, je veux que tu me les remettes, dès que nous serons rentrés.

Muriel se tourna vers Antoine.

— Antoine, je suis navrée. Vraiment navrée.

Elle était sincère, cela ne faisait aucun doute. Laure eut la délicatesse de vouloir dissiper la gêne qui s'était installée :

— N'en faites pas une affaire d'état. Je suis certaine que Me Bariot a agi avec le bon sens qui le caractérise et que vous, madame Bariot, vous saurez corriger ce qui n'est qu'un malentendu.

La fin du repas s'écoula de la meilleure façon. Muriel tint à ce qu'Antoine reparle de la Guyane, cette France inconnue qu'elle dit avoir hâte de découvrir lors d'un prochain voyage.

— Vous y retournez ? J'espère bien que vous y serez encore lorsque nous viendrons.

Cette allusion sans équivoque à leurs futures relations déplut fortement à Laure.

23

— Vraiment, Philippe, tu me fais passer pour une idiote aux yeux d'un ami comme Antoine.

Dès qu'ils s'étaient retrouvés seuls à l'issue du dîner, Muriel lui était tombée dessus. Une fois de retour chez eux, il avait dû se rendre à l'étude pour lui rapporter les documents déposés par Ulysse. Il avait eu des sueurs froides en imaginant ce qui se serait passé s'il avait suivi le conseil de Norbert Rondeau : « Détruisez-les, c'est ce qu'il y a de mieux à faire. » Une espèce d'intuition l'en avait retenu. Si on lui avait demandé quelle était sa devise, il aurait répondu : « On ne sait jamais ce qui peut arriver. » Combien de fois, dans le cours des affaires qu'il avait eu à instruire, cette réaction lui avait servi ? Une autre pensée l'avait incité à conserver les écrits. S'il avait averti Norbert Rondeau qu'il les détenait, c'était principalement par conjonction d'idées politiques. Mais, en voyant de quelle façon il réagissait, une sorte de frayeur qu'il ne pouvait pas dissimuler, Philippe s'était dit que le bonhomme avait vraiment quelque chose à voir avec les lettres de dénonciation et qu'il ne souhaitait en aucun cas être mêlé à une histoire aussi scandaleuse et traumatisante pour l'opinion. De plus, ces papiers n'étaient que des photocopies, Ulysse Rozier détenait les originaux. Il était donc vain de vouloir les détruire.

Il fallait espérer que tout s'arrangerait avec le temps et les conseils d'apaisement.

Muriel n'avait pas hésité. Les deux copies qu'Ulysse avait déposées étaient bien de la même main.

— Tu as une idée de l'individu qui a pu écrire une telle horreur ?

Muriel n'avait pas peur d'afficher ses idées politiques, et celles-ci n'étaient pas à gauche. Grande admiratrice du général de Gaulle, elle détestait tous ceux qui avaient pris le parti de l'Allemagne. Aussi Philippe préféra-t-il taire ses soupçons. Il n'aimait pas de Gaulle à qui il reprochait d'avoir bradé l'Algérie et haïssait les communistes. Ces deux opinions l'avaient rapproché de Norbert Rondeau.

— Aucune ! Ils sont plusieurs à Borsac à avoir pu le faire.

— Bon, écoute ! Je suis d'accord pour penser que c'est une sale histoire qui n'aurait jamais dû reparaître. Antoine Rozier attend une réponse de ma part. Je vais la lui donner : les écritures sont absolument identiques et nul ne peut douter que c'est la même personne qui a rédigé les deux documents. Maintenant, nous n'avons pas à connaître l'utilisation qu'il veut en faire. C'est trop ancien et l'auteur est sûrement mort. J'irai voir Antoine et je lui expliquerai. J'ai été agréablement surprise par ce dîner. Dommage que cet ami ne réside pas à Borsac, sa fréquentation nous changerait de nos relations habituelles.

Philippe Bariot éprouva un réel soulagement en écoutant les paroles de sa femme. Quand il rapporterait à Norbert Rondeau de quelle manière ils avaient été amenés à donner une réponse à Antoine Rozier, il lui tairait qu'il avait pu deviner qu'il était l'auteur de la lettre. Il était bien capable de vouloir l'entraîner dans une machination qui lui causerait les pires difficultés. Aujourd'hui, il maudissait son imprudence et la politique qui l'avait poussé à agir de cette façon.

Muriel traversait le bourg de Borsac au volant de sa petite Austin. On ne la voyait circuler à pied qu'en de très rares occasions : le dimanche sur le parvis de l'église, pour la messe de onze heures, et lors d'enterrements ou de mariages, cérémonies auxquelles elle se devait d'assister en tant qu'épouse du notaire. Les commerçants ne connaissaient d'elle que les chèques transmis par Madeleine, sa cuisinière et bonne à tout faire, pour régler les achats. Pour la désigner, on disait « la femme du notaire ». Elle ne s'offusquait pas des regards fuyants ou indifférents sur son passage car cela lui évitait de répondre aux saluts. Quand elle était auprès de Philippe, elle s'amusait de cette main lâchant le volant sans arrêt pour répondre aux bonjours qu'on leur adressait. Elle l'en raillait : « C'est incroyable comme tu es populaire ! Tu pourrais être député ou sénateur ! »

Au moment de ranger sa voiture devant la demeure des Rozier, elle ne vit pas le rideau s'écarter à l'une des fenêtres de la maison voisine. Elle pénétra dans la cour par la porte piétonne avec le naturel d'une habituée des lieux, quoiqu'elle y vînt pour la première fois. Lorsqu'elle avait téléphoné à Antoine pour lui annoncer qu'elle avait pris connaissance des écrits et qu'elle souhaitait lui en parler, elle s'était arrangée pour que leur entrevue se déroule sans la présence de Philippe.

— Je préférerais que ce soit chez vous. À moins que vous y voyiez un inconvénient ?

Au silence qui avait suivi, elle s'était dit qu'il l'avait peut-être trouvée sans gêne, mais la réponse l'avait bientôt rassurée :

— Ce sera avec plaisir, seulement il faudra me pardonner pour le désordre. Depuis mon retour, je prends pension chez ma belle-mère et ne fais qu'occuper ma maison qui vous paraîtra, je le crains, manquer de chaleur.

Il devait la guetter et sans doute avait-il entendu la lourde porte jouer sur ses gonds rouillés, car il se montra sur le seuil dès qu'elle s'engagea dans l'allée. Elle savait qu'il la détaillait et en éprouvait un certain plaisir. Elle ne regrettait pas d'avoir revêtu le tailleur acheté à Bordeaux la semaine précédente. Sa couleur havane et la coupe parfaite de la jupe moulant ses formes mettaient parfaitement en valeur sa silhouette. Tenant serré son porte-documents sous le bras gauche, elle lui tendit une main droite qu'il serra poliment.

— Chère Muriel, vous êtes très élégante. J'espère que mon vieux logis n'aura pas trop honte de vous accueillir ainsi.

Le ton était cérémonieux et le regard juste assez moqueur pour comprendre que le compliment était sincère, mais non pas ce qui concernait le logis. Une exagération feinte, tant, en cet instant, Muriel trouvait que le décor était approprié à leur rendez-vous. Elle aima le mystère et le romantisme de la vieille demeure des Rozier.

Antoine avait été contrarié qu'elle lui impose cette entrevue chez lui. Mais il avait saisi, au ton sérieux de sa demande, qu'elle devait avoir de bonnes raisons à cela. Ne voulant pas mettre Laure à contribution, il avait lui-même rangé un peu le salon et l'entrée, essuyé les traces de poussière. Le soleil persistait à dispenser sa chaleur, il avait ouvert toutes les fenêtres. Le jardin n'avait pas résisté à l'invitation qui lui était faite de dispenser ses parfums dans la grande pièce. Il invita Muriel à s'asseoir dans le large canapé et prit place dans un fauteuil en face d'elle.

En s'installant, elle ne chercha pas à dissimuler ses cuisses que l'étroitesse de la jupe découvrait. Avant d'ouvrir son porte-documents, elle prit le temps de regarder autour d'elle. Mathilde avait toujours aimé les bibelots. Ceux dont elle faisait l'acquisition ne remplaçaient pas les plus anciens, ils venaient les côtoyer. Parfois elle se contentait de les déplacer, mais jamais ils n'étaient remisés. Sur la cheminée, les deux poupées Louis XV, figurines disproportionnées dans leur gigantesque robe rose gonflée de leur armature, avaient repoussé les deux amours en bronze signés du sculpteur Clodion. Des vases, des cendriers, des figurines de porcelaine d'origines diverses s'exposaient sur les étagères d'angle et les meubles qui disposaient encore d'un peu d'espace. Au retour du voyage annuel que s'offraient les époux Rozier, dans une région de France chaque fois différente, Mathilde marquait de cette façon ses souvenirs. Des lampes aux formes les plus inattendues étaient censées éclairer le salon dès qu'il était plongé dans l'obscurité. L'artiste qui les avait conçues n'avait pas forcément pensé qu'elles étaient faites pour dispenser de la lumière. Enfin, le regard de Muriel s'attarda sur les vitrines de la bibliothèque et ne dissimula pas son admiration.

— C'est étonnant que votre belle-mère n'ait pas souhaité occuper cette maison. À sa place, je n'aurais pas hésité.

Antoine n'eut pas envie de lui révéler ce qu'il savait du choix de Laure.

— Peut-être le devoir de mémoire…

Muriel le regarda.

— J'ai appris à connaître la femme de mon père, depuis que je suis revenu. C'est quelqu'un de très bien. Moi aussi, j'ai été surpris qu'elle ait souhaité habiter la maison de nos métayers. Je suis persuadé qu'elle a voulu que rien ne change ici.

Muriel jugea que le ton sur lequel Antoine s'était exprimé reflétait un sentiment allant bien au-delà du respect pour sa belle-mère. Elle n'avait pas été sans remarquer, la veille, les gestes prévenants qu'il avait pour elle. Sans attendre davantage, elle ouvrit son porte-documents.

— J'ai comparé les deux écrits. Aucun doute, c'est la même personne qui les a rédigés. Mais…

Elle fixa Antoine, à l'affût d'une réaction. Aucun signe, aucun changement n'apparut sur son visage. Elle comprit qu'il ne s'attendait pas à une autre version et qu'il connaissait l'auteur de la lettre.

— Mais… ?

Cet homme était terriblement séduisant, environné par tout le mystère du moment. Elle eut envie qu'il lui parle, qu'il se confie.

— Antoine, je me trompe si je vous dis que vous êtes sans doute en possession, comme votre père avant vous, du document qui a servi à établir la comparaison des deux écritures et que vous connaissez l'auteur de cette horrible dénonciation ?

Elle souhaitait tant qu'il ne se méprenne pas sur sa pensée, qu'elle avait insisté sur l'horreur que lui inspirait la lettre.

— Effectivement, je sais.

Il se leva et alla vers la fenêtre. Les ombres s'étaient rapprochées des murs. Les soucis, les géraniums et les verveines portaient les dernières couleurs de l'été finissant. Il devinait l'attente de Muriel à son immobilité derrière lui. Il hésitait. Jusqu'à quel point pouvait-il lui faire confiance ? Il ne discernait pas les intentions de cette femme. Se livrait-elle à un jeu avec lui ? Jusqu'à hier soir, si on lui avait parlé de Muriel Bariot, il aurait réagi comme les gens de Borsac. Mais elle se révélait tellement différente qu'il ne savait plus quoi penser. Bien sûr, il n'avait pas été dupe de sa manière d'être avec lui, et ses avances n'étaient même pas dissimulées. Cependant il y avait autre chose. Les paroles qu'elle avait prononcées trahissaient un véritable sentiment de dégoût pour l'acte de délation auquel s'était livré Norbert Rondeau. Jusqu'à quel point le soutiendrait-elle dans ce qu'il était décidé à faire ?

Prononcer le nom de Norbert Rondeau était le désigner comme le meurtrier probable de son père, s'il était admis que sa mort n'était pas accidentelle. Dans quel camp se trouvait Muriel Bariot ?

Un mouvement dans son dos. Elle était juste derrière lui. Il se retourna. Ils étaient si proches qu'ils auraient pu se parler à voix basse. Tout à l'heure, il n'avait pas senti son parfum, légèrement entêtant.

— Je le sais de la même manière que mon père. Je me suis demandé pour quelle raison il avait voulu faire appel à vous. Je crois avoir la réponse. Votre réputation de graphologue est grande. Il ne voulait pas commettre d'erreur, parce qu'il désirait venger la mémoire de Guy Rousset. Pour lui, il n'y avait pas prescription. Cette écriture lui parlait, il l'avait retrouvée dans un cahier, un registre de la Cuma, l'association des agriculteurs pour l'achat de matériel.

— Vous croyez qu'il m'aurait demandé d'agir avec lui ?

— Peut-être pas. Il n'aurait pas voulu vous entraîner dans un scandale qu'il se sentait le devoir de faire éclater.

Il aurait préféré en avoir seul la responsabilité. Ce que j'ignore, c'est comment il comptait procéder. En revanche, j'imagine qu'après ses déclarations au conseil municipal, l'auteur de la lettre étant encore vivant a dû craindre le pire et… désirer peut-être que le silence se fasse.

— Vous voulez dire qu'Ulysse Rozier ne puisse pas parler ?

— En tout cas, sa mort arrange bien les choses. Sauf que…

Muriel ne bougeait pas. Il percevait sa respiration. Elle le troublait.

— Sauf que moi non plus, je ne veux pas que l'affaire en reste là. J'ai une raison de plus que mon père. S'il a été tué à cause de Guy Rousset, moi je dois faire justice.

— Vous ne pouvez rien si vous n'êtes pas sûr que votre père a été tué pour cette raison. Ce n'est pas possible ! Je suis d'accord avec vous. Je hais tous ceux qui se sont compromis avec nos ennemis pendant la guerre. Mais rappelez-vous que le général de Gaulle a voulu que l'on se réconcilie, que l'on pardonne ; ce qui ne veut pas dire que l'on oublie.

Muriel s'était encore rapprochée. Il s'avisa soudain que, si on les voyait ainsi, on pourrait se méprendre sur leur attitude. Doucement, sans qu'elle oppose la moindre résistance, il la prit par les épaules et s'écarta d'elle.

— Muriel, est-ce que je peux vous confier le nom de celui qui a dénoncé Guy Rousset, à condition que vous me juriez de garder le secret ?

Elle ne répondit pas, mais, à l'expression de son regard, il comprit qu'elle attendait cela comme une faveur.

— C'est le vieux Rondeau. Norbert Rondeau. Cela vous surprend ?

Comment lui dire que Philippe et lui avaient des sujets de conversation sur lesquels ils étaient souvent d'accord ? Sauf évidemment pour la période de l'Occupation. Personne à Borsac n'ignorait que Rondeau avait fricoté avec l'occupant et qu'il s'était même enrichi en faisant du commerce avec les Allemands. Par la suite, mais des années après, Norbert avait à nouveau affiché ses idées d'extrême droite, son antisémitisme et sa haine du communisme.

— Attendez-moi ici, je vais vous montrer le cahier dont mon père s'est servi.

Pendant qu'Antoine disparaissait, Muriel reprit sa place dans le canapé. Son désir de soutenir cet homme était fort et, en même temps, elle en voyait l'impossibilité. Elle avait lu dans son regard sa détermination. Quel argument trouver pour le ramener à une réflexion et à un comportement de sagesse ? Si Ulysse Rozier avait été réellement assassiné, pouvait-on laisser ce crime impuni ? Lorsqu'il revint le cahier à la main, il s'assit près d'elle. Elle se retint pour ne pas céder à son envie folle de le toucher. Il tourna rapidement quelques pages et lui posa sur les genoux ce qui s'intitulait pompeusement un registre de décisions comptables.

— Regardez, voici la page complète écrite par Norbert Rondeau. Vous comprendrez pourquoi mon père a dû éprouver un véritable choc en la découvrant. Il avait une grande affection pour les Rousset et il lui arrivait souvent d'évoquer le drame qu'ils avaient vécu, le chagrin qui n'a jamais cessé de torturer Henri.

Muriel avança sa main vers celle d'Antoine, à la toucher. Ce n'était pas une caresse, seulement le geste consolateur que l'on a pour un ami dans le désarroi.

En se rendant chez lui tout à l'heure, elle se plaisait à imaginer qu'ils finiraient par plaisanter, parler d'eux, mieux se connaître et peut-être atteindre cette intimité qui prélude au désir de s'aimer. Même si les convenances pouvaient les maintenir encore dans une certaine réserve. Elle avait des amants, elle se complaisait dans une totale liberté que la tiédeur amoureuse de son mari lui permettait. Elle ne s'attachait pas aux hommes qu'elle rencontrait. Elle se glorifiait d'en jouer. Mais hier soir, en face d'Antoine, elle avait été fascinée. Elle avait observé son comportement avec sa belle-mère. Une femme qui lui avait paru très simple, un peu empruntée lorsqu'elles parlaient entre elles, pendant que les deux hommes évoquaient des souvenirs communs qui ne les concernaient pas, mais se transfigurant soudain lorsque Antoine se tournait vers elle. Muriel avait alors éprouvé une sorte de jalousie.

— Vous me faites peur, Antoine. Je vous sens tellement déterminé alors qu'il serait peut-être préférable d'abandonner ces horreurs à l'oubli du passé.

— C'est sans doute la décision que j'aurais prise, s'il n'y avait pas ce soupçon de meurtre. J'aurais admis que mon père, ayant vécu ces événements dans son enfance, ait pu vouloir que la vérité surgisse enfin. Le lendemain de mon arrivée ici, j'ai rencontré Marguerite et Henri Rousset. Ils n'ont pas encore fait le deuil de Guy. Avant, je me contentais de compatir à leur malheur car j'ignorais ce secret. Aujourd'hui, il en est autrement.

Muriel était fortement impressionnée par le discours d'Antoine et la détermination qui en émanait. Étrangement, elle se laissait emporter elle aussi par le ressentiment et la révolte.

— Je voudrais vous aider.

Dans un mouvement spontané, elle s'était rapprochée de lui. Elle s'offrait à lui.

— Muriel, il ne faut pas…

Elle le regarda, cherchant à comprendre. Il était sérieux. Que voulait-il dire par « il ne faut pas » ? Maintenant, debout devant elle, il lui prenait les mains pour l'aider à se lever. Elle aurait dû se jeter alors contre sa poitrine et s'y blottir ; elle ne le fit pas.

Dans le jardin, le soleil avait achevé de sécher les dernières traces de rosée. Au clocher de Borsac, l'angélus fit tinter ses trois premiers coups. Une bande de moineaux se chamaillait dans une haie de troènes. Antoine et Muriel, côte à côte, se tenaient immobiles et silencieux sur le seuil, apparemment intéressés par le spectacle qui s'offrait à eux.

— Muriel, j'ai peur que vous vous mépreniez sur la façon dont j'ai parlé de ma belle-mère tout à l'heure. Vous savez, longtemps je me suis permis de juger le comportement de mon père, j'ai été injuste avec eux pendant toutes ces années, et j'ai voulu oublier cette maison. Aujourd'hui, j'éprouve un immense regret, un sentiment d'irréparable. Aussi, quand je me trouve avec Laure, je veux qu'elle comprenne que, si j'ai pu la détester, c'était seulement comme on déteste un événement qui contrarie vos projets. Je veux qu'elle oublie l'hostilité que j'ai pu bêtement manifester.

Muriel s'attendait à ce qu'Antoine poursuive sur le sujet qui les intéressait tous deux, et il lui parlait de Laure… Un peu comme s'il voulait dissiper un malentendu. S'était-il rendu compte que sa conduite avait pu faire croire hier soir qu'il éprouvait beaucoup plus que de l'affection pour sa belle-mère ?

— Je vous ai observés hier au restaurant. À la façon dont Laure vous regardait et se tenait près de vous, j'ai compris que vous ne lui êtes pas indifférent et qu'elle vous admire. Sur ce point, vous pouvez être rassuré.

Muriel eut un petit sourire, en constatant l'étonnement que sa réflexion produisait.

— Et moi aussi je vous admire, Antoine. Quoi que vous fassiez, je serai avec vous. Vous me tiendrez au courant ?

— Bien sûr, mais je dois réfléchir car ce ne sera pas facile.

Muriel se haussa sur la pointe des pieds pour effleurer d'un baiser la joue d'Antoine. Sur ce, elle s'installa au volant de sa voiture.

24

Muriel arrêta sa voiture aussitôt franchi la grille de leur demeure. Les arbres du parc la dissimulaient aux regards des bureaux de l'étude. Il fallait qu'elle réfléchisse. Philippe avait eu une réaction curieuse lorsqu'elle lui avait annoncé qu'elle se rendait chez Antoine pour lui communiquer le résultat de son analyse.

— Pourquoi ne pas le faire venir ici ?

— Parce que je ne souhaite pas que ce soit une démarche officielle.

— Tu ne veux pas faire payer ton acte ?

— Non. Je le fais à titre amical. Sans plus.

Il l'avait regardée attentivement.

— Il t'intéresse à ce point ?

Philippe l'avait habituée à ne pas subir ses questions lorsqu'elle s'absentait pour des rendez-vous. Aujourd'hui, elle trouvait étrange qu'à propos d'Antoine Rozier il change de comportement. Après les confidences d'Antoine, elle s'interrogeait : devait-elle révéler que Norbert Rondeau était vraisemblablement l'auteur de la lettre anonyme ? D'autre part, Philippe ne manquerait pas de la questionner. Il voudrait connaître la réaction d'Antoine et ce qu'il envisageait de faire. Sur ce dernier point, elle pouvait lui répondre qu'elle n'en savait rien. Comment lui avouer qu'elle avait proposé son concours, tellement la conduite du vieux Rondeau l'horrifiait ? Elle ne lui dirait rien.

L'image d'Antoine se dessina dans son esprit. Il avait observé la plus grande réserve avec elle. Trop énigmatique pour se persuader qu'il avait été insensible à ses avances faites ouvertement. Il ne pouvait être si différent des hommes qu'elle connaissait. Elle s'arrangerait pour le rencontrer à nouveau. Ils partageaient un secret. Elle frissonna délicieusement en s'imaginant près de lui, puis se traita d'idiote. Elle se comportait comme une fille. En même temps, elle aurait tellement aimé se blottir contre son épaule.

Installé au bureau de son père, Antoine y avait posé la lettre de Norbert Rondeau et le cahier ouvert à la page 16. À côté des deux documents, celui qui s'était échappé de la pile de revues *Historia* quand il avait voulu faire un peu de place. Cela faisait des années que son père, passionné d'histoire, recevait régulièrement cette publication. Il s'apprêtait à remettre la feuille à l'intérieur du numéro – sans doute un marque-page : lettre, carte postale, bout de carton… pour Ulysse tout morceau de papier était bon à cet usage. Mais, s'apercevant qu'il s'agissait d'une photocopie, Antoine avait déplié la feuille et découvert qu'il s'agissait d'un article extrait de la revue. En rouge, écrit au feutre de la main de son père : « Guy Rousset ». Plus il avançait dans sa lecture, plus ses yeux s'écarquillaient d'effroi. Non que la teneur dramatique du reportage le surprît plus que cela, mais il prit alors toute la mesure de ce que Guy Rousset avait pu subir. L'historien relatait l'existence du camp de concentration de Natzweiler-Struthof, dans les Vosges, et des prisonniers qu'on y avait enfermés. Au bas de l'article, quelques lignes rédigées par Ulysse, de cette écriture fine et serrée reconnaissable entre toutes :

« Guy a été transféré de ce camp en compagnie de codétenus vers la Moselle, pour effectuer des travaux forcés devant enrayer l'avance des troupes alliées. Lors d'une tentative d'évasion, il a été repris et pendu avec les autres. Je tiens cette information d'une personne sûre, qui dévoilera son identité si je le lui demande, lors du jugement de l'auteur de l'ignominieuse dénonciation. »

Le sang d'Antoine se glaça. Il se sentit aussi révolté qu'impuissant. Son père était là. Il respirait sa présence.

« Que veux-tu que je fasse, Ulysse ? Tu ne t'étais pas trompé. C'est bien lui, ce vieux salopard, qui a envoyé Guy à Natzweiler-Struthof. Tu aurais dû garder ta découverte secrète, ne pas la révéler tout de suite, poursuivre ton enquête en douce, cerner le coupable avec ta preuve, la brandir sous son nez, devant les autres de l'ancien Borsac. Mais voilà, tu étais pressé de proclamer le scandale, tu croyais encore émouvoir la foule avec tes révélations. Peut-être que tu aurais dû me l'écrire ? Je ne sais pas ce que je t'aurais répondu. C'est facile de donner un conseil quand il est trop tard. Tout à l'heure, j'en parlerai avec Laure et Marie. Je ne peux pas décider sans leur avis. Je ne le suivrai peut-être pas. Je ne peux pas laisser un tel crime impuni. Comment a-t-il pu te tuer ? Tu ne t'es donc pas méfié quand il s'est proposé de t'accompagner à l'intérieur du maïs ? Il se savait démasqué. Il l'avait lu dans ton regard. Tu n'as jamais su dissimuler ta pensée. Il savait que tu l'avais découvert. Tu n'as pas imaginé qu'il était capable de commettre lui-même un crime ? Qu'il était trop lâche pour tuer un homme ? C'est là ton erreur. J'aurais fait sans doute comme toi, avant de rencontrer des aventuriers sans scrupules qui vivent sur certains territoires, les chercheurs d'or de l'Amazonie par exemple. Tu as acculé la bête. Il n'avait pas le choix. Bon, on va réfléchir, mais pas trop longtemps. »

— Tu parles tout seul ?

Marie était là. Plongé dans son monologue avec son père, Antoine ne l'avait pas entendue entrer.

— J'étais avec mon père.

— Et tu lui parlais !

Marie le regarda, sidérée. Il était trop sérieux pour plaisanter avec ça. Elle eut soudain peur. Peur que les événements agissent sur lui. Mais non, son Antoine était bien trop solide. Pourtant il avait parlé tout haut. Au point qu'elle avait cru à une autre présence dans le bureau. En traversant le salon, elle avait senti un parfum. Une femme ! Sans s'en rendre compte, elle avait progressé silencieusement.

— Qu'est-ce que tu as entendu ?

— Oh ! un truc comme « on va réfléchir ». C'est pour ça que j'ai cru que tu étais avec quelqu'un.

— Cela ne t'arrive jamais de soliloquer ?

— Ouille ! Arrête ! Je me contente de dire que je parle toute seule, c'est moins compliqué. Au fait, il règne une odeur qui ressemble à du parfum, dans le salon.

Marie tournait autour de lui sans penser à s'approcher pour l'embrasser.

— Tu cherches si elle n'est pas cachée sous la table ?

Il avait pris un ton moqueur, cela le libérait. Et puis, il avait envie de l'asticoter un peu.

— J'ai reçu la visite de Muriel Bariot.

Marie s'immobilisa, toutes griffes dehors. Il comprit qu'il devait reprendre son sérieux.

— Elle est venue m'apporter ses conclusions d'expertise. C'était convenu ainsi. Rien d'autre. Quand tu es entrée, j'étais en train de faire le point avec Ulysse. Tu peux croire si tu veux que je suis dérangé. Mais cela m'a aidé.

Il était grave, ne souriait plus. Elle s'approcha et s'assit sur ses genoux. Penchée vers lui, elle plongea ses yeux verts dans les siens. Alors qu'il s'attendait à ce qu'elle lui demande des détails de l'entrevue, elle le surprit en changeant complètement de sujet. C'était une des facettes du personnage de Marie. Il ne lui en voulait pas. Il savait que, d'elle-même, elle reviendrait à leurs tourments.

— Antoine, avant de venir ici, j'ai parlé à ma mère. Ou plutôt, c'est elle qui m'a parlé. Pourquoi tu ne m'as rien dit à propos des confidences qu'elle t'a faites ?

— Parce que je devais attendre. C'était à toi qu'elle devait faire part de ses doutes et de son secret. J'avais compris qu'elle se confierait à toi, au moment choisi par elle.

Elle l'étreignit violemment.

— On s'en fout, Antoine ! T'es bien d'accord ? Tu sais ce qui lui fait peur ? Qu'on ait des enfants et qu'ils ne soient pas normaux !

— Moi, je crois que c'est simplement le fait que nous puissions être frère et sœur. On vit dans un monde où cette situation est scandaleuse, si elle vient à être connue. Si tu veux, on ne change rien à notre comportement devant elle. C'est inutile de la choquer. J'ai appris à la connaître. Si tu savais comme je regrette mon attitude stupide envers elle et mon père ! Laisse-lui du temps. Cette femme étonnante est capable de comprendre ce qui se passe entre nous.

Il devait convaincre Marie de ne pas se heurter avec Laure.

— Dis-moi, Antoine, tu serais amoureux de ma mère que tu n'en parlerais pas autrement.

— Imbécile charmante et charmeuse, tu dis des bêtises. Reviens un peu sur terre et aide-moi dans ce problème que nous avons à résoudre en commun : démasquer l'assassin de mon père. Il faut que nous en parlions tous les trois sans attendre. Avant ton arrivée, j'ai découvert un truc qui nous avait échappé. C'est tombé d'un *Historia* quand je les ai déplacés. Une photocopie d'article. C'est à cause d'elle que je n'étais plus tout à fait moi-même. Attrape le papier qui est sur la table là-bas et regarde !

Marie se pencha pour prendre la page photocopiée.

— Il s'agit d'un article sur un camp de concentration situé dans les Vosges. C'est sans doute là que Guy Rousset a été interné. J'ignore comment mon père a pu obtenir ce renseignement. Mais ce qui est sûr, c'est qu'il n'a pas attendu pour effectuer des recherches. Regarde ce qu'il a écrit dans la marge et au bas de la page. C'est effrayant. Sur le moment, il a dû éprouver de la haine, un sentiment qui lui a toujours été étranger. Il faut que je fasse quelque chose, je ne sais pas quoi. Mais toi et ta mère, vous resterez en dehors de tout ça. Et pour commencer, on va la rejoindre, on tourne la page pour un moment. Ulysse ne nous en voudra pas.

Ce soir-là, pour la première fois depuis le retour d'Antoine, Laure aurait préféré demeurer seule. Après sa conversation avec Marie et le départ de celle-ci, elle s'était assise dans son fauteuil, à côté de celui d'Ulysse, dans le petit salon. Elle était prostrée. Elle avait découvert toute la violence présente en Marie, mais une violence rentrée qui se lisait seulement dans la fébrilité de son regard. Devait-elle se reprocher d'avoir été franche ? D'avoir révélé son passé à sa fille ? Ce grand secret qu'elle pensait n'avoir jamais besoin de lui dévoiler. Pour une raison toute simple : Marie avait toujours aimé son père dans le souvenir que Laure entretenait pour elle et toujours aimé Ulysse avec la plus grande tendresse pour sa présence et l'affection qu'il leur donnait. Lorsque Ulysse et elle s'étaient retrouvés, puis avaient décidé de se marier, ils n'avaient jamais abordé le sujet de la naissance de Marie. Pourtant, il eût été simple de savoir, par un simple test génétique. Curieusement, le doute qui l'avait harcelée lorsqu'elle était enceinte, l'insupportable incertitude de la paternité s'étaient peu à peu estompés jusqu'à disparaître. Une nouvelle existence s'était créée pour elle. Lorsqu'elle observait Marie jouant avec Ulysse et celui-ci agissant comme un père, Jean-Louis disparaissait complètement. Oh ! bien sûr, il réapparaissait à travers de rares photos qu'elle avait conservées d'eux et qu'elle montrait parfois à sa fille.

— Maman, il était comment papa avec toi ? Comme papa Ulysse ?

Marie avait douze ans et parler de ses deux hommes en les appelant papa lui paraissait normal. C'était cette réaction qui avait peut-être dicté sa conduite : laisser les sentiments induire les comportements, ne rien dire.

Et Ulysse ? Il avait calqué son attitude sur la sienne. Seulement, elle l'avait toujours noté, à l'expression de son visage, quand il regardait Marie en train de jouer, de manger, de rire, d'être heureuse dans les joies qu'ils s'accordaient, ses regards attendris étaient ceux d'un père. Pourquoi alors aurait-elle pris le risque de bouleverser ce bonheur et cette harmonie, par une interrogation douteuse ?

Avait-elle détruit cela ? Elle ne cesserait jamais de s'en vouloir si tel était le cas.

À la réaction de sa fille, Laure avait compris que cet amour pour Antoine était précisément celui qu'elle espérait depuis la déception douloureusement éprouvée par Marie à vingt ans. Un amour qui briserait toutes les barrières, tous les tabous. De quel droit s'y opposerait-elle en tant que mère ? Si tout avait été normal, elle aurait été formidablement heureuse.

Tout à l'heure, ils allaient la rejoindre. Comment se comporteraient-ils devant elle ? Est-ce que Marie aurait informé Antoine de leur conversation ? Des paroles résonnaient encore dans sa tête, qui lui faisaient mal. « Des enfants ? Mais maman, on s'en fout, on n'en veut pas ! Ce qui compte, c'est qu'on s'aime ! Et que rien ne nous empêchera de nous aimer. »

« De quel droit, moi Laure Rozier, je m'interposerais entre eux ? Oh ! Ulysse, quel mauvais tour tu nous joues en disparaissant ? D'accord, ton fils ne serait pas là aujourd'hui. Mais tu te souviens quand même de ce qu'il t'écrivait dans sa dernière lettre ? Tu avais des larmes dans les yeux, ta voix chevrotait quand tu me la lisais, appuyé contre le chambranle de la porte de la cuisine, parce que tu n'avais pas tes lunettes et qu'il te fallait la lumière du jour. Une promesse, celle que tu désespérais d'avoir. “À la fin de ce chantier, je reviens en métropole. D'ailleurs ma société insiste pour que je prenne un reliquat de congés. Je pense que ça te fera plaisir d'apprendre que je compte séjourner trois mois à Borsac.” Depuis quelques jours, des soucis t'empêchaient d'être complètement heureux, mais tu savais les mettre de côté quand tu échafaudais des projets pour le retour d'Antoine. »

Un bruit de pas au-dehors, puis le rire de Marie. Laure se dressa du plus vite qu'elle put, s'essuya prestement les yeux. Marie riait. Marie capable de changer aussi vite que le vent, sauf dans son cœur.

Après ce qu'elle avait lu dans le bureau d'Antoine, Marie n'était pas gaie, elle n'avait pas le cœur à plaisanter. Mais voilà, sa force était dans ce personnage virevoltant s'attachant soudainement au comique d'une situation, qui n'oubliait pourtant pas ce qui l'avait assombrie.

Pour regagner la petite maison des métayers où Laure les attendait, ils avaient traversé l'espace occupé par la ferme d'autrefois et encore entouré des bâtiments et des anciennes étables et écuries. Ils s'étaient arrêtés au milieu de la grande cour où l'herbe reprenait ses droits. Antoine lui faisait revivre un peu des souvenirs de son enfance, déjà si différents des siens. Sous un hangar, il avait aperçu une vieille niche en bois. Tiens! Elle existe encore celle-là!

— Pourquoi, elle est si vieille que ça?

Antoine avait alors raconté à Marie que la niche avait servi à tous les chiens de berger qui s'étaient succédé dans la ferme et notamment à l'un d'eux demeuré célèbre. Un jour, Georgette, la vieille servante des Rozier, en préparant la gamelle de ce chien, avait laissé échapper son dentier. Avant qu'elle eût le temps de se baisser, Finaud l'avait avalé. Il n'avait jamais vu un os semblable! La pauvre femme avait dû guetter chaque jour les selles de Finaud pour le récupérer.

— Et elle a fini par le retrouver?

Antoine allait poursuivre son récit quand ils se trouvèrent devant Laure. Marie s'arrêta de rire. Ils firent semblant de ne pas s'apercevoir qu'elle avait pleuré et Antoine eut ce geste tellement naturel depuis quelques jours avec elle: l'embrasser en la serrant un peu contre lui.

— Je ne vous ai pas gâtés pour le dîner. On mange les restes de midi. Mais si vous voulez, je peux faire une omelette aux cèpes, j'ai encore un bocal de l'automne dernier.

Marie se glissa derrière sa mère et, en l'embrassant, lui chuchota :

— Va pour l'omelette. Antoine va adorer.

Les bruits étouffés du village leur parvenaient par la porte de la cuisine restée ouverte. Durant le souper, Marie avait monopolisé la parole. Alors que ce n'était pas dans ses habitudes, elle avait raconté les péripéties de sa journée qui en avaient amené d'autres, plus anciennes. Antoine avait deviné une envie d'oublier pendant ce moment privilégié du repas en commun, ce qui les préoccupait tous en ce moment. Pourtant, il avait senti Laure s'efforçant d'écouter sa fille. À plusieurs reprises, leurs regards s'étaient croisés. Messages muets ? Si Marie ne lui avait pas rapporté sa conversation avec sa mère, il aurait pu penser que seule la mort d'Ulysse l'accaparait. Il décida que ce serait lui qui ferait part à Laure de leur décision de vivre leur amour. De sa part à lui, elle l'accepterait peut-être mieux, à cause de cette complicité qui prenait corps entre eux. Il provoquerait l'occasion quand il se trouverait seul avec elle.

Au-dehors, l'obscurité était maintenant totale. Laure se leva pour dérouler le store. Deux papillons attirés par la lumière tournaient autour de la lampe. Marie entreprit de desservir la table.

— Antoine, vous prendrez du café ?

Les autres soirs, Laure attendait qu'il soit installé devant le poste de télévision pour le lui demander. Pour cette raison, il accepta en demeurant assis à sa place. Quand elle revint, il entreprit de parler à Laure du document découvert dans la maison paternelle.

— Mon père ne vous avait pas informée ?

Ulysse avait donc entretenu le mystère autour de son action. Dans l'intention de préserver les deux femmes. Il lui était impossible de faire de même, mais il voulait qu'elles soient tenues à l'écart. Dès qu'il ferait connaître ce qu'il appelait le secret d'Ulysse, le pays gronderait aussitôt de rumeurs.

— Que l'on sache dans Borsac ce qu'a fait cette vieille ordure sera déjà bien !

L'intervention de Marie avait été forte. Ses yeux pleins de haine. Antoine redoutait une telle réaction. Elle serait la première, au cours de ses visites, à entretenir un mouvement de réprobation. Si Rondeau avait été capable d'assassiner Ulysse, il n'hésiterait pas à s'en prendre à elle.

— Je dois réfléchir à la manière dont je dois procéder. Présenter aux gendarmes les documents que nous avons me semble aléatoire. Au cours de nos rencontres, j'ai senti, surtout auprès de leur enquêteur venu d'Angoulême, qu'ils n'auraient pas détesté suivre une autre piste. Mais obtenir l'aveu de Rondeau sur de simples suspicions ne sera pas aisé. Ce vieux bonhomme est roublard et se sent protégé par sa notoriété. Même s'il est détesté par beaucoup à Borsac. Il est riche et c'est souvent suffisant. Je vais voir si, parmi mes anciennes relations, je n'ai pas un avocat qui pourrait me conseiller sur le moyen d'entamer une procédure.

Les deux femmes écoutaient attentivement.

— Antoine, j'aimerais lire ce que vous avez trouvé et qu'Ulysse m'avait caché. Surtout l'article sur le camp de concentration où Guy Rousset a été envoyé.

Le souhait de Laure lui parut normal et il se reprocha de ne pas le lui avoir proposé plus tôt.

— Je repars à la maison et je vous le rapporte tout de suite. Vous me rendrez tout ça demain matin, car j'en aurai sans doute besoin.

25

Depuis qu'elle habitait à Borsac, Laure ne s'était que très rarement promenée dans les ruelles des vieux quartiers. Ses sorties se limitaient aux commerces nécessaires au quotidien de la maison : la boulangerie, la boucherie-charcuterie, les deux épiceries, avec une préférence pour celle de Laurent Biraud qui n'avait jamais été obséquieux avec elle, à la différence de Germaine Boireau qui lui avait toujours adressé de grands sourires sans se priver pour autant de parler d'elle avec les autres commères. Lorsqu'elle s'installa chez Ulysse Rozier, on jasa sur cette « gouvernante » que le veuf avait prise à son service. Les commérages s'amplifièrent jusqu'à devenir d'ignobles ragots, quand on apprit par l'appariteur de la mairie qu'elle allait devenir sa femme. « Elle a su y faire, celle-là. » « Ce pauvre Ulysse n'y voit que du feu. Elle n'en veut qu'à ses sous. » « Mathilde, cette grande dame, doit se retourner dans sa tombe. Cette Laure Martin, c'est une rien du tout. »

Peu à peu, les médisances s'étaient apaisées. L'attitude digne et distante d'Ulysse y avait beaucoup contribué. Ses amis, restés fidèles, avaient adopté Laure. Elle allait peu à la maison de la presse, laissant ce déplacement à Ulysse. C'était l'occasion pour lui de rencontrer les uns ou les autres, de parler de tout et de rien et aussi, ce qui était moins agréable, d'entendre les doléances qui auraient dû s'adresser au maire, mais qu'on lui présentait parce qu'il était aimable et ne rabrouait personne.

Après le petit déjeuner, elle eut une longue conversation avec Antoine. Au lieu d'aborder l'obsédant sujet d'Ulysse et de l'entretenir sur ce qu'il allait faire, il lui parla de Marie. Celle-ci était partie très tôt pour ses premières visites, et ils étaient seuls. Les mots, les phrases qu'il trouvait, l'émouvaient tellement qu'elle en perdait la notion de la réalité. Il lui expliqua qu'il comprendrait toutes les objections qu'elle lui présenterait, qu'il l'écouterait, qu'il ne se fermait pas aux sentiments contradictoires qu'elle éprouvait. Mais elle devait se rendre à une évidence : Marie et lui s'aimaient et ils n'avaient pas l'intention d'interrompre leurs relations.

Avec ses mots à elle – combien elle se sentait maladroite –, elle lui exprima sa peur. Oui, elle avait peur. Cela lui paraissait curieux ? Elle était seule maintenant. Une solitude totale parce que celui qui la comprenait et la défendait n'était plus là. Elle lui confia qu'elle ne s'était jamais sentie acceptée à Borsac. Elle lui rapporta les bruits qui avaient couru lorsqu'elle était devenue la femme de son père, et combien elle en avait souffert. Alors, qu'il imagine ce que ce sera quand ils apprendront ce qui existe entre Marie et lui !

Au moment de repartir, Antoine eut ce geste auquel elle s'habituait jusqu'à l'attendre : il s'approcha et l'embrassa. Oh, rien de douteux, seulement une affection sincère. Elle avait une impression, mais ce ne devait être qu'une impression : on aurait dit qu'il voulait se faire pardonner quelque chose.

Puis, alors qu'il allait franchir le seuil et s'avancer sous la petite véranda, elle lui posa cette question qu'elle regretta aussitôt :

— Vous avez réfléchi à ce que vous allez faire, pour Ulysse ?

Il s'arrêta, la considéra avec attention. Un regard qui la bouleversa. Antoine n'était plus le même. Des yeux étincelants et durs dans lesquels se lisaient la haine et la vengeance ; une image qui lui fit penser à la mort. Aussi vite que la lueur apparut, elle disparut pour faire place à quelque chose de rassurant.

— Oui, j'ai retrouvé quelqu'un à qui j'ai pu téléphoner ce matin avant de venir ici. Une ancienne camarade de faculté. Elle est devenue avocate. J'ai rendez-vous avec elle. Mais elle m'a laissé peu d'espoir quand je lui ai expliqué ce dont il s'agissait. Ou alors, il faudrait que le vieux Rondeau commette une erreur en voulant se disculper si on le suspectait officiellement.

Antoine partit. C'est après son départ qu'elle pensa aller voir Henri et Marguerite Rousset. Si une action en justice comme celle qu'ils avaient imaginée hier soir ne pouvait pas être entreprise, elle avait deviné qu'Antoine n'en resterait pas là. Il ferait n'importe quoi pour venger son père. Et ça, elle n'en voulait à aucun prix. Elle devait tout mettre en œuvre pour que rien ne nuise aux perspectives d'avenir d'Antoine et Marie. Il fallait trouver un moyen pour qu'un événement se produise. Un événement qui déclencherait un scandale quand la conduite de Norbert Rondeau serait connue. D'accord, il ne serait pas jugé pour l'assassinat d'Ulysse, mais pour sa dénonciation. Lorsque Henri serait mis au courant, elle était certaine qu'il allait clamer l'horreur à tout le pays. Et peut-être, qui sait, ferait-on un rapprochement avec la mort d'Ulysse ?

À cette heure de la matinée, les occupants des petites habitations du quartier de la fontaine, ainsi que l'on désignait le vieux Borsac, vaquaient déjà aux occupations de la journée et les venelles étaient désertes ; ce qui convenait parfaitement à Laure. Les Rousset sortaient de leur potager au moment où elle se présenta au portillon de la cour. En la voyant, ils crurent davantage à quelque malheur, plutôt qu'à une simple visite. Laure perçut tellement leur stupéfaction qu'elle tint à les rassurer par un sourire qu'elle était loin d'avoir envie d'arborer.

— Bonjour, Henri. Bonjour, Marguerite.

Il lui fut cependant impossible d'enchaîner avec un faux prétexte pour motiver une venue aussi impromptue. Elle embrassa Marguerite qui ne lui avait jamais semblé aussi menue et fragile, et s'attarda à la poignée de main d'Henri. Elle eut alors une prémonition : à la manière dont son regard se posait sur son visage, cet homme avait compris que son déplacement avait un lien avec la mort d'Ulysse.

— Entrez, Laure, ne restez pas dehors.

En disant cela, Marguerite enlevait ses sabots crottés de terre afin d'enfiler les charentaises posées sur le paillasson, tout en tenant la porte ouverte. Henri, portant le panier de légumes que sa femme venait de lui donner, s'effaça devant Laure.

— Vous prendrez bien un café, ou autre chose.

Ils la firent asseoir à la table de la cuisine. Henri s'installa en face d'elle et Marguerite resta debout, attendant une réponse.

— Oui, un café, je veux bien. Mais à la condition que vous en preniez vous aussi.

— Oh ! vous savez, on a nos petites manies comme tous les vieux. Quand on revient du jardin, ça peut être aussi de soigner nos lapins ou nos poules, on aime bien notre petit café qui nous ravigote.

Marguerite disait cela en s'activant devant la gazinière. Laure la regardait. En tournant la tête, elle vit le regard d'Henri posé sur elle. Elle comprit qu'il attendait qu'elle parle. Pendant toute la durée du chemin de chez elle à la maison des Rousset, elle avait réfléchi aux mots et aux phrases qui résumeraient au mieux ce qu'elle souhaitait leur raconter. Mais, en présence de gens aussi proches d'elle dans leur comportement, elle n'utilisa pas les tournures un peu compliquées qu'inconsciemment elle avait empruntées à Antoine. Elle s'exprima dans son langage pour retracer ce qu'elle voulait qu'ils apprennent : la lettre de Norbert Rondeau trouvée par Ulysse, la certitude qu'elle avait été écrite par lui, le fort soupçon, mieux, la preuve qu'ils avaient de l'échange des fusils et, par conséquent, du meurtre. Elle fut bien consciente qu'à côté d'elle le va-et-vient de Marguerite s'était arrêté, mais elle n'avait pas imaginé l'expression que prendrait le visage d'Henri, la crispation de ses mains tavelées sur la table.

— Il ne l'emportera pas au paradis !

Ce fut sa seule phrase. Le silence fut rompu par le bruit du café versé dans les tasses et celui du sucre prélevé dans le pot qui servait de sucrier. Marguerite s'assit auprès de son grand bonhomme et sembla disparaître. Laure reprit un autre sucre ; ce qui était beaucoup trop.

Elle regarda Henri.

— J'ai peur que vous m'en vouliez d'être venue pour vous dire tout ça.

— Je vous en aurais voulu bien davantage si j'avais appris que vous me l'aviez caché. Qu'est-ce qu'il en pense, Antoine ?

— Il est allé demander des conseils à une amie qui est avocate. Mais, apparemment, celle-ci croit que sauf si l'on découvrait la preuve que Rondeau a tué Ulysse, il n'y aura que la dénonciation que l'on pourra faire connaître et peut-être avec le risque de plainte contre nous, parce que ce sont des faits qui remontent à l'Occupation.

— Alors, ça se passera pas de cette façon !

La détermination était telle dans la voix d'Henri que Laure en frissonna. Elle n'osa pas lui poser de questions pour savoir ce qu'il voulait dire. Elle eut même le sentiment qu'il ne lui aurait pas répondu et, curieusement, il parut sortir de son enfermement. Mieux, leur conversation semblait n'avoir jamais eu lieu. Il s'intéressa à elle, à Marie qu'il trouvait bien belle femme. Il plaisanta presque en précisant à son sujet qu'on aimerait avoir besoin de ses services. Puis il en vint à Antoine. Est-ce qu'il allait repartir ? Laure ne put lui répondre. Il ne lui avait encore rien dit. Elle savait seulement qu'il avait beaucoup de congés à faire valoir. Il resterait peut-être encore quelque temps.

— M. Ulysse aurait tellement été heureux.

De sa voix fluette, Marguerite avait lâché cette pensée qui les ramenait à la réalité.

— Henri, je vais vous faire une demande. Ne dites pas à Antoine que je suis venue pour vous raconter toute cette histoire. Je sais qu'il a l'intention de vous tenir au courant et il n'aimerait pas ce que j'ai fait. Je crois que je l'ai un peu trahi.

Sa voix avait tremblé en prononçant ces derniers mots.

Lorsqu'ils la raccompagnèrent jusqu'au portillon après avoir insisté pour qu'elle emporte des poires « cueillies du matin », Henri la rassura. Antoine n'apprendrait rien de sa visite.

26

Norbert Rondeau reposa lentement le combiné du téléphone. Assis à son bureau, il ne voyait plus le décor dont il était très fier lorsqu'il introduisait un visiteur : les portraits agrandis des Rondeau qui semblaient surveiller la bonne marche de la succession, la bibliothèque chargée de livres aux riches reliures qu'il n'avait jamais lus, la cheminée recouverte d'une boiserie d'acajou sculptée de feuilles d'acanthe où apparaissaient des faunes, les tapis d'Iran dont l'épaisseur étouffait les pas. Les paroles de Philippe Bariot avaient tout effacé. Pourtant feutrées tant elles se voulaient confidentielles, elles se répercutaient comme des menaces. Immédiatement, en décrochant le téléphone et en reconnaissant la voix doucereuse du notaire, il avait pressenti la gravité de l'appel. L'heure était inhabituelle. Personne n'ignorait dans son entourage et ses relations qu'il s'adonnait chaque après-midi à une méridienne. De courte durée, certes ; plus longue, elle lui aurait semblé paresseuse et comme une perte de temps. Une habitude, depuis toujours. Norbert était un lève-tôt. Avec son épouse, ils faisaient chambre à part depuis la naissance de Marc et ne s'en plaignaient pas. Il n'avait jamais éprouvé de passion pour sa femme. Elle lui avait permis d'assurer la pérennité des Rondeau ; cela lui suffisait. De son côté, Henriette trouvait dans la dévotion les compensations qui lui convenaient et Norbert avait apaisé dans de brèves amours ancillaires les désirs épisodiques de l'homme mûr. Avec l'âge, ils s'étaient éteints.

— Monsieur Rondeau…

La voix du notaire s'était d'abord faite hésitante.

— Je dois vous faire part d'un grave désagrément à propos de cette affaire d'écrits confiés à ma femme pour expertise… Bon, vous avez compris… Peut-être devrions-nous nous rencontrer, plutôt que de parler au téléphone… ?

Piqué par un dard, il avait perdu toute notion de prudence et incité Philippe Bariot à en dire davantage. Antoine Rozier détenait un cahier avec plusieurs pages écrites et signées « Norbert Rondeau ». Il s'agissait de comptes rendus de réunions et de décisions prises par la Cuma et ces pages prouvaient sans contestation possible que l'écriture était identique à celle de la lettre. Vraisemblablement, Ulysse avait projeté de s'en servir pour confondre le dénonciateur de Guy Rousset, et il était envisageable qu'Antoine ait l'intention de poursuivre l'action de son père. Ne serait-ce que par vengeance.

Il apparut à Norbert Rondeau qu'il devait impérativement trouver le moyen d'enrayer une démarche qui le discréditerait à jamais, voire lui donnerait l'aspect d'un odieux personnage. Il s'imaginait déjà la une de *La Charente libre*, les titres du journal télévisé de Poitou-Charentes. Les appels, les cris, les propos haineux et vengeurs dans les rues de Borsac et des environs, le canton, l'arrondissement. Il assistait à son lynchage. Il était blême. Il se leva, traversa la cuisine en bousculant sa bru qui ne s'effaçait pas assez vite sur son passage. Il lui fallait son refuge, le parc, son banc. Il devait réfléchir, et vite. Il n'avait pas accepté la proposition du notaire de le rencontrer. D'ailleurs, il avait parfaitement senti que cette offre était faite sur le ton d'une convenance polie.

Au-dessus de sa tête, le cèdre bruissait doucement. En temps normal, il aurait observé le léger balancement des branches et peut-être les acrobaties des mésanges charbonnières, hôtesses actives et affairées du centenaire. Aucune solution possible ou réalisable ne surgissait de ses pensées et le plus grand accablement s'emparait de lui. D'autre part, il était inconcevable qu'il cherche de l'aide auprès de ses deux fils, ils ignoraient tout de son attitude sous l'Occupation. Il n'avait jamais fait mystère de ses opinions politiques à la maison, et tous savaient qu'il votait pour le candidat d'extrême droite, que pendant la guerre d'Algérie il avait soutenu l'OAS. Mais jamais cependant on n'avait abordé les temps troubles du pétainisme.

Dans le rêve qui s'emparait de lui en ce moment, il imaginait qu'il avait l'opportunité de tuer Antoine Rozier. Le fils après le père. Pourquoi pas ? Cela relevait tellement du délire et de l'invraisemblance qu'il abandonna bientôt l'idée de concevoir un plan. De guerre lasse, il céda à son habitude ; celle qui lui venait dans ses rares moments d'oisiveté. Il se dirigea vers sa fourgonnette rangée sous le hangar des tracteurs. Circuler au milieu de ses terres, s'arrêter pour jouir de sa puissance et, là, bâtir d'autres projets. Une sorte d'éternité qu'il s'attribuait.

Quiconque eût pu l'observer depuis l'habitation aurait eu son attention attirée par l'étrange manège, tout à fait anormal, de Norbert Rondeau, le vieux hobereau de Borsac, toujours imperturbable et arrogant. S'approchant de son véhicule, il en fit le tour comme s'il lui était étranger, donna un coup de pied dans chaque pneu pour éprouver leur pression, entrebâilla la portière arrière, s'inclina pour inspecter l'intérieur, ouvrit celle du côté chauffeur, parut réfléchir et, la laissant ouverte, se dirigea vers la maison où il disparut. Quand il en ressortit, il tenait son fusil à la main et, maintenant d'une démarche plus assurée, rejoignit la fourgonnette pour prendre place derrière le volant après avoir déposé son arme sur le siège à côté de lui. Il est probable que, s'il avait croisé Henri ou Marc, ceux-ci n'auraient pas manqué de s'étonner de le voir monter dans sa voiture avec son fusil alors qu'il n'allait pas à la chasse. Il aurait alors inventé quelque fable. Depuis l'ouverture de la chasse, il avait remarqué des vols de palombes importants du côté des boqueteaux en bordure des maïs et il se rendait là-bas afin d'en tirer quelques-unes. Comment leur avouer que sentir son arme, celle-là même qui avait servi à tuer Ulysse Rozier, à ses côtés, à portée de main, le rassurait ? Au plus profond de lui-même, chose inexprimée, sentiment flou et confus, désir impossible, se lovait l'improbable événement qui le sauverait du cauchemar qu'il vivait.

Après avoir franchi le porche du logis, saisi d'une impulsion soudaine, il ne prit pas la direction de la plaine et de ses terres, mais celle du bourg. Les quelques habitants qui l'aperçurent au volant de sa fourgonnette ne furent pas surpris. On ne le voyait que très rarement se déplacer à pied dans Borsac : cérémonies officielles auxquelles sa fonction de conseiller municipal l'astreignait, comice agricole, enterrements et quelques mariages. Il se crut obligé de répondre d'un signe de tête à ceux qui le saluèrent. Comment réagiraient-ils quand la rumeur se répandrait ? Il n'éprouvait aucune frayeur, seulement de la haine. Aucun remords pour son geste inspiré par la fatalité des événements. Il arrêta sa voiture sous l'un des tilleuls de la petite place au fond de laquelle se dressait la demeure des Rozier. Les autres maisons du voisinage apparaissaient modestes à côté d'elle. Il resta immobile, guettant les parages au cas où son arrivée aurait éveillé la curiosité. La place était proche de la mairie et il n'était pas rare qu'un visiteur y stationne. Il se rassura, mais se garda bien de se montrer. Qu'espérait-il en venant ici, mû par une décision irréfléchie ? Dans son désarroi, il n'avait pas imaginé ce qu'il viendrait faire à proximité de son ennemi. Seules la fureur et l'envie de tuer l'avaient poussé.

Soudain, il aperçut Laure. Elle débouchait d'une petite rue qui menait aux quartiers anciens. Elle aussi n'apparaissait que rarement dans Borsac. Quand ses garçons parlaient d'elle, ils disaient « la poule à Rozier ». Ils avaient conservé le langage que certains employaient lorsqu'elle était venue habiter avec Ulysse avant leur mariage.

Elle marchait d'un bon pas. Malgré lui, il admira sa silhouette demeurée jeune. Cette femme était encore très belle. Pas étonnant qu'Ulysse Rozier l'ait remarquée. Les Rondeau et les Rozier ne s'étaient jamais fréquentés. Entre eux avait toujours subsisté cette inimitié dont l'origine s'était perdue dans la mémoire des familles mais que la tradition entretenait. Norbert avait toujours été l'opposé d'Ulysse aussi bien dans son comportement que dans ses opinions. Les femmes le laissaient indifférent et, s'il s'en approchait, c'était uniquement pour les posséder. Il était viscéralement raciste et horripilé par tout ce qui ressemblait au socialisme. Il réprouvait cette idiotie que l'on appelait le partage. Il allait jusqu'à reprocher à Henriette sa charité. Cette aide à des fainéants et autres sous-hommes…

Laure s'arrêta devant le portail des Rozier. Il trouva indécent qu'elle ne fût pas habillée plus sobrement. Après tout, son mari était décédé depuis peu. Au lieu de poursuivre dans la direction qui la conduirait chez elle, elle se dirigea vers la porte piétonne du porche, fouilla dans une petite sacoche qu'elle portait en bandoulière pour en sortir une clé. Il se dit que le bruit qui courait selon lequel entre elle et Antoine ce n'était pas le grand amour était certainement mal fondé. Car, si tel était le cas, elle ne se permettrait pas de pénétrer ainsi chez son beau-fils.

Une idée l'effleura. Et s'il lui parlait à elle, de cette histoire ? Qui sait ? Elle conviendrait peut-être qu'il valait mieux enterrer des faits datant de la dernière guerre ? Il se traita aussitôt de vieux fou. Il avait eu l'occasion d'évaluer l'amour qui l'unissait à son mari. C'était pour la remise du Mérite civil à Ulysse. Une médaille qu'il avait voulu refuser et qu'il avait finalement acceptée devant l'insistance du maire. « Tu ne vas pas me faire cet affront, Ulysse ? Comment je vais expliquer au préfet et au député que la cérémonie est annulée, à cause de tes idées ? » Le jour dit, Laure était présente. C'était d'ailleurs la seule fois où elle avait assisté à un événement public de ce genre. Il se souvenait de la façon dont elle regardait cet homme. Elle avait les yeux de l'amour.

Non, il était stupide d'avoir imaginé une seconde que cette femme pourrait détourner Antoine de son projet. Quand elle eut refermé la porte derrière elle, il démarra et, machinalement, remonta la ruelle que Laure avait prise l'instant d'avant. L'instinct du chasseur qui remonte une piste. Il aurait été incapable de dire depuis combien de temps il n'était pas passé dans les vieux quartiers. Les rues trop étroites pour le passage des engins agricoles modernes n'avaient pour lui aucun intérêt. Les gens qui habitaient là, non plus. Ils étaient, certes, des habitants de Borsac, mais de ceux dont il ne se préoccupait pas. Cet entassement de maisons devait receler les voix des électeurs qui lui manquaient à chaque élection pour avoir autant de suffrages que le maire. Inutile aussi d'avoir l'ambition d'égaler Ulysse Rozier. Avec ses façons d'être aimable avec tout le monde, il était régulièrement réélu au premier tour.

Il eut envie de s'extirper au plus vite de ce dédale qui paraissait vouloir l'emprisonner. Il bifurqua brusquement, puis s'affola en constatant qu'il s'était engagé dans une impasse. Lorsqu'il entreprit une marche arrière, d'un mouvement précipité, il heurta une brouette et la renversa. Au fracas, la porte d'une maison donnant sur une courette s'ouvrit et Henri Rousset apparut dans l'encadrement. Norbert était pétrifié derrière son volant. Il allait devoir s'excuser auprès d'un bonhomme qui le haïssait et la chose lui semblait impossible. Comme dans un cauchemar, il vit le géant s'avancer vers lui. Il était paralysé. En regardant désespérément autour de lui, il aperçut son fusil posé sur le siège. Dans un flot d'images confuses, il chercha à se rappeler s'il était chargé. Vraisemblablement pas. Il était assez prudent pour éviter une telle faute. Il était perdu. L'autre allait le tuer. Son regard. Oh! quel regard…

— Alors, Rondeau, t'es venu me faire une visite d'amitié? À moins que tu sois venu implorer mon pardon?

S'entendant interpeller par son nom sans le « monsieur » auquel il était habitué de la part de gens comme Rousset; s'entendant tutoyer non avec l'accent de l'amitié ou de la familiarité, mais avec celui du mépris qu'on a pour les inférieurs ou les condamnés, Norbert Rondeau eut le geste désespéré de se saisir de son arme.

Henri Rousset qui se trouvait à cet instant près de la portière s'en aperçut. Il l'ouvrit et, d'une force insoupçonnable chez un homme de son âge, il arracha l'autre de son siège.

— Espèce de salopard, t'es donc venu pour me tuer ?

Il gueulait tellement fort que des portes s'ouvrirent dans deux maisons voisines et que des têtes curieuses et inquiètes apparurent.

— Venez, venez voir, vous autres, le Rondeau qu'est venu pour me faire mon affaire, comme si ça lui suffisait pas d'avoir trucidé Ulysse Rozier.

Un bruit de galopades et des appels s'enchaînèrent à la suite de ces invectives et Norbert Rondeau se vit entouré de figures hostiles. Des visages qu'il aurait sans doute reconnus, s'il les avait croisés dans Borsac, mais qu'il découvrait totalement étrangers et malveillants en cet instant. L'étreinte d'Henri s'étant relâchée, il réussit à se dégager, mais sans pouvoir réintégrer son siège.

— Je vous assure, Henri, je n'ai pas voulu… Je me suis seulement trompé de rue.

— Appelez-moi monsieur Rousset, si ça vous écorche pas trop la goule !

Le calme soudain du grand vieillard surprit l'assistance sans l'impressionner. La réponse de cet homme que tout le monde admirait, surtout dans ses diatribes politiques, déclencha quelques ricanements, vite transformés en rires contenus lorsque l'on entendit le vieux Rondeau s'excuser en terminant distinctement par un « monsieur Rousset ». On s'écarta pour permettre à la voiture d'effectuer sa manœuvre de repli. Henri releva sa brouette et Norbert frissonna en croisant son regard. Quand il se retrouva enfin dans la rue principale de Borsac, il accéléra violemment, plein de rage et d'envie de meurtre.

27

Devant le rassemblement des voisins, Henri Rousset voulut reprendre ses esprits. Il mit un peu de temps à pousser la brouette sous le hangar et assez loin du passage. Son cœur battait très fort, il avait du mal à recouvrer son calme. Il n'était pas mécontent que Marguerite soit allée faire des achats à l'épicerie. Elle n'avait pas assisté à la scène.

— Vous avez vu ce vieux con ?

— Il faut reconnaître que tu l'as drôlement remis à sa place.

L'escogriffe tout maigre et tout sec, portant une barbe de huit jours, qui venait d'émettre cette remarque, s'appelait Albert Maupas. Il habitait avec sa femme et ses cinq enfants dans la maison jouxtant celle des Rousset. Peu enclin au travail, il vivait de ses allocations depuis la fermeture de la fabrique de buses et parpaings qui l'employait. Henri et Marguerite ne l'appréciaient pas beaucoup mais s'apitoyaient sur la progéniture que la grosse Maryse lui donnait d'une année sur l'autre. Il n'était pas rare qu'au retour de l'épicerie Marguerite sorte un sachet de bonbons de son panier et l'offre au premier des petits qu'elle rencontrait. De la maison au-dessus étaient venus les deux vieux Laurent. À peu près du même âge que Marguerite et Henri Rousset, ils paraissaient avoir dix ans de plus. Lui avait extrait, cassé et taillé des pierres toute sa vie dans la carrière de Borsac, jusqu'au jour où son employeur avait remplacé ses trois carriers usés avant l'heure par une pelleteuse et un concasseur ne produisant plus que des cailloux pour le ballast des chemins de fer et les chemins. Ce petit monde ne semblait pas disposé à se disperser, trop remué par l'incident auquel il venait d'assister.

— Moi, quand je l'ai vu prendre son fusil, j'ai bien cru qu'il allait y avoir un malheur. Heureusement, monsieur Henri, que vous l'avez empêché !

Maryse avait presque les larmes aux yeux en évoquant le geste de son voisin. Henri Rousset n'aimait pas qu'on lui donne du « monsieur ». Mais venant de cette forte femme passablement négligée et volontiers envahissante, il le supportait. Une façon de se tenir à distance en évitant le prénom et le tutoiement.

— Bon, les amis, vous pouvez rentrer chez vous, je crois que le vieux Rondeau n'est pas près de revenir par ici.

Sans attendre qu'ils se dispersent, Henri regagna sa courette et disparut. Une fois seul, il se mit à réfléchir. Était-il possible que ce vieux seigneur de Rondeau se soit vraiment égaré dans le quartier ? D'autre part, le fusil sur le siège de la voiture ? Comment croire qu'il circulait dans Borsac avec une arme sans avoir l'intention de s'en servir ? Il jeta un coup d'œil à la pendule. Laure devait être arrivée chez elle. Il allait lui téléphoner. Il devait absolument discuter de l'événement avec Antoine. Au besoin, il se déplacerait jusque chez eux. Il se souvenait que le garçon lui avait dit prendre ses repas avec sa belle-mère. Le garçon. Antoine avait gardé cette apparence dans l'affection qu'ils avaient pour lui. En cet instant, comme lui revenait l'image du fusil, Henri était persuadé que Rondeau pouvait être dangereux. En ce qui le concernait, il s'en fichait. Il avait vécu sa vie et n'attendait plus rien d'elle. Mais Antoine… Il avait encore tant d'années devant lui ! Un nouveau coup d'œil à la pendule. Marguerite ne serait pas là avant un bon quart d'heure. Lorsqu'elle allait au village, elle en profitait pour bavarder un peu avec l'une ou l'autre. Ça la changeait de leur recoin, comme elle disait, et il ne lui en faisait pas le reproche. Une femme, c'est différent de l'homme auquel elle a lié son sort. Après son café du matin, il sortait pour humer le temps. Quand ils étaient les métayers des Rozier, il regardait le coq du clocher et celui-ci lui prédisait le temps. Mais d'ici, dans les vieux quartiers, le clocher était invisible. À croire que l'église les ignorait. Il en riait avec les amis ; ce qui contrariait Marguerite qui n'avait jamais cessé de pratiquer depuis que ses parents l'avaient envoyée à l'école libre. Après, il programmait sa journée entre son petit atelier, où se trouvait tout ce qu'il fallait pour bricoler, et le potager. Il n'avait pas le temps de s'ennuyer. Au contraire de sa femme ; il le voyait bien, quand elle posait son raccommodage et son tricot et qu'elle se mettait à tourner en rond dans la maison. Elle finissait par s'approcher, un peu ennuyée de déranger son grand bonhomme : « Si tu n'avais pas été occupé, on aurait pu sortir la voiture et aller faire quelques courses. Ici, on ne trouve pas tout. » Alors, posant ce qu'il avait dans les mains, il répondait : « Il faudrait quand même que je me change. Je ne peux pas sortir comme je suis. » Puis, sans rechigner, il disparaissait pour revenir avec un bleu propre et sortait la 4L.

Henri entra dans son atelier. Comme il réparait des chaises en ce moment, le local sentait la colle. Il ouvrit le buffet qui lui servait à ranger des outils qu'il utilisait peu ainsi que les pots, les tubes, les bocaux de différents produits. Il souleva une planche du fond après avoir déplacé tout ce qui gênait. Quand il se releva, il tenait dans une main un paquet enveloppé de chiffons gras et, de l'autre, une petite boîte en fer. Après avoir déposé ce qu'il avait sorti du buffet sur son établi, il revint à la porte de l'atelier et poussa le verrou. Il faisait confiance aux toiles d'araignées et à la poussière de sciure sur les vitres de l'unique fenêtre pour dissuader les regards importuns. Maintenant, il avait sous les yeux un Luger Parabellum. Un pistolet de plus de cinquante ans, en parfait état, qu'il avait pris à la ceinture d'un officier allemand tué dans une embuscade tendue par le maquis en forêt de Borsac. Pourquoi l'avait-il conservé ? Pour Guy, peut-être. Il avait toujours aimé les armes. La boîte en fer contenait deux chargeurs pleins de cartouches de neuf millimètres. Au mois de janvier dernier, il avait confié son secret à Charles Maury.

— Tu crois qu'il marche encore ?

— Faut voir.

Ils étaient retournés au Bois-d'en-Haut, déserté de ses habitants à cette époque de l'année. La violence de la détonation et le trou énorme causé par la balle dans la vieille poêle rouillée qu'ils avaient suspendue à une branche les avaient stupéfaits. Apeurée par la déflagration, Lucienne avait surgi en les traitant de tous les noms que sa mémoire avait bien voulu lui ramener.

Méthodiquement, il entreprit de débarrasser l'arme de sa couche protectrice de graisse. Elle ne portait aucune tache de rouille. Henri ne pensait pas, n'imaginait rien, n'échafaudait aucun plan, mais il était sûr d'une chose : le Luger serait la réponse au fusil de Rondeau, si celui-ci s'avisait de le menacer encore. Il engagea un chargeur dans la crosse, plaça le pistolet dans le seul tiroir du buffet qui fermait à clé, le verrouilla et dissimula la clé dans un trou du mur. Il était pâle. Il était ailleurs.

28

Antoine roulait doucement sur la route secondaire qu'il avait prise pour regagner Borsac. La nationale 10, avec ses quatre voies et les centaines de camions qui y circulaient, l'aurait obligé à aller trop vite. Or il avait besoin de réfléchir. Élise Rivet lui avait laissé peu d'espoir quant au moyen de confondre Norbert Rondeau. Cette avocate, qu'il avait connue étudiante lorsqu'il était à Poitiers, n'avait pas beaucoup changé. À dix-huit ans, par sa façon de s'habiller et son comportement guindé, elle dénotait au milieu de la joyeuse bande qu'ils formaient. Ils la plaisantaient, parfois cruellement, mais elle ne s'en formalisait jamais. C'était une bonne nature, toujours prête à rendre service. Ce matin, quand il s'était présenté à son secrétariat, elle avait dû entendre son nom par la porte du bureau restée ouverte car elle était venue aussitôt à lui sans laisser le temps à la secrétaire de décrocher son téléphone.

Leurs retrouvailles avaient été émouvantes. On s'était échangé quelques bons souvenirs de jeunesse, puis chacun avait résumé son parcours des vingt-cinq dernières années. Au fur et à mesure qu'Antoine lui exposait les motifs de sa démarche, il s'était rendu compte que son récit manquait de consistance et que sa voix trahissait trop de passion. Après tout, l'affaire des dénonciations remontait à plus de cinquante ans et c'était une période que l'on préférait oublier à des fins de réconciliation. Même si l'on rappelait régulièrement le devoir de mémoire, on parlait aussi d'erreurs de jeunesse s'agissant d'hommes ayant fait un mauvais choix patriotique. Quant à requalifier l'accident en meurtre, après une enquête qui s'était selon toute apparence normalement déroulée, il faudrait que surgisse un élément totalement imprévisible ou bien que, pris de remords, l'auteur se dénonce.

Une auberge au bord de la route incita Antoine à s'arrêter. Quelques voitures occupaient le parking et des clients étaient assis en terrasse. Il était encore assez loin de Borsac et ne voulait pas que Laure s'inquiète de son retard. Il allait l'appeler pour lui dire de ne pas l'attendre. Il s'installa à la petite table que l'unique serveuse lui avait indiquée lorsqu'il lui avait demandé s'il pouvait déjeuner. Elle enleva le deuxième couvert et laissa un menu. Il pensa à Marie en regardant la jeune femme se faufiler entre les tables.

Laure décrocha dès la troisième sonnerie. Au téléphone, il l'avait déjà remarqué, sa voix était à la fois douce et inquiète. Dans les premiers jours qui avaient suivi son retour à Borsac, elle lui avait avoué qu'elle n'aimait pas entendre le téléphone sonner ; surtout depuis la mort d'Ulysse. Elle n'avait pas précisé pour quelle raison et il ne lui avait pas demandé. Il ne la connaissait pas assez alors.

Elle protesta comme ennuyée qu'il craigne de la perturber. Elle pouvait attendre. Cela n'avait aucune importance s'ils déjeunaient à deux heures de l'après-midi. Marie avait appelé. Elle ne rentrait pas. Il y eut un silence soudain. Il fit « Allô ? » croyant que la communication avait été interrompue. La voix de Laure avait changé. Elle était devenue hésitante, plus basse aussi.

— Je suis allée voir Henri et Marguerite Rousset, ce matin, après votre départ… Je leur ai tout raconté.

Elle avait fait cet aveu dans un souffle. La faute avouée et la crainte des reproches.

— Laure, vous avez sans doute cru bien faire, ne pensez pas que je puisse vous en vouloir. Dès cet après-midi, j'irai les voir. Ce que je crains, c'est la réaction d'Henri. Qu'est-ce qu'il a dit ? Comment était-il ?

Antoine ne fut pas davantage rassuré quand elle précisa qu'après avoir paru choqué il avait changé de conversation. Il y eut à nouveau un silence. Là-bas, dans la coquette cuisine de Borsac, on avait encore quelque chose à ajouter.

— J'étais à peine revenue à la maison que Henri m'a téléphoné. Il veut vous parler. Il m'a paru bizarre. Antoine, j'ai vraiment peur d'avoir commis une bévue. Ne tardez pas trop.

La serveuse arrivait pour prendre sa commande. Il faillit se lever et s'excuser. Il ne pouvait pas rester déjeuner. Puis, il se ravisa. Sans lâcher son téléphone, il indiqua du doigt sur le menu ce qu'il souhaitait. La jeune femme eut un sourire et lui fit signe qu'elle avait compris.

— Laure, donnez-moi le numéro de téléphone des Rousset. Je vais appeler Henri pour l'avertir que je viens dans l'après-midi. Rassurez-vous, il ne se passera rien aujourd'hui. Laure, j'ai besoin de réfléchir.

Il nota sur la nappe en papier le numéro qu'elle lui dictait.

— Laure, je vous embrasse.

Il n'en était pas certain, mais il avait bien cru l'entendre murmurer « Moi aussi » avant qu'elle raccroche.

L'été reprenait de la vigueur avant de céder la place à l'automne. Des abeilles bourdonnaient dans la treille qui courait derrière la terrasse. Elles tournaient autour de quelques lambeaux de chasselas qu'on leur avait laissés lors de la cueillette. Il était tracassé par ce que Laure lui avait raconté. Il ne se sentait pas le droit de lui adresser des reproches ; ce qu'il n'aurait pas manqué de faire à Marie, si elle avait agi pareillement. Il ne fallait pas que ces femmes soient mêlées à cette histoire. C'était à lui de la régler, d'établir un plan pour venger son père. La jeune serveuse revint avec la saumonette au vin qu'il avait commandée.

— Excusez-moi pour le téléphone. Mais c'était important.

Elle eut un sourire.

— Oh, j'ai l'habitude, ne vous frappez pas. Mais la plupart des clients ne prennent pas la peine de s'excuser comme vous venez de le faire et je vous en remercie.

Ils se sourirent et elle s'éclipsa vers une autre table. Il devait appeler Henri Rousset. Le personnage pouvait être violent et cela l'inquiétait. La réflexion de Charles Maury lui revint en mémoire. Norbert Rondeau ne valait pas qu'un homme honnête soit victime à son tour des méfaits d'un assassin. Ce fut Marguerite qui répondit avec une petite voix peu assurée. Il se fit rapidement reconnaître.

— Oh ! Antoine, ça fait plaisir de t'entendre. Je vais te passer Henri.

L'accent fort et traînant ne laissait percer ni colère ni émotion. Il en fut réconforté.

— Je suis sur la route. Je voulais savoir si je pouvais venir vous voir cet après-midi.

Au silence qui l'accueillit, il craignit que son interlocuteur ne soit en train de chercher un prétexte pour retarder leur rencontre.

— Ben, ça sera avec plaisir. Justement, je me proposais d'appeler ta belle-mère pour te demander la même chose.

Henri mentait. Il avait déjà téléphoné à Laure. Antoine comprit qu'il ne voulait pas que sa femme soit au courant.

— Mais comme j'ai besoin de me rendre à Borsac chez le mécanicien pour ma 4L, on pourrait peut-être se voir si tu es chez toi.

C'était une confirmation. Marguerite devait être tenue à l'écart de ce qui se tramait. Il rappellerait Henri dès qu'il serait arrivé. La serveuse lui apportait le jambon grillé à la sauce tomate et œuf poché. Elle eut un sourire en le voyant encore téléphoner. Si les événements qu'il traversait n'avaient pas été aussi dramatiques, il aurait plaisanté. Comme ce matin, dans le bureau de l'avocate, il était surpris de l'indifférence des autres aux soucis et aux malheurs de ceux qu'ils côtoient : c'est tout simplement qu'ils ne les connaissent pas. Tout en l'observant, elle lui coula un regard intéressé souligné d'un sourire complice. Elle devait s'imaginer qu'il téléphonait à une amie. Un mois auparavant, dans les mêmes circonstances, il aurait lié conversation et peut-être essayé de nouer une aventure. En plus, elle complétait son service par un savoir-faire plutôt inusité dans un établissement aussi simple. Avec grâce et application, elle décrivait le plat qu'elle venait de déposer. Pouvait-il lui rétorquer qu'il n'était pas là pour découvrir la gastronomie régionale et qu'il n'en avait pas le cœur ? À nouveau seul, il essaya d'appeler Marie. Il avait envie de l'entendre. Avant qu'elle ait le temps de lui poser la moindre question, il lui dirait qu'il avait envie d'elle, qu'elle l'appelle dès que ses visites seraient terminées. Mais la messagerie se mit en route et la phrase goguenarde par laquelle Marie invitait à rappeler se fit entendre. La sensualité de la voix et des paroles était à elle seule une provocation. Aussi, essaya-t-il de ne pas faire transparaître la gravité du moment : il prit l'accent le plus chaleureux possible pour dire qu'il rappellerait plus tard.

Il quitta l'auberge après avoir abrégé son repas. En remarquant l'expression déçue de son hôtesse, il trouva l'excuse d'un appel urgent auquel il ne pouvait se soustraire. Maintenant, il regrettait de s'être arrêté pour déjeuner. Il aurait pu sauter un repas, ce n'était ni grave ni exceptionnel. Il avait essayé de rappeler Marie et était tombé de nouveau sur sa messagerie. Elle aurait pu au moins répondre entre deux visites. La route devenait sinueuse et des tracteurs l'empêchaient de doubler. Il prit des risques, frôlant même la catastrophe d'un face-à-face. Appels de phares, klaxons, signes au passage de conducteurs indignés. Enfin apparut le panneau indicateur « BORSAC 5 km ».

29

Lorsque les frères Rondeau, occupés à commenter le dosage du pesticide qu'ils étaient en train de préparer, virent leur père entrer à une vitesse totalement inhabituelle dans la cour, manquant d'écraser Fanny, la chienne teckel de leur mère, ils s'arrêtèrent net. La chose était tellement extraordinaire qu'ils eurent tous deux la même pensée : il était arrivé quelque chose de grave. Et lorsqu'ils constatèrent que la portière de la fourgonnette tardait à s'ouvrir, d'un seul mouvement ils coururent en direction de la voiture. C'est alors que leur père en descendit. Sa pâleur était éloquente.

— Tu as eu un malaise ? demanda Henri.

C'est en effet ce qu'évoquaient le visage défait et les traits déformés. Avant de répondre, Norbert repoussa du talon la portière qui se referma dans un fort bruit de tôle. Les garçons ne devaient pas voir le fusil sur le siège.

— Ça va, ça va. Ne vous inquiétez pas. Je vous expliquerai, mais pas devant les femmes. C'est une histoire d'hommes.

— Papa, c'est tout de suite que tu nous expliques. On est seuls dans la cour. Les femmes sont dans la maison.

Le ton autoritaire de son aîné arrêta le vieux Norbert et eut pour effet immédiat de l'apaiser. Il le sentait si fort en face de lui que l'attitude de Rousset lui paraissait moins dangereuse. Une peur rétrospective l'avait tenaillé aussitôt qu'il était sorti des vieilles ruelles de Borsac. Il avait traversé le centre du bourg à une vitesse qui avait attiré l'attention des rares passants de la grande rue. Il était sorti du village, avait pris la direction de la plaine. La vue de ses champs de maïs l'avait calmé. Mais bon Dieu ! qu'est-ce que je fais ? Il se rendait compte qu'il s'était affolé, qu'il avait perdu ses moyens, lui, Norbert Rondeau ! Il avait exécuté un demi-tour sur la nationale, obligeant un camion à s'arrêter, et s'était dirigé vers son logis, sa forteresse.

À côté d'Henri, Marc avec sa carrure gauche et sa figure dénuée d'intelligence avait l'air d'un sbire protecteur et rassurant. Il avait toujours déploré la compréhension limitée, le comportement imprévisible et brutal du plus jeune de ses enfants, et il lui arrivait de penser qu'il pourrait commettre l'irréparable dans un accès de colère. En cet instant, il l'aimait d'être ainsi. Au moins lui n'hésiterait pas un instant s'il était amené à lui demander de le défendre.

— J'ai eu maille à partir avec Rousset et cela aurait pu mal se terminer.

— Où l'as-tu rencontré ?

Il ne voulut pas avouer sa maladresse de conduite, ni qu'il s'était aventuré dans les vieux quartiers de Borsac. Il aurait dû fournir des explications qu'il tenait à garder pour lui. Il modifia les péripéties de son face-à-face avec Henri Rousset, en inventant une histoire. Le maire lui avait demandé d'aller à l'ancien lavoir afin de se rendre compte des travaux de restauration qu'il y avait à faire. Il avait donc traversé le vieux quartier avec sa voiture et s'était malencontreusement trouvé en présence de Rousset qui bouchait le passage avec une brouette. Ils s'étaient violemment disputés. Cette crapule l'avait insulté et même menacé de mort.

— Il a osé, ce vieux con ? Ben, j'y vais tout de suite et il va voir.

La violence de Marc ne surprit pas Henri, qui connaissait son frère, mais lui fit craindre le pire. Non qu'il voulût protéger Rousset, mais il savait que cette fureur n'avait pas de limites si on la laissait se déchaîner. Les conséquences qui en résulteraient seraient désastreuses.

— Tu te calmes, Marc, et tu me laisses gérer cette histoire. On sait que cet individu nous déteste et qu'il n'est pas intéressant. C'est un communiste, une espèce d'anarchiste, mais qui a bonne presse dans le village. Si tu t'attaques à lui, tout le monde se retournera contre nous. Ils sont tous jaloux de notre réussite et si certains nous font des sourires, c'est parce qu'ils ont besoin de nous ou qu'ils ont peur.

Marc était habitué à se soumettre aux avis de son frère, mais cette fois, tout en paraissant se contenir, il se jura bien de ne pas laisser son père subir les injures et les menaces du vieux bonhomme.

— Bon, les garçons, on va en rester là pour l'instant. Ici, je ne risque rien. Ce citoyen ne viendra pas jusque chez nous. Et puis, à son âge, on n'agit pas comme au vôtre.

Tout en leur parlant de cette façon, Norbert se dit que, si ses fils apprenaient son principal souci, l'assassinat d'Ulysse Rozier à cause de lettres de dénonciation, ils ne manqueraient pas d'être stupéfaits. Quelle serait leur réaction ? Comment le jugeraient-ils ? Il préféra briser là leur conciliabule. C'était l'heure du déjeuner et l'on ne devait pas faire attendre les femmes.

Dans la grande salle, toute la famille, à l'exception de Jeanne, avait pris sa place habituelle autour de la table. La bru des Rondeau apporta la soupe de pot-au-feu. Norbert, fidèle à la tradition ancestrale, tenait à ce que l'on serve un potage au déjeuner de midi, même en été. Dans une corbeille, de grandes lèches de gros pain étaient à la disposition de ceux qui voulaient en mettre dans leur assiette avant de verser le bouillon enrichi du gras de viande et de vermicelle. Ainsi que chaque jour, le repas débuta dans le silence. Comme celui-ci se prolongeait anormalement, Bernadette qui semblait impatiente depuis un moment de parler, quêtant vainement le regard de son père, finit par s'adresser à sa mère.

— Ce matin, on parlait de nous à l'épicerie.

Les cuillers s'immobilisèrent sur le fond des assiettes.

— Qu'est-ce que tu faisais à l'épicerie ?

La brusquerie de la question de son père lui fit regretter d'avoir voulu être intéressante pour une fois.

— C'est moi qui lui ai demandé parce que je ne pouvais pas laisser ce que je faisais.

L'intervention de Jeanne rassura Bernadette.

— Eh bien ! raconte.

Sans se préoccuper des autres, Marc brusquait sa sœur. Encore sous l'emprise de la colère suscitée par ce que son père leur avait appris, il avait fait un rapprochement. Bernadette ne put s'empêcher de quêter l'approbation de son père. Comme celui-ci la regardait sans broncher, elle se crut autorisée à continuer.

— J'étais au fond du magasin, je cherchais le vermicelle que Jeanne m'avait demandé, quand la grosse Maryse Maupas est entrée. Elles se sont mises à discuter avec la Claudine Hubert. Elles ne me voyaient pas. Quand j'ai entendu notre nom, je n'ai plus bougé. Je voulais savoir...

Bernadette s'interrompit. Machinalement, Henri et Marc se tournèrent vers leur père. Celui-ci avait blêmi, tout en continuant de fixer sa fille. D'une voix anormalement basse, il la somma de poursuivre.

— Mais c'est que… De là où j'étais, je n'entendais pas bien. C'est surtout en entendant notre nom que j'ai sursauté. J'ai cru comprendre qu'il y avait eu une dispute entre papa et le vieux Rousset.

— Tu as rencontré Henri Rousset ?

L'intervention de leur mère prit tous les enfants au dépourvu. Ils étaient tellement habitués à son silence que le ton de reproche que semblait contenir la brève question adressée à leur père les étonnait.

— J'avais à faire dans le quartier du lavoir. Une histoire de travaux pour la commune.

Il se tut. Il n'avait même pas regardé sa femme. Tous savaient qu'il n'en dirait pas davantage.

— C'est tout ?

C'était pour Bernadette un encouragement à poursuivre. Elle ne regrettait plus d'avoir été aussi bavarde. Cependant, elle savait qu'il ne lui fallait surtout pas répéter le mot « trouille » qu'elle avait entendu dans la bouche de la Maryse. Elle bredouilla que, malheureusement, elle n'avait pas saisi le reste de la conversation.

— J'avais peur qu'elles m'aperçoivent. Et puis elles se sont déplacées. Alors, j'ai pu mieux entendre. Mais il ne s'agissait plus de nous. La Claudine Hubert habite, comme vous le savez, en face de la maison des Rozier. Elle s'est mise à raconter que Marie, la fille de Laure Rozier, devait fricoter avec Antoine.

— Je t'interdis d'employer de tels mots !

L'injonction de sa mère la fit taire immédiatement. Craignant que les ragots ne soient malencontreusement interrompus, Norbert voulut inviter prudemment sa fille à continuer.

— Ta mère a raison, tu viens de parler comme les deux pécores que tu écoutais. J'aimerais cependant que tu nous dises ce qu'elles se racontaient à propos d'Antoine Rozier.

Henriette se tourna vers son mari. Dans ses yeux, on pouvait lire le plus grand étonnement : ce n'était pas dans ses habitudes de montrer de l'intérêt à des histoires de coucheries. Les Rozier étant des mécréants, il s'agissait forcément de fornication. Heureuse qu'on veuille enfin l'écouter, Bernadette rapporta fidèlement les propos des femmes. Claudine avait observé l'étrange manège de l'infirmière. Elle arrivait avec sa voiture et, au lieu de l'arrêter devant la maison, elle ouvrait le portail et le refermait aussitôt entrée. Quand elle ressortait, Antoine la raccompagnait.

— Rien qu'à voir la façon dont elle s'habille, on sait que cette femme est une coureuse.

Le jugement d'Henriette était sans appel. Cependant Jeanne, restée jusqu'alors silencieuse, crut bon de la défendre en déclarant que c'était une excellente infirmière et que, si elle avait un jour besoin de piqûres ou d'autres soins, c'est à elle qu'elle aimerait faire appel.

— Ça, jamais !

La violence de son mari la laissa interdite.

— Eh bien, moi, je détesterais pas.

Marc avait parlé sur le ton de la rigolade. Mais en voyant les regards de son père et de son frère, il comprit qu'il aurait mieux fait de se taire. On en resta là. Bernadette était déçue de se voir replongée d'un coup dans le désintérêt général. Norbert Rondeau ruminait ce qu'il venait d'entendre. Ce qu'il craignait se produisait. Sa querelle avec Rousset se répandait dans Borsac et certainement pas à son avantage. Qu'adviendrait-il si Antoine Rozier révélait cette histoire de lettre ? Curieusement, sans doute parce qu'il se sentait sécurisé par le déroulement de l'enquête, il pensait beaucoup moins à l'assassinat d'Ulysse. Il rageait de ne pas entrevoir le plus petit bout d'une solution qui pourrait annihiler le scandale qui se préparait. Jeanne passa près de lui pour changer son assiette. Son regard se posa machinalement sur les mains et les avant-bras de sa bru. Elle avait une très jolie peau. Sans en avoir l'air, il la suivit du regard quand elle s'éloigna vers le coin cuisine. Il s'étonna de n'avoir jamais prêté davantage attention à Jeanne. Il manifestait peu d'intérêt pour les femmes. La réflexion qu'elle avait faite à propos de Marie Martin lui revint. Il revit l'infirmière. Il avait toujours pensé que celle-ci était une enjôleuse, comme sa mère. C'est à cet instant qu'il eut l'idée.

Norbert Rondeau se leva de table. Les autres allaient l'imiter quand il leur dit d'attendre le café. Lui, il avait besoin de réfléchir. Ils ne lui avaient jamais posé de questions quand il lui arrivait de s'isoler. Ils savaient où il allait : dans son bureau s'il faisait mauvais temps, sous le cèdre s'il faisait beau. Il avait toujours agi ainsi et personne, même Henriette, ne le dérangeait.

Si cette Marie Martin avait une liaison avec Antoine, il était peut-être possible de trouver un moyen de pression pour inciter celui-ci à abandonner ses menées contre lui, voire lui livrer le fameux cahier et la lettre. Il échafauda alors un plan inspiré par la réflexion de sa bru. Pour cela, il lui faudrait compter sur le concours de Marc et c'était chose quasi acquise quand on connaissait la brutalité du garçon. Il lui était parfois arrivé de s'en effrayer devant ses crises de colère. C'était un déchaînement incontrôlé de gestes désordonnés qui aboutissaient la plupart du temps à briser tout ce qui se trouvait à sa portée. Une fois, il avait attrapé le chat par la queue. Il s'était mis à tournoyer comme un lanceur de disque et la pauvre bête, projetée à une vitesse folle, s'était fracassé la tête contre un arbre.

30

Un autre jour, Marie aurait fait la grimace, le ciel était couvert et gris. Cette nuit, l'orage avait été violent. Elle avait peur de l'orage. Une panique remontant à l'enfance.

Ses parents l'avaient laissée seule pour un moment. « Surtout, tu ne bouges pas de la cuisine. » Ils étaient sortis en courant pour rentrer les cinq vaches de sa mère qui paissaient dans le pré derrière la maison. Debout contre la porte vitrée, elle regardait les trombes d'eau se déverser ; un véritable rideau de pluie devant son nez à la hauteur de la première rangée de vitres. L'éclair avait déchiré la cime de leur marronnier. Une bombe, une explosion. Sous le coup de la terreur, elle s'était rejetée en arrière et retrouvée sur le carrelage de la cuisine. Depuis, à chaque orage, une angoisse irrépressible s'emparait d'elle.

Mais, cette nuit, elle avait pu se lover tout contre l'épaule d'Antoine. Il était nu, comme elle, ses lèvres caressaient la peau tiède du dormeur. Les coups de tonnerre qui ébranlaient la maison ne le réveillaient même pas. Hier soir, chez sa mère, ils n'avaient pas veillé tard. La journée avait été mouvementée pour tous. Elle, parce que sa collègue Élisabeth était en congé de maternité et qu'il fallait la remplacer jusqu'à l'arrivée d'une nouvelle infirmière, et Laure, encore sous le coup d'émotions dont elle s'attribuait la responsabilité.

Lorsque Antoine était arrivé de Poitiers, il avait trouvé Henri Rousset en compagnie de Laure. Ils l'attendaient. Il avait écouté le récit d'Henri, un récit dont le ton et les paroles ne l'avaient pas rassuré. Plus tard, il lui avait confié son inquiétude. Il avait peur de ne pas lui faire entendre raison. Ce vieil ami était en train d'imaginer comment il pourrait « supprimer la mauvaise bête ». Telles avaient été ses paroles.

Au moment où Antoine s'était levé pour regagner sa maison, elle avait serré sa mère contre elle. « Maman, je vais dormir avec Antoine. » Un chuchotis contre la joue, puis un regard tout près du visage. Une ombre de contrariété, Laure avait du mal à admettre cette situation nouvelle. Mais la réponse était venue dans le baiser bien appuyé sur la joue de sa fille. Ensuite, l'allégresse qui l'avait transportée quand elle avait pris la main d'Antoine, l'étonnement de celui-ci, presque gêné, au moment où il souhaitait bonsoir à Laure.

— Quand as-tu dit à ta mère que tu viendrais dormir chez moi ?

— D'abord, j'espère qu'on ne va pas seulement dormir. Je lui ai soufflé ma décision quand je me suis rendu compte qu'on allait se séparer encore pour une nuit, alors qu'elle est parfaitement au courant de ce qu'il y a entre nous. J'en ai assez de cette hypocrisie.

Son premier rendez-vous était à huit heures. Elle devait auparavant passer au bureau pour consulter les messages. Véronique et Léa, les deux autres infirmières, commençaient leur tournée dans l'autre sens. Elles ne s'y rendraient qu'en fin de matinée. Elle ouvrit le portail pour sortir sa voiture. Elle ne le referma pas, une fois sortie. Elle prit son temps. Elle espérait que « madame cancans », Claudine Hubert, était en train de l'observer derrière ses rideaux. Le temps de la dissimulation était terminé ! Une onde amoureuse la parcourut. Elle maudit l'urgence de son travail qui l'empêchait de satisfaire l'envie folle de faire demi-tour, de retourner dans leur chambre et de faire l'amour.

— Antoine, je t'aime ! cria-t-elle en se regardant dans le petit miroir de complaisance encastré dans le pare-soleil.

Le message était curieux. La voix lui demandait de passer à la ferme du Bois-Brûlé pour des pansements quotidiens après une opération du genou. Elle s'excusait d'appeler aussi tard. Le portail de la cour serait ouvert pour lui permettre d'entrer en voiture. La ferme du Bois-Brûlé était à l'écart de son itinéraire prévu. Tant pis, ce nouveau patient attendrait un peu. Un pansement à la suite d'une opération du genou pouvait souffrir une attente de quelques heures. Ce qui l'intriguait, c'était qu'elle croyait cette énorme bâtisse inoccupée depuis longtemps. Sans doute avait-elle été louée dernièrement. Située au bout d'un chemin de terre qui partait de la petite départementale reliant Borsac à Angolin, on en apercevait les toits émergeant au-dessus d'arbres noirs et décharnés sous lesquels des buissons d'épines noires avaient réussi à émerger d'une terre ingrate. Personne ne pouvait dire l'origine du nom de l'endroit qui ne le tenait pas de l'aspect du bois. Quinze ans auparavant, les chenilles processionnaires avaient colonisé les petits chênes au tronc torsadé et les érables de Montpellier qui formaient l'essentiel de la végétation. Elles avaient dévoré tout ce qui était vert, et la forte sécheresse de l'été avait répandu la mort sur les lieux.

En dehors de l'orage, Marie ignorait la peur. Cependant, en s'engageant dans le chemin, elle se dit que ce n'était pas un endroit où elle aimerait vivre. Le vent qui continuait à charrier d'énormes cumulus d'un gris de plomb frangés de blanc ajoutait à l'aspect peu attrayant des lieux. Les champs de l'ancienne ferme portaient encore les traces des récoltes. Les terres trop éloignées des rampes d'irrigation du maïs étaient réservées à des céréales moins exigeantes en eau. Le colza y avait proliféré au printemps. Marie adorait les nappes jaunes et la forte odeur du colza. Il lui était arrivé de s'arrêter et de baisser sa vitre pour la respirer. Le bois aux abords de la ferme était sinistre. Si quelques arbres avaient repris, beaucoup dressaient encore leur squelette au-dessus des aubépines et des prunelliers.

Comme la voix l'avait annoncé, le portail était grand ouvert. Sur le moment, en l'écoutant au haut-parleur du répondeur, occupée à ranger son sac et à vérifier que rien n'y manquait, elle n'avait pas cherché à la reconnaître. De toute façon, selon toute vraisemblance, il s'agissait d'un inconnu. Un homme à en juger par la voix. Elle avait mémorisé l'adresse avant de la noter à la hâte dans son calepin de route.

La cour était vaste, à l'image des anciennes cours de ferme qui abritaient autrefois d'importants troupeaux d'animaux. Au centre, l'abreuvoir couvert de mousse ne devait plus servir depuis longtemps. Sous une ligne de hangars, des charrettes et des tombereaux côtoyaient des charrues et des moissonneuses-lieuses rouillées. Un véritable musée du vieil outil. Elle s'en fit la remarque au passage. Une rafale d'ailes de pigeons la fit sursauter. À son approche, la bande avait jailli d'un toit en prolongement de ce qui devait être l'habitation. Celle-ci apparaissait réduite en comparaison de l'immensité des bâtiments auxquels elle s'appuyait. Le nouveau propriétaire des lieux aurait pu au moins remplacer les rideaux délavés et déchirés par endroits. Elle frappa, attendit, n'obtint aucune réponse. Elle se souvint qu'on l'avait appelée pour soigner un genou après une opération. Si la personne était seule, elle n'était pas forcément derrière la porte ou à proximité. Elle tourna la poignée et la porte, en couinant, pivota sur ses charnières.

— Il y a quelqu'un ?

Marie avait acquis une certaine habitude des personnes qu'elle soignait à la campagne. Elles étaient souvent âgées, souvent seules aussi. Sachant qu'elle allait venir, elles laissaient la porte déverrouillée. Lorsque ses vieux patients l'entendaient arriver, il n'était pas rare que, depuis leur chambre, ils lui indiquent où se trouvait l'ordonnance et lui recommandent de se faire chauffer un café. Parfois, s'ils étaient parfaitement valides, elle acceptait une invitation, formulée avec l'insistance de la solitude, à partager avec eux une part du gâteau qu'ils avaient préparé à son intention. Tout en surveillant discrètement sa montre, elle les écoutait raconter leur vie, celle de leurs enfants ou de leurs proches. Quand il lui fallait abréger, ils comprenaient à regret qu'elle devait partir. Parfois elle se demandait s'ils ne souhaitaient pas que les soins ne les soulagent pas trop vite, afin de pouvoir profiter encore de ses visites.

— Il y a quelqu'un ?

Elle s'avança dans ce qui devait être le couloir. À travers une porte vitrée sur la droite, elle découvrit une très ancienne cuisine. Vu la grande cheminée sans aucune trace de feu, une longue table dépourvue de tout mobilier autour, elle comprit l'insolite de la situation et la peur l'envahit. Alors qu'elle s'apprêtait à sortir à reculons, elle se sentit violemment poussée dans le dos, saisie à hauteur des bras et du buste dans un véritable étau, pendant qu'une main moite étouffait ses cris comme un bâillon. Bien qu'assez grande et forte, Marie se trouva décollée du sol et transportée dans une pièce en face de la cuisine, par une porte que, dans la pénombre, elle n'avait pas aperçue en entrant.

Elle se débattait, mais ses jambes ne trouvaient aucun appui. Quand ses pieds touchèrent le sol parce que son assaillant l'avait un peu relâchée, elle voulut se retourner mais un coup très violent l'atteignit sur la tempe et elle s'évanouit.

31

Accroupi dans un coin de la petite pièce au sol dallé, Marc observait Marie. Il avait conservé le bas qu'il avait enfilé sur sa tête pour masquer ses traits. Par précaution et pour maintenir l'endroit dans l'obscurité, il avait clos les volets de l'unique fenêtre. La vétusté et le manque d'entretien les avaient déformés et la lumière du jour filtrait au travers, empêchant un noir total dans ce qui avait pu être une chambre. Il ne s'en plaignait pas, cela lui permettait d'observer sa victime.

Lorsque son père l'avait appelé depuis son banc sous le cèdre, il avait craint un de ces sermons dont il était coutumier, et il s'était demandé quelle bêtise il avait pu commettre. Celui qu'il nommait, pour lui-même et mentalement, l'ancêtre n'avait jamais cessé de le faire trembler. Une anxiété dont il n'arrivait pas à se débarrasser depuis l'enfance. Par sa taille et sa force, il aurait pu renverser le vieux bonhomme d'une pichenette. Mais, devant lui, il redevenait le petit Marc que l'on obligeait à avouer ses fautes, avant de baisser son pantalon pour recevoir, sur ses fesses nues, le nombre de coups de ceinture proportionnel à la sottise commise.

Il avait été étonné, presque inquiet, lorsque son père lui avait ordonné de s'asseoir sur le banc, à côté de lui. Puis, en écoutant la voix habituellement autoritaire se faire amicale, il avait osé regarder celui qui lui racontait d'homme à homme la plus étrange des histoires. Il lui parlait de sa jeunesse, des idées politiques qu'il avait et qu'il osait proclamer. Il lui décrivait l'arrivée des troupes allemandes à Borsac, des changements qui s'étaient produits en même temps, des juifs, des communistes et des francs-maçons que l'on allait enfin faire disparaître de la surface de la terre. Il avait lui-même participé à cette traque. Marc avait soudain regardé son père et lui avait dessiné l'auréole d'un héros.

Aujourd'hui, on voulait le dénoncer pour ses actes et ses idées. La famille allait être atteinte dans son honneur. Marc s'était levé du banc en demandant à ce père qu'il voyait fragile pour la première fois de lui donner des noms. Reprenant le ton du commandement, celui-ci lui avait intimé l'ordre de se rasseoir. À voix basse, il lui avait développé un plan auquel, lui, Marc, était associé. Il avait senti monter le rouge à ses joues. De la fierté, rien que de la fierté. Enfin, son père reconnaissait sa valeur !

Sur la banquette où il l'avait allongée, Marie tentait de se redresser. Il pensa qu'il avait peut-être un peu trop serré les liens. Les chaînes arrimées à un radiateur en fonte étaient solides. Il leur avait donné assez de longueur pour que la prisonnière puisse s'asseoir, mais sans pouvoir quitter le banc. Il lui avait entravé les chevilles avec des colliers de serrage en plastique. Lorsqu'il l'avait allongée là, alors qu'elle était encore évanouie, il avait ressenti un violent désir pour cette femme. Jamais pareille occasion ne se représenterait. La jeune femme commença à reprendre ses esprits. Elle ne portait rien sous son léger pull et la chair apparaissait au-dessus du jean. Il n'y résista pas : à travers les fines mailles de sa cagoule, il appuya sa bouche sur le nombril et fut inondé de jouissance. Si elle ne s'était pas mise à hurler, il serait resté prostré contre elle. Il lui plaqua une main sur la bouche. La morsure fut terriblement douloureuse. Il se rejeta en arrière.

— Qui êtes-vous ? Qu'est-ce que vous me voulez ?

Marie criait. Sa voix se répercutait contre les murs de la pièce vide. Maintenant assise, elle tentait de se lever. Elle trébucha à cause des entraves aux chevilles. Dans une pirouette involontaire, elle se retrouva suspendue aux chaînes. Il se précipita pour la relever et l'aida à s'asseoir sur le banc. Il se recula vivement de peur qu'elle ne le morde au visage. Elle hurla à nouveau :

— Qui êtes-vous ? Qu'est-ce que vous me voulez ?

La voix s'étrangla dans un sanglot. Il ne voulait pas qu'elle pleure, qu'elle ait mal. Elle était belle ! Sur lui, il sentait couler la semence qu'elle lui avait fait verser l'instant d'avant. Les prostituées qu'il retrouvait sur les remparts de la ville ne lui avaient jamais procuré un orgasme aussi rapide et aussi fort. Il gardait le silence. Il n'avait pas le droit de lui parler. « Surtout prends garde. Ne prononce aucune parole, pas un mot. Il ne faut pas que l'on puisse reconnaître ta voix. Il ne faut pas qu'elle voie ton visage. » Il se recula dans l'encoignure près de la porte. Il resta debout. La clarté provenant des fissures des volets n'était pas assez forte pour qu'elle le distingue à cette distance. Avant qu'elle ne reprenne connaissance, il aurait dû la déshabiller. Il se mit à fantasmer comme lorsqu'il lisait ses revues pornographiques, et le désir revint. Jamais, il ne retrouverait une occasion comme celle-ci avec cette femme. Hier, quand sa sœur avait parlé d'elle, il avait craint que l'on s'aperçoive de son intérêt soudain. Il voyait Marie Martin aussi nettement que s'il avait été devant elle. Quand sa belle-sœur avait avoué qu'elle ne détesterait pas se faire faire des piqûres par cette infirmière, ce n'était pas, évidemment, pour les mêmes raisons que lui. Il s'était imaginé s'offrant aux douces mains de la jeune femme.

Il jeta un coup d'œil au cadran lumineux de sa montre. Il devait partir. Il ne devait pas faire attendre son père. Tout était minuté.

Marie essayait de deviner l'identité de l'homme qui se tenait dans l'angle de la pièce. Il restait silencieux. Pas même un grognement quand elle l'avait mordu. La première fois, quand elle avait crié, il avait plaqué sa main sur sa bouche. Ses lèvres se révulsaient au souvenir de l'ignoble contact. Sa tête était endolorie là où il l'avait frappée. En reprenant conscience, et voyant une silhouette penchée sur elle, la terreur l'avait paralysée. Puis, l'instinct de survie avait repris le dessus. Si elle avait pu saisir un doigt entre ses mâchoires, elle était certaine qu'elle aurait pu le lui trancher. Elle se contraignit à respirer profondément, lentement. Elle devait retrouver son calme. Elle était incapable d'analyser sa situation. Une longue inspiration par le nez. La poitrine se gonflait. Lente expiration. Recommencer jusqu'à ce que le cœur batte moins vite. Difficile sous la surveillance de cet inquiétant geôlier. Elle se rassurait, il ne semblait pas vouloir la brutaliser. Certes, il l'avait assommée, mais depuis ses gestes étaient normaux, presque prévenants. Elle pensa au viol. Les journaux, la télévision parlaient chaque semaine de femmes violentées, assassinées au cours de leur randonnée ou de leur jogging. Il était immobile. Il respirait fort, elle percevait son souffle. Elle ne pouvait plus supporter l'invisible regard posé sur elle. Combien de temps cela allait-il durer ?

— Dites-moi ce que vous voulez, à la fin !

Elle a encore crié, mais moins fort que les autres fois. Peut-être devrait-elle le supplier ?

— S'il vous plaît, dites-moi pourquoi vous me retenez prisonnière.

Toujours immobile. Elle s'imagina soudain qu'il ne comprenait pas, qu'il parlait une autre langue. Pourtant, la voix sur le répondeur ne laissait aucun doute. Elle n'avait pas d'accent particulier. Le répondeur… Quelle imbécile ! Machinalement, parce qu'un trop grand nombre de messages empêchent l'enregistrement de nouveaux, elle avait effacé l'appel. Maintenant, personne ne saura où elle était allée après la dernière visite programmée ce matin. Celui qui avait appelé devait être certain qu'on ne la retrouverait pas. La terreur l'envahit. Elle pensa à Antoine, à sa mère. Lorsqu'ils constateraient son retard, ils allaient s'inquiéter, puis se mettre à sa recherche. Antoine, je t'aime ! Il avait l'habitude des pays avec des dangers. Il saurait la retrouver.

Le gardien muet bougeait. Il s'en allait ! Elle était seule avec l'angoisse de l'incertitude. Elle eut envie de hurler. Elle était loin de tout et seule. Elle éclata en sanglots.

32

Le lit était vide à la place de Marie. Elle était partie sans qu'il se réveille. « Je vieillis. » Il eut un sourire. Elle avait réglé leur problème le plus simplement possible. Les sentiments qu'il éprouvait pour Laure évoluaient chaque jour. Il aurait été incapable de s'imposer de cette façon. Il aurait attendu son consentement, parce qu'il y avait de la souffrance dans le cœur de cette femme. Sa fille devenue la compagne du fils d'Ulysse, peut-être son frère ! Elle ne pouvait pas se faire à une telle idée. Cependant, il était sûr qu'elle se trompait. Pour s'en convaincre, il suffirait de procéder à une analyse ADN. Ainsi, on serait fixé. Mais Marie s'y refuserait. Elle le lui avait nettement fait comprendre. Pour elle, vivre dans le doute n'avait aucune importance. Il se leva, regarda le jardin par la fenêtre. Il vit son père à sa place et l'image de Rondeau resurgit. Il fallait se rendre à l'évidence et ne pas se faire trop d'illusions sur l'affaire des dénonciations. Il en venait toujours à la même conclusion : en imaginant qu'elle aboutisse, le procès déboucherait sur un non-lieu après les appels. L'assassinat de son père demeurerait impuni. Il pouvait tuer Norbert Rondeau. Il n'éprouvait aucun état d'âme. Mais voilà, quand on l'arrêterait, car il serait arrêté, comment serait-il jugé ? Cette idée lui fit penser qu'il était lâche, qu'il avait la faiblesse de céder à l'amour d'une femme plutôt que venger la mort de son père. Tuer Rondeau. Mais comment ? Antoine écartait d'emblée l'idée du crime que l'on veut parfait pour échapper à la justice. Certainement pas comme Rondeau avait procédé. Il le ferait sans se cacher, pour la mémoire d'Ulysse Rozier, aux yeux de tous.

Il ressentit le besoin de fuir cette atmosphère stérile. Il prit la décision de sortir dans Borsac. Jusqu'à maintenant, il n'avait fait que circuler avec la voiture de son père. Il était temps d'aller à la rencontre de ceux qui le connaissaient. Particulièrement, les anciens copains de la communale qui n'avaient pas, comme tant d'autres, quitté la ville pour la capitale. Peintre en bâtiment, mécanicien, maçon, menuisier, boulanger, épicier et quelques cultivateurs peu nombreux. Ceux-là n'avaient pas déserté au prétexte d'études qui leur permettraient de ne pas se salir les mains et de prendre des congés chaque été. Par qui commencer ?

Il s'apprêtait à sortir, laissant au hasard le choix des retrouvailles, quand la sonnerie du téléphone retentit. Il ne reconnut pas la voix qui lui demanda s'il était bien Antoine Rozier. C'était par conséquent quelqu'un qui s'attendait à tomber sur lui. L'abonnement était encore au nom de son père.

— Monsieur Rozier, vous êtes en possession de quelque chose qui m'appartient et qui m'intéresse. J'aimerais le récupérer.

Au commencement, il ne comprit rien à ce qu'on lui disait et il crut à une erreur ou à une plaisanterie, ce genre de canular que les gens de radio ont coutume de faire. Mais l'enchaînement le fit frémir et, au lieu de raccrocher sans demander d'explications, il écouta, paralysé par l'aberration des paroles prononcées par la voix.

— Je m'explique, monsieur Rozier : vous avez des choses qui peuvent me nuire, des écrits…

Ça y est ! Son interlocuteur était Norbert Rondeau. Il le voyait dans sa veste en toile ou en velours qui ne le quittait jamais lorsqu'il traversait Borsac. Il voyait les yeux bleu délavé qui l'observaient, transparents, secrets. Il devait être derrière son bureau. Rondeau comme Ulysse était de ceux qui ont un bureau. Dans les jours ordinaires, il portait la chemise blanche et la cravate de ceux qui ne sont pas astreints à des travaux manuels.

— Je n'ai rien qui puisse vous intéresser, monsieur Rondeau !

— Ah ! vous voyez, vous m'avez reconnu ; ce qui prouve que vous avez bien ces choses qui m'intéressent.

Le ton était doucereux, agaçant, menaçant.

— En supposant que j'aie ces choses, comme vous dites, pour quelle raison est-ce que je vous les donnerais ?

— Parce que, voyez-vous, je possède moi aussi quelque chose, quelque chose auquel, je crois, vous tenez.

Les termes sibyllins du propos firent frissonner Antoine. Il n'en devinait pas le sens caché. Il décida d'en finir, il fallait que ce vieux salopard s'explique.

— Si vous me disiez clairement ce que vous voulez ?

— C'est très simple, monsieur Rozier. Vous me remettez un certain cahier et une certaine lettre et moi, en échange, je vous restitue mon otage, ma prisonnière : Marie Martin.

La foudre, la stupeur, la rage, un tourbillon tumultueux emportaient Antoine. Il vivait un cauchemar. Ce n'était pas possible ! Rondeau aurait enlevé Marie ? Un vieillard certes encore assez robuste, mais bien incapable de maîtriser une femme comme Marie. Le silence se prolongeant du côté d'Antoine, Rondeau reprit :

— Vous pensez que je plaisante. Si, si, si, je sais que vous ne croyez pas ce que je vous dis. Alors, pour abréger, voilà ce que je vous propose, quand je dis propose, je crois que vous n'avez guère le choix. Nous allons nous rencontrer sur la place du café du Commerce, pour que l'on nous voie, au cas où vous auriez de mauvaises intentions à mon égard. Vous me donnerez ce que je vous demande et, une heure plus tard, votre amie apparaîtra devant vous. Ah ! une précision : évitez d'alerter la gendarmerie, ceux qui gardent l'infirmière obéiraient à des ordres funestes pour elle. Vous savez, à mon âge et au point où j'en suis, je n'ai plus rien à perdre, et les miens s'en remettront. Évidemment, je sais que vous possédez des photocopies. Mais ce ne sont que des photocopies et, avec un bon avocat… Il est dix heures. Il vous faut dix minutes pour vous préparer. Nous nous retrouvons à dix heures un quart.

Rondeau raccrocha. Antoine bouillait dans son impuissance. Il allait en faire de la charpie, de ce vieil assassin ! Mais il y avait Marie. Immédiatement, il pensa qu'en l'arrêtant il finirait par avouer. Mais il y avait aussi cette menace. Rondeau avait tout prévu. En un quart d'heure, il n'avait pas le temps de remonter la piste afin de retrouver Marie. Il devait procéder à l'échange, après quoi il essaierait d'agir en conséquence. Il se traita d'imbécile. Marie avait sûrement son portable avec elle. Il appela en se trompant deux fois de numéro. La sonnerie sonna dans le vide, puis la messagerie et la réponse joyeuse invitant à rappeler plus tard.

Pour que Marguerite ne trouve pas anormal qu'il sorte sa 4L de la remise, Henri Rousset prétexta une commande de graines à la coopérative agricole, située à quatre kilomètres de Borsac. Après quelques manœuvres, il fit quelque chose de tout à fait inhabituel : il descendit de sa voiture, marcha vers sa femme qui refermait la grille de la courette – les poules risquaient de s'aventurer dans la rue –, et se pencha vers son visage étonné pour l'embrasser. Au lieu d'emprunter la direction de la coopérative, Henri prit celle du logis des Rondeau et se gara à proximité, à l'entrée d'un clos. De là, il pouvait apercevoir les véhicules qui passeraient le porche pour entrer et sortir. À cette distance, sa présence, si elle était remarquée, n'apparaîtrait pas insolite.

Il sortit le Luger de la boîte à gants et le posa sur le siège à côté du sien. Hier soir, après avoir quitté Antoine et repris sa voiture au garage, il était allé dans la forêt où il avait tiré deux cartouches. Il devait s'assurer que toutes les munitions étaient encore en état.

Le capot de la fourgonnette de Norbert Rondeau apparut. Il démarra aussitôt son moteur. S'il se dirigeait vers la plaine, il le suivrait et attendrait le moment favorable pour l'aborder. Au contraire, s'il tournait en direction du bourg, il lui barrerait la route. La fourgonnette tourna vers Borsac.

Norbert Rondeau, absorbé et inquiet malgré tout quant à l'issue de son rendez-vous avec Antoine Rozier, ne vit qu'au dernier moment la voiture qui, venant d'en face, faillit l'emboutir. Lorsqu'il reconnut le conducteur qui en sortait et s'avançait vers lui, il fut saisi d'effroi. Ce qui le figea dans une terreur atroce, ce fut la vue du pistolet que Rousset tenait dans sa main droite. Surmontant sa peur, il ouvrit sa portière pour fuir : sa maison était proche. Il n'en eut pas le temps. En même temps que le tonnerre de la détonation, un choc énorme le repoussa sur son siège et le noir se fit.

Pour être certain que sa victime n'y survivrait pas, Henri tira une seconde fois, visant tranquillement la tête. Le crâne explosa. Puis, prenant une longue inspiration, il retourna à sa voiture et fit demi-tour en direction de la gendarmerie.

33

Le Commerce n'avait pas son animation du jeudi, jour du marché. Cependant, dans ce milieu de matinée, quelques voitures étaient rangées sur les emplacements dessinés en épis. Deux tables de la terrasse étaient occupées par des Anglais. Les femmes avaient découvert largement leurs épaules avides du soleil qu'elles venaient chercher ici. La température, sans être celle du plein été, était encore assez élevée. Antoine ne resta pas à l'intérieur de la Mercedes. Il préférait observer l'arrivée de Rondeau. Le cahier et la lettre étaient sur la banquette arrière. Il ruminait des idées, des images. Il lui paraissait impossible que le plan imaginé par ce vieux fou puisse se dérouler aussi facilement. Il s'en voudrait toute sa vie de ne pas avoir trouvé une parade, le moyen d'entraver cette machination. Marie ! Évidemment c'était elle qui l'empêchait d'être lucide. Il avait pensé avertir Laure. Puis, il avait rejeté cette idée. Elle allait immédiatement perdre son sang-froid et il lui faudrait trop de temps pour reprendre ses esprits. Dès qu'il aurait remis les documents, il entrerait en action, sans attendre le retour de Marie. D'abord, reconstituer son itinéraire. Pour cela, il irait au bureau des infirmières. Sa tournée était forcément indiquée. Il lui faudrait connaître l'endroit où elle s'était interrompue. Le téléphone suffirait. Les patients chez qui elle devait se rendre sauraient dire si elle était passée. Rondeau lui avait recommandé de ne pas avertir les gendarmes. Les gardiens avaient des ordres. Il avait donc soudoyé des hommes de main. Il était hors de doute que son plan soit improvisé. Qui étaient ces bandits ? Comment à Borsac ou dans les environs pouvait-il exister de tels hommes ?

Dix heures et demie ! Rondeau était en retard. Il n'aimait pas ça. Ou le vieux bandit s'amusait avec ses nerfs pour le déstabiliser, ou il voulait s'assurer qu'Antoine suivait bien le plan. Le temps passait et Marie était toujours entre les mains de ses ravisseurs. Il imagina le pire : sévices, viols. Il les tuerait tous ! Il essaya encore d'appeler Marie. Sonnerie, puis messagerie. Il prit la décision de joindre le bureau des infirmières. Saisissant son portable, il fit le numéro des renseignements et obtint rapidement celui du bureau. Tout en manipulant son appareil, il guettait l'arrivée de Rondeau. Celui-ci ne devait pas s'apercevoir qu'il téléphonait.

Une voix à l'accent méridional lui répondit. Il prétexta l'urgence d'un renseignement. Il avait besoin de joindre Marie Martin.

— Vous n'avez pas son numéro de portable ?

— Elle ne répond pas.

— Vous savez, quand elle est en train de faire des soins, elle ne peut pas se servir de son téléphone.

Il expliqua que cela faisait plusieurs fois qu'il tentait de la joindre. L'inquiétude que sa voix devait manifester dut influer sur la collègue de Marie qui finit par lui demander son numéro. Elle allait se renseigner. Elle avait à peu près une idée de l'endroit où elle pouvait se trouver. En même temps, elle fit un commentaire qui alerta Antoine. « À l'heure qu'il est, elle devrait être revenue chez nous, pour repartir dans un autre sens. C'est bizarre, ce retard. » Elle promit de rappeler le plus vite possible.

Rondeau n'était toujours pas là. Il perçut le klaxon des pompiers dans le lointain. Le fourgon de la gendarmerie passa au bout de la place, les gyrophares allumés et avertisseurs hurlant. Il se passait quelque chose de grave. Il était cloué ici. Un homme casqué traversa la place en faisant pétarader son vélomoteur et descendit en voltige devant le Commerce. Dans un autre contexte, la scène l'aurait amusé. Lorsqu'il vit le patron ressortir avec le bonhomme et lui faire signe, son sang se glaça. Ils se connaissaient bien, mais il n'avait aucune raison de l'appeler de cette manière. Cependant, il s'avança non sans avoir jeté un coup d'œil pour voir si Rondeau n'arrivait pas.

— Bonjour, monsieur Rozier. Je vous observe depuis tout à l'heure. Si je me permets de vous appeler, c'est que la nouvelle que Gilles vient de m'apprendre est de taille.

Antoine eut l'intuition que la nouvelle en question était en rapport avec son rendez-vous. Il reconnaissait maintenant celui que le restaurateur avait appelé Gilles. Gilles Gandois était l'homme à tout faire de la commune. Tous les petits boulots lui étaient bons. Il vivait d'une pension de handicapé mental qu'il arrondissait avec de petits services rétribués au plus bas que les uns et les autres lui demandaient.

— Le vieux Rondeau vient de se faire trucider.

Antoine reçut l'information tel un coup de massue. Le patron du restaurant se tourna vers Gilles.

— Dis à M. Rozier le nom de celui qui a fait le coup.

— Le Henri Rousset !

Second coup de massue. Le visage d'Antoine dut tellement changer que son interlocuteur s'inquiéta.

— C'est vrai qu'Henri Rousset était le métayer de votre père. Alors forcément…

— Excusez-moi, je dois partir.

Il n'en dit pas davantage et s'éloigna en laissant les deux hommes un peu perplexes. Il ne voyait plus rien de la place, ses pensées se brouillaient. Il respira lentement. Maintenant, il fallait trouver Marie et vite. Son téléphone vibra. Marie avait effectué la totalité de sa tournée. On ne comprenait pas la cause de son retard. Peut-être était-elle tombée en panne dans un endroit où il n'y avait pas de réseau. Antoine remonta dans sa voiture et fonça en direction de la gendarmerie. Plus question d'agir seul. Il lui sembla qu'il avait eu tort d'avoir cru pouvoir se passer du concours de la police. Il espérait ne pas devoir le regretter. En roulant à toute allure, il voyait Henri, Marguerite. Pourquoi ? Pourquoi, Laure, avez-vous précipité les événements ? La réflexion de Charles Maury lui revint : « Tu sais, Henri, la justice, il n'y croit plus beaucoup. » Henri s'était fait justice.

34

Le désespoir s'empara de Marie, lorsque la sonnerie de son portable retentit dans son sac. La forme de la sacoche se dessinait sous la fenêtre aux volets clos. On s'inquiétait de son retard, de son silence. Une de ses collègues ? Antoine ? Elle cria dans l'espoir que son gardien l'entende. Une réaction qu'elle jugea aussitôt stupide, puisqu'il ne lui donnerait pas le téléphone pour qu'elle réponde. Depuis combien de temps était-elle retenue prisonnière ? Elle essaya de calculer. La dernière personne qu'elle avait soignée était Mme Renaud. Elle avait dû rester avec elle jusqu'à environ neuf heures et demie. La vieille dame avait insisté pour qu'elle accepte de s'asseoir pour prendre une tasse de thé. « Vous êtes mon rayon de soleil du matin. Quand je suis assise à boire mon thé, en face de moi, il n'y a plus que des souvenirs. — Avec plaisir, madame Renaud, mais il ne faut pas que je tarde. Je dois repasser par le bureau avant de reprendre ma tournée dans l'autre sens et, ce matin, j'ai un imprévu : je vais à la ferme du Bois-Brûlé. » La vieille dame avait eu l'air étonnée ; elle était persuadée que l'endroit n'était plus habité depuis le départ des Anglais qui avaient acheté, puis revendu les bâtiments de l'ancienne exploitation agricole. Marie lui avait fait préciser le chemin le plus court. Le détour pour aller jusqu'à la ferme du Bois-Brûlé n'était pas important. À peine deux kilomètres.

Il devait être un peu moins de dix heures quand elle avait pénétré dans la cour entourée de vieux bâtiments. Un espace sinistre. Comment avait-elle pu être aussi imprudente ? Un excès de confiance. Une familiarité avec la région et ses habitants dont elle connaissait la plupart des visages, sans forcément pouvoir mettre un nom sur tous. Depuis qu'elle exerçait, elle avait appris à emprunter tous les raccourcis. Il lui arrivait même d'aller trouver ses patients dans les communs quand ils ne l'avaient pas entendue frapper. Si elle les croisait sur la route, ils la saluaient au passage. S'ils étaient en train de bavarder, elle devinait les paroles sur leurs lèvres : « Tiens, c'est l'infirmière. Chez qui peut-elle bien aller ? »

Elle ne s'était pas méfiée. Elle n'aurait jamais imaginé tomber dans un traquenard. Elle aurait ri, si on lui avait recommandé d'être prudente, de faire attention.

La sonnerie retentit à nouveau. On l'appelait, on s'inquiétait de son retard. Elle était toujours ponctuelle. Elle pensa à Antoine et à sa mère. Non, eux, ils commenceraient à se poser des questions bien après midi, peut-être vers 13 heures. Elle tira sur les chaînes. Geste vain et douloureux. Le silence.

Marc allait et venait dans la cour. Aussitôt sorti de la maison, il avait retiré le bas qui lui emprisonnait la tête. Il allait dans un sens puis un autre à la recherche de la meilleure connexion au réseau téléphonique, afin de capter au mieux l'appel impatiemment attendu. Sans être excellente, la réception était partout satisfaisante. Son père aurait déjà dû l'appeler. Il lui avait fait répéter les consignes trois ou quatre fois. Il trouvait agaçant que même les siens le croient aussi sot. Dès que Marie Martin serait prisonnière et en sûreté, il l'informerait. Ce qu'il avait fait. La réponse avait été brève, le « vieux » ne s'étendait pas dans ses conversations avec lui. Sauf au cours du récit sous le cèdre. Marc revivait cet instant avec émotion.

Il recomposa le numéro de son père. Rien : la messagerie. Là aussi, la consigne était formelle : « Tu attends que je réponde, sinon tu raccroches. »

Il retourna dans la maison, mit son oreille contre la porte. Il n'avait pas envie d'enfiler la fausse cagoule. Elle devait lui donner une apparence effrayante. Il ne souhaitait pas que cette femme ait peur de lui. Après ce qu'il lui avait fait subir, pouvait-il en être autrement ? Elle allait le détester. Il lui ferait horreur. Il ressentit à nouveau son émoi le peu de temps qu'il l'avait tenue entre ses bras, la chaleur de son corps abandonné, son odeur. Elle était plus belle que Jeanne, sa belle-sœur. Celle-ci, il l'avait toujours désirée en secret. Il se rendait compte, rien qu'à la façon dont elle s'écartait quand il essayait de la frôler, qu'elle avait peur de lui. Ce qui lui avait fait le plus mal, c'était quand elle avait cessé de s'occuper de sa chambre et de son linge, laissant ce soin à Bernadette.

« Qu'est-ce qu'on fera si ton plan ne réussit pas ? » Son père l'avait regardé longuement avant de lui répondre qu'il fallait qu'il réussisse ; ils n'avaient pas d'alternative. Si malheureusement ils échouaient, il lui dicterait des ordres en conséquence. Mais qu'il se rassure, cela n'arriverait pas. Lorsqu'il avait dit cela, il y avait eu une lueur étrange dans les yeux du « vieux ». Marc l'avait reconnue, c'était celle qu'il avait quand il lui ordonnait de baisser son pantalon pour recevoir les coups de ceinture. Si les événements ne s'étaient pas autant précipités, s'il avait eu un jour ou deux pour réfléchir, il en aurait parlé avec Henri. Il admirait son aîné en même temps qu'il lui reprochait de le traiter comme un vulgaire domestique.

De l'autre côté de la porte, il perçut un bruit de chaînes. C'était inutile. Marie ne réussirait pas à s'en défaire. Il se revit en train de l'attacher alors qu'il regrettait de l'avoir cognée aussi violemment.

D'un instant à l'autre, son père allait l'appeler. Il devrait appliquer méthodiquement la marche à suivre. L'endormir en lui appliquant sur le visage, le temps qu'il faudrait, le chiffon qui se trouvait dans le bocal rempli d'éther, la mettre dans sa voiture et la transporter jusque dans la grande saulaie en bordure de la Charente. Là, il viendrait le rejoindre. C'était à l'écart de tout, mais il lui faudrait surveiller s'il n'y avait personne risquant de l'apercevoir.

Dans la pièce obscure, de l'autre côté de la porte, la sonnerie du portable de l'infirmière le fit sursauter. Sans réfléchir, il entra. Marie tentait de se mettre debout en tirant sur ses chaînes. Malgré l'obscurité, il put discerner son visage déformé par l'horreur. Il oubliait qu'il n'était plus masqué ; cela n'avait plus d'importance. Elle ne devait plus avoir peur de lui. Il le fallait !

— Laissez-moi ! laissez-moi ! Allez-vous-en !

Elle hurlait maintenant.

— Je ne vous ferai aucun mal.

Il avait dit cela presque à voix basse. Elle le fixa intensément, cherchant à reconnaître ses traits.

— Je vous jure que vous n'avez rien à craindre.

Il avait réussi à parler normalement. Il devait la convaincre. Il demeurait encore assez éloigné pour qu'elle ne le reconnaisse pas. Les Rondeau et les Rozier ne se fréquentaient pas, mais ils s'étaient croisés assez souvent dans le village ou ailleurs.

— Je ne voudrais pas, le moment venu, que vous m'obligiez à vous faire du mal.

Le ton quasi suppliant de son bourreau étonna Marie. Elle ne comprenait plus rien. Qu'est-ce qu'il voulait dire par « le moment venu » ? De quoi parlait-il ? Soudain, elle pensa qu'elle avait affaire à un fou, à un déséquilibré en mal de sexe, et la terreur la submergea. Il entendait abuser d'elle et c'est pourquoi il lui demandait de ne pas se défendre. Elle s'immobilisa. L'individu qui se tenait à quelques mètres d'elle avait une taille supérieure à la moyenne. Il était fortement charpenté. À cause de l'obscurité et parce qu'il tournait le dos au faible rai de jour provenant des volets, elle ne discernait pas ses traits. La voix n'était pas celle d'un homme âgé. À la façon dont il se déplaçait, il devait être agile.

— Qu'est-ce que vous voulez ?

Marie énonça sa question d'une voix qui surmontait sa peur.

— Moi rien. C'est lui. Mais c'est pas à vous qu'il en veut.

Un langage de fou, de déséquilibré. L'homme lui faisait croire qu'il obéissait à un autre, qu'il était le serviteur des basses œuvres. Elle imagina soudain qu'elle était plongée dans un scénario d'horreur. Jamais, elle ne sortirait vivante d'ici.

— Marie, je voudrais que vous n'ayez pas peur de moi.

Elle s'attendait à n'importe quoi, mais pas à autant d'invraisemblance. Il l'avait appelée par son prénom. Il la connaissait donc. Et si elle avait vraiment affaire à un demeuré répugnant à la brutalité ? Elle se laissa glisser sur son siège dans la position que les chaînes lui permettaient, les bras levés à hauteur de la poitrine.

— Si vous me dites la vérité, alors pourquoi me laisser comme ça ?

Lorsqu'il s'approcha, dans le semblant de clarté, Marie reconnut Marc Rondeau.

35

Une effervescence inhabituelle régnait dans la gendarmerie. Quand Antoine appuya sur le bouton d'appel, aucune réponse ne lui parvint. Il chercha à deviner, à travers l'opacité des fenêtres, des mouvements et des silhouettes. Enfin, un grésillement et la voix enregistrée : « Gendarmerie nationale »... Il devait « revenir » ou bien « s'adresser à »... Il n'entendit pas la suite. Contournant le bâtiment et bien décidé à se faire entendre, il s'introduisit dans la cour par le portail resté ouvert.

— Que faites-vous là ?

Une jeune gendarmette nu-tête et boudinée dans son uniforme sortait de l'un des pavillons et se dirigeait vers l'entrée du bureau.

— Je dois parler au chef. C'est urgent.

Au ton et à la mine de l'intrus, elle ne le rabroua pas, sans quoi elle l'aurait prié de ressortir et de se présenter à l'entrée.

— Il est en intervention. Il ne pourra pas vous recevoir.

— Je m'en doute. Mais ce qui m'amène est lié à ce qui vient de se passer à Borsac. Vite, dépêchez-vous, avertissez votre supérieur. Dites-lui qu'Antoine Rozier a une importante révélation à lui faire.

Sans qu'elle l'en empêche, il l'accompagna vers l'intérieur des bureaux où il entra en même temps qu'elle.

— Asseyez-vous, je l'appelle.

Apparemment, la jeune femme était seule pour assurer la permanence. L'effectif de la brigade n'était pas suffisant pour faire face à une grosse intervention pour meurtre. Au fond du couloir, une porte se referma avec un bruit de serrure que l'on actionne, et des pas lents et lourds précédèrent l'entrée dans le bureau d'un gendarme bedonnant. Il s'arrêta, sidéré par la présence d'Antoine assis devant l'une des tables encombrée de dossiers épars. D'un coup d'œil circulaire, il chercha sa collègue et parut soudainement inquiet. Antoine, s'avisant de sa surprise, s'expliqua :

— Votre collègue cherche à joindre votre chef. C'est important, c'est au sujet de Norbert Rondeau.

Il avait parlé fort. Il perdait son calme. Les choses n'allaient pas assez vite. Il se leva. C'est alors que la gendarme revint avec un téléphone à la main qu'elle lui tendit.

— C'est le chef.

Il reconnut la voix de leur première rencontre. Elle semblait seulement moins calme et plus impatiente.

— C'est Antoine Rozier…

Antoine ne lui laissa pas le temps de dire qu'il était sur les lieux d'un crime et qu'il ne pouvait pas l'entendre.

— Rondeau a enlevé Marie Martin, ma… l'infirmière. Il me faisait chanter. Je vous en prie, il faut que l'on se voie. C'est plus qu'urgent !

Il avait presque hurlé ces derniers mots. « Ma femme », avait-il failli dire pour désigner Marie…

— Calmez-vous, monsieur Rozier, et redonnez le téléphone à mon adjointe.

La gendarme reprit l'appareil. Après avoir raccroché, elle se tourna vers son collègue :

— Tu assures la permanence, je conduis M. Rozier auprès du chef.

Antoine n'aurait jamais imaginé qu'un jour il traverserait son village dans une voiture de la gendarmerie, avertisseur hurlant. Il n'aurait pas davantage imaginé qu'un événement, quel qu'il soit, puisse s'ébruiter aussi vite. Chaque pas de porte était occupé, sur les trottoirs de la rue principale que seules d'ordinaire animaient l'activité des jours de marché et les habituelles manifestations. Des gens stationnaient par petits groupes. Il n'avait pas le cœur à s'attarder, d'ailleurs il ne les percevait qu'à travers son regard brouillé par l'angoisse. Soudain, il aperçut Laure. Elle aussi était sortie, sans doute attirée par le bruit et cette agitation d'émeute.

— Arrêtez-vous !

La gendarme, surprise par la sécheresse de l'ordre, donna un brutal coup de frein qui fit crisser les pneus. Antoine surgit de la voiture devant Laure stupéfaite. C'est qu'en la voyant là, dehors, risquant de se mêler aux curieux, il craignit qu'alertée par les faux bruits et les rumeurs, elle ne sombre d'un coup dans une angoisse terrible. Il fallait lui épargner cela, quitte à lui apprendre le drame qui se nouait. Au moins, ce serait en sa compagnie et il serait là pour la soutenir.

— Montez avec moi. Je vais vous expliquer.

Assis à côté d'elle sur la banquette arrière, il tint à atténuer la panique qu'il lisait dans ses yeux. Il ne lui parla que du meurtre.

— Vous êtes au courant de ce qui se passe ?... Non ? Le vieux Rondeau a été assassiné. Pas par moi, je vous rassure.

Elle ne demanda pas par qui. Il vit qu'elle devinait qui était l'assassin. Maintenant, il restait le plus délicat et le plus difficile à révéler. Mais la voiture s'arrêtait devant l'attroupement des curieux que deux gendarmes maintenaient à distance.

— Ne descendez pas. Attendez que je revienne. Surtout, ne bougez pas. Il vaut mieux que ces curieux ne vous reconnaissent pas.

Laure se montra étrangement docile. Elle était sous le choc, accablée. Quelle serait sa réaction en apprenant pour Marie ? Accompagné de la gendarme, Antoine rejoignit le groupe composé en majorité d'hommes, lesquels le regardèrent avec un grand étonnement. L'adjudant lui fit signe d'approcher.

— J'attends le lieutenant Morin et je n'ai pas beaucoup de temps à vous consacrer.

— Il va pourtant falloir que vous m'écoutiez.

Antoine n'avait pas mesuré le ton de sa réplique. L'autre blêmit. Sans jeter un coup d'œil vers la fourgonnette de Rondeau, sans même laisser le temps au gendarme de protester, il enchaîna.

— Depuis ce matin, Rondeau me menaçait. Il a fait enlever Marie, la belle-fille de mon père. Il voulait que je lui livre des documents compromettants pour lui. C'est une catastrophe qu'il ait été tué, car à cause de ça ma sœur est en danger.

Il avait dit « ma sœur » pour n'avoir pas à se perdre en explications. Il fallait que le gendarme comprenne la situation au plus vite.

— Attendez, monsieur Rozier. Qu'est-ce que c'est que cette histoire ? Expliquez-vous, s'il vous plaît, si vous voulez qu'on avance.

Alors, après une profonde inspiration, essayant de reléguer l'image de Marie au second plan, Antoine décrivit dans les moindres détails le chantage exercé par Norbert Rondeau pour récupérer le cahier et la lettre anonyme. L'adjudant l'écouta très attentivement.

— Croyez-vous que la vie de votre sœur soit menacée ?

— Si on se fie à son engagement, on peut penser que non. Mais si ses complices apprennent ce qui s'est passé, on peut craindre le pire. À votre avis, quel genre d'individus a-t-il trouvés pour l'aider à commettre un enlèvement ? Dans notre région, vous êtes mieux placé que moi pour savoir s'il y a des malfrats capables d'exécuter de tels forfaits seulement pour de l'argent.

Le chef de brigade de Borsac n'avait pas de réponse à la question soulevée par Antoine Rozier. Il ne connaissait aucun voyou, même parmi les pires, capable de mener à bien et avec sang-froid une telle entreprise. Il se garda d'ailleurs de lui faire part de ses craintes. L'arrivée du lieutenant Morin le soulagea. Après avoir échangé quelques mots au sujet du meurtre, les deux gendarmes s'écartèrent en entraînant Antoine avec eux. Celui-ci dut répéter toute son histoire. Il était plus de midi, l'horaire indiqué par Norbert Rondeau pour la remise des documents était donc largement dépassé.

— Nous allons revenir à la brigade pour mettre en place un dispositif de recherches. Ici, nous n'avons plus rien à faire.

— Et si Rondeau séquestrait Marie chez lui ?

La question d'Antoine arrêta les deux gendarmes dans leur mouvement. Ils se représentèrent la grosse bâtisse refermée sur elle-même, avec son unique accès : le porche et sa porte piétonne. Aucune ouverture au rez-de-chaussée, seulement une rangée de fenêtres à l'étage très surélevé par rapport à la rue. Il se disait que le logis des Rondeau avait appartenu aux templiers dans les temps anciens.

Les deux gendarmes hésitaient.

— Jolin, vous avez un prétexte pour entrer chez eux avec deux de vos hommes. En prenant les précautions d'usage, vous interrogerez les membres de la famille et les personnes présentes afin de savoir s'il y a une explication au meurtre. Ainsi, vous saurez qui est là et peut-être découvrirez-vous un élément suspect. Avec M. Rozier, nous nous rendons à la brigade. Si l'infirmière Marie Martin a disparu au cours de sa tournée, il nous sera plus aisé de comprendre ce qui a pu se passer qu'en restant ici.

C'était la première fois qu'Antoine entendait le nom du chef de la brigade. L'habitude de toujours dire « le chef » ou bien « l'adjudant ». Et c'est ainsi qu'on découvre un jour que ces hommes en uniforme qu'on a l'habitude de croiser au village ont un nom.

— Pourquoi allons-nous à la gendarmerie, Antoine ?

La demande de Laure lui fournit une entrée en matière pour l'annonce la plus difficile qu'il ait jamais eu à formuler. Il avait repris sa place à côté d'elle et elle s'était étonnée qu'ils ne rentrent pas chez eux mais continuent jusqu'à la gendarmerie. Il fit comprendre à la gendarme, qui les attendait après avoir garé la voiture, qu'ils avaient besoin d'être seuls. Se tournant vers Laure, il se mit à lui raconter le calvaire de ces dernières heures. Au fur et à mesure de son récit, il voyait le visage de Laure se décomposer. Le plus impressionnant, c'est qu'elle ne criait pas. La bouche ouverte, les yeux hagards, elle le fixait. Il ne ressentit pas tout de suite la douleur occasionnée par les ongles qui lui labouraient les poignets et les mains. C'est quand il voulut la serrer contre lui qu'il vit qu'il saignait. Lorsqu'il l'entraîna hors de la voiture, elle perdit soudain l'équilibre. Il eut juste le temps de la retenir. Aidé du lieutenant Morin sorti pour les attendre, ils la transportèrent dans le bureau et l'installèrent dans un fauteuil.

— On devrait appeler son médecin.

Sans attendre, la jeune gendarme avait déjà décroché le téléphone.

36

Elle n'avait jamais aimé le regard que Marc portait sur elle, lorsqu'ils se croisaient dans le bourg. Un jour, il l'avait suivie à distance au cours d'une tournée. Elle avait reconnu la fourgonnette bleue, une ancienne 4L Renault. Lorsqu'elle s'était arrêtée devant le pavillon du lotissement où elle devait se rendre, elle avait attendu qu'il la dépasse afin d'être certaine qu'il ne la guette pas plus loin. Au cours de l'après-midi, elle avait rencontré Maud et lui en avait parlé.

— Oh, Marc Rondeau ? Je ne crois pas qu'il soit bien dangereux. À mon avis, il est plutôt du genre à s'exciter sur une revue porno.

Elle avait oublié l'incident et, aujourd'hui, il resurgissait devant elle. Maud se trompait. L'individu était vraiment dangereux et une peur atroce la paralysait.

— Si je vous détache, vous ne ferez rien ? Vous me promettez ?

Cette voix étrangement suppliante l'effrayait au lieu de la rassurer. Maintenant, il était si près d'elle qu'elle percevait son souffle. Il transpirait. Elle devait se calmer, lui montrer qu'elle n'avait pas peur, qu'elle avait entendu sa promesse de ne pas lui faire de mal. Pour cela, il fallait qu'elle lui parle, qu'elle l'oblige à lui répondre.

— Pourquoi vous me faites ça, Marc ? Pourquoi me retenez-vous prisonnière ici ?

Elle espérait qu'il ne devinait pas sa terreur. Sa gorge s'était obstruée sur les dernières paroles.

— C'est pas moi qui ai voulu, c'est lui.

Ça y est, il recommençait avec ce personnage auquel il devait obéir ou bien qu'il inventait. Si Marc Rondeau souffrait d'une maladie mentale, d'un dédoublement de la personnalité, elle était perdue.

— Si je vous jure de ne rien tenter, vous acceptez de me détacher ? En plus, j'ai très envie d'aller aux toilettes. Marc, je vous en supplie.

Avait-elle trouvé le ton convaincant, le ton juste ? En se mortifiant par cet aveu d'un besoin naturel, elle sut qu'elle l'obligeait à réfléchir, à se demander s'il pouvait accéder à sa requête. Lorsqu'il s'écarta pour se diriger vers la fenêtre, elle pensa qu'elle s'était trompée. Mais non, il entrouvrait les volets pour que la clarté pénètre dans la pièce. Il revenait vers elle. Elle n'avait jamais remarqué combien les bras de cet homme étaient longs. Ils étaient terminés par des mains énormes arrivant à la hauteur des genoux. Pourtant, à cet instant, le visage offrait un étrange contraste. Elle y lut une sorte de tristesse. Les yeux qui la détaillaient n'exprimaient ni la violence, ni le désir brutal d'un violeur. Sans prononcer une parole, il entreprit de défaire les colliers qui entravaient ses chevilles. Lorsqu'il se releva pour desserrer les liens emprisonnant ses poignets, il hésita et suspendit son geste.

— Il faut que j'essaie encore de l'appeler. C'est pas normal, il aurait déjà dû me dire.

Marie frémit. Si elle avait été complètement libérée, elle aurait essayé de le frapper, de s'échapper. Marc Rondeau recommençait avec son histoire de l'autre à qui il obéissait aveuglément. Que devait dire ce mystérieux ordonnateur ? Il la laissa seule. Elle exécuta quelques mouvements avec ses jambes afin de dissiper le fourmillement que leur immobilisation créait dans les mollets.

Antoine se tenait près de Laure prostrée dans le fauteuil du bureau de la gendarmerie. Le lieutenant Morin revenait. L'adjudant Jolin était dans la maison des Rondeau. Ils étaient tous sous le choc. Mais on avait récolté un renseignement troublant qui semblait important : Marc, le plus jeune de la fratrie, n'était pas là et, apparemment, personne ne savait où il se trouvait.

— C'est lui !

Antoine avait bondi.

— Mais vous ne comprenez donc pas ? Norbert Rondeau n'a jamais fait appel à un quelconque sbire. D'ailleurs, je vois mal comment un personnage aussi enfermé dans sa sphère aurait pu connaître ou prendre contact avec des voyous capables de procéder à un enlèvement. J'aurais dû y penser tout de suite.

Décontenancé par la réaction d'Antoine, le lieutenant Morin l'observa. On ne pouvait négliger aucune piste, même les plus invraisemblables. Le téléphone retentit, la gendarme fit signe au lieutenant que l'appel le concernait. Quand il revint, son air soucieux inquiéta Antoine.

— C'était Jolin. Nous avons une information. La dernière patiente chez qui Marie est passée a dit qu'elles ont pris un thé ensemble, mais que l'infirmière était très pressée. Comme elle devait faire un détour par la ferme de Bois-Brûlé, elle lui a demandé si elle connaissait un raccourci pour s'y rendre. Et cette ferme est un endroit inhabité qui appartient depuis moins d'un an aux Rondeau…

— Qu'est-ce qu'on attend ?

Antoine avait crié. Près de lui, Laure reprenait ses esprits. Elle tendit un bras et la force avec laquelle elle l'étreignit l'obligea à se rasseoir. Son visage exprimait un immense désespoir.

— Antoine, trouve-la.

Elle venait de le tutoyer. Il en ressentit une profonde émotion. Il se tourna vers la jeune gendarme qui les observait.

— Je peux vous la confier ?

Antoine rejoignit le lieutenant Morin retourné dans son bureau.

— J'ai fait appel au GIGN. Nous ne pouvons nous permettre de prendre de risque, si la captive est entre les mains d'un homme qui pourrait avoir des réactions incontrôlées. Les hommes de la brigade ne sont pas entraînés pour ce genre d'intervention.

— Cela va prendre combien de temps ?

— Deux heures, peut-être plus. Il leur faut le temps d'arriver jusqu'ici et d'organiser l'intervention.

Antoine se sentit écrasé par le désespoir et l'impuissance.

— J'ai essayé de l'appeler mais comme il ne répondait pas, j'ai fait le numéro de la maison.

— Marc, de qui parlez-vous ? Qui est celui qui vous donne des ordres ?

— C'est mon père. Vous ne le saviez pas ?

— Comment vouliez-vous… ?

— Il a toujours commandé et tout le monde lui obéit. Quand il m'a expliqué que vous pouviez servir de monnaie d'échange, c'est comme ça qu'il a dit, que si on vous enlevait Antoine serait obligé de lui remettre les papiers compromettants, j'ai accepté. D'abord, parce que j'ai toujours fait ce qu'il m'a ordonné et ensuite…

parce que je vous aurais près de moi… que… je pourrais vous… parler.

Marie était certaine qu'il n'avait pas voulu dire « parler » mais « toucher ». Avec ses mains, il avait esquissé le geste d'une caresse. Elle tira sur ses chaînes. Il la regarda avec un sourire triste et, à nouveau, la terreur revint. Quand il reprit la parole, ce qu'il lui raconta la fit trembler d'une manière incontrôlée. Son père avait été assassiné en sortant de chez lui. C'est pour cela qu'il ne l'avait pas appelé pour lui transmettre ses ordres. Et maintenant il n'y avait plus personne pour expliquer qu'il n'était pour rien dans cet enlèvement. On allait tout lui mettre sur le dos. Il serait condamné et c'était pas juste. Il n'avait fait qu'obéir. Comme toujours.

Marc s'avança et lui saisit les poignets. Elle ouvrit la bouche pour le supplier, mais elle n'arrivait pas à articuler les mots qu'il fallait. Elle comprenait qu'il eût envie d'elle, qu'il la suive parfois quand ils se croisaient dans Borsac. Elle n'avait jamais pensé qu'il était mauvais, mais elle fut incapable d'émettre le moindre son. Elle était tétanisée.

La mâchoire serrée, il commença à libérer les colliers reliés aux chaînes. Elle retomba sur la banquette et le regarda, résignée. Il s'assit à côté d'elle. Il avait conservé les menottes improvisées dans ses mains et les manipulait maintenant dans ses gros doigts. Alors, Marie sut ce qu'elle devait faire. Elle se leva très doucement et, au lieu de s'éloigner en courant, elle se posta devant lui.

— Marc, je vais partir. Je ne dirai rien. Je raconterai n'importe quoi. Que j'ai eu une panne…

Il la regardait sans la voir. Elle se rendit compte qu'il n'entendait pas ce qu'elle lui disait, que ses yeux étaient fixés sur ses lèvres.

— Partez, Marie. Partez vite !

Elle quitta la pièce à reculons. Lentement. Jusqu'à ce qu'elle referme doucement la porte derrière elle, elle chercha du regard à lui faire comprendre qu'elle ne lui en voulait pas.

Casqués et cagoulés, les gendarmes se déployèrent autour de la ferme en utilisant au mieux le relief. Le bois leur offrait les meilleures possibilités de camouflage. Le lieutenant Morin et Antoine se tenaient à distance dans le véhicule de la gendarmerie. L'officier avait prêté ses jumelles à Antoine pour qu'il puisse observer la ferme et surtout le grand portail.

— Vous êtes certain qu'ils ne vont rien tenter qui puisse être dangereux pour Marie ?

— C'est leur boulot et ils le font bien.

Antoine jeta un coup d'œil vers Morin. Il avait parlé calmement.

— Ils doivent s'assurer des présences à l'intérieur et pour cela être assez près des bâtiments.

— Regardez, le portail s'ouvre !

Avant que le lieutenant ait eu le temps de l'en empêcher, Antoine était sorti de la voiture. Là-bas, les hommes s'étaient aplatis contre le sol, devenus soudainement invisibles. La Clio de Marie apparut et s'engagea sur le chemin.

— Bon Dieu ! Pourvu qu'ils ne tirent pas !

L'exclamation venait d'Antoine et, perdant toute notion de prudence, il fonça à la rencontre de la voiture. Mais rien ne se produisit. Il n'y eut aucune réaction de la part des gendarmes dissimulés un peu partout.

— Arrêtez, Rozier ! C'est une femme qui conduit.

La petite automobile accéléra, Antoine ne bougea pas. Il resta au milieu du chemin. Le lieutenant Morin le rejoignit, puis dégaina son arme.

— Écartez-vous, Rozier. Son ravisseur est peut-être caché derrière elle.

La voiture s'immobilisa au milieu du chemin et Antoine se précipita. Quand il ouvrit la portière, Marie, secouée de gros sanglots, essaya de lui sourire.

Le lieutenant Morin, après s'être assuré qu'il n'y avait pas d'autre occupant, échangeait maintenant avec son homologue qui dirigeait l'investigation. Il revint vers la voiture.

— Mademoiselle, combien sont-ils à l'intérieur ?

Marie le regarda.

— Il n'y a que Marc Rondeau. S'il vous plaît, ne faites rien.

Un crépitement de planches sèches que l'on jette dans un brasier rompit le silence. Une fumée noirâtre s'éleva au-dessus d'un bâtiment dont les tuiles éclataient. La ferme du Bois-Brûlé justifiait enfin son nom sinistre.

37

Avec sa sobre façade aux allures de lycée Empire, la gare d'Angoulême ne ressemblerait à aucune autre, si dans le vaste hall on ne trouvait, comme en toute gare, l'agitation habituelle des voyageurs en partance et de leurs accompagnateurs, le kiosque de presse et des banquettes occupées par des personnes dont on ne sait si elles sont descendues d'un train, en attendent un, ou bien si elles sont installées là parce que, dans une gare, on peut demeurer toute une journée et toute une nuit sans être prié de quitter les lieux.

Muni de son billet, Antoine rejoignit Marie et Laure qui l'attendaient près du kiosque. Tous trois se dirigèrent vers le buffet. Comme il contournait les gros bacs de fleurs et d'arbustes décorant la terrasse, Antoine repensa au jour de son arrivée où il avait rencontré Marie. Il lui sembla que de nombreuses semaines s'étaient écoulées – un temps que les événements dramatiques allongent infiniment pour ceux qui les vivent.

Laure préféra une table à l'écart des conversations et des allées et venues des voyageurs en transit. Après que le serveur eut déposé les deux tasses de thé et le demi de bière pression qu'Antoine avait commandés, ils s'observèrent dans le silence particulier qui précède souvent la séparation. On a trop de choses à dire et on a trop peu de temps.

— J'ai toujours détesté les départs, surtout dans les gares, dit Marie.

Elle avait saisi la main d'Antoine. Laure, les yeux fixés sur sa tasse, tournait lentement sa cuiller dans le thé. Un mouvement lent et réfléchi pour dissoudre un sucre qui l'était depuis longtemps.

— Même quand tu partais en vacances ? Et pourquoi surtout dans les gares ?

— Les gares, c'est une séparation. Le train disparaît tout de suite. Une auto, un car, tu le suis jusqu'au bout de la route, parfois l'horizon.

— Mais les vacances ?

— J'aurais voulu qu'on m'accompagne. Ma mère ou Ulysse.

Au nom d'Ulysse, Laure tressaillit et leva les yeux. Ils brillaient beaucoup trop. Elle se retenait pour ne pas pleurer. Le dernier drame qu'elle avait traversé était encore là, entre eux. Elle ne parvenait pas à s'en défaire, à en effacer les images.

Lorsque, dans la ferme, les éclatements produits par l'incendie s'étaient fait entendre, Marie avait jailli de la voiture en se précipitant dans ses bras. Suivant un mot d'ordre inaudible pour eux, les gendarmes avaient progressé par petits bonds et courses en zigzag pour envahir la cour.

— S'il vous plaît, avertissez ma belle-mère que sa fille est sauve et que tout va bien.

Pris par l'action de l'assaut, le lieutenant Morin les avait oubliés.

Quand les pompiers appelés par les gendarmes réussirent enfin à éteindre le feu allumé dans une barge de foin entassée dans une grange, ils découvrirent le cadavre carbonisé de Marc Rondeau. L'enquête conclut que le ravisseur de l'infirmière Marie Martin avait préféré s'immoler plutôt que de se rendre. Marie, elle, savait que Marc Rondeau avait décidé une fois pour toutes de ne plus craindre de désobéir et de quitter ce monde en emportant peut-être une image qui l'avait fait rêver.

Après avoir regagné leur maison dans l'après-midi, les deux femmes s'étaient enfermées, avaient refusé de répondre aux sollicitations des journalistes et avaient décroché leur téléphone. Elles avaient attendu avec impatience le retour d'Antoine. Celui-ci était passé prendre Marguerite Rousset pour qu'elle voie Henri avant son transfert à la maison d'arrêt d'Angoulême. Elle s'était montrée très courageuse, pleurant doucement, silencieusement contre l'épaule d'Antoine sur le chemin du retour.

Ils avaient passé deux longues journées, tous les trois, sans voir personne. Ils devaient se rendre à l'évidence : Norbert Rondeau ne serait pas reconnu coupable de crime. Seule consolation, pour ainsi dire, le jugement d'Henri Rousset ferait connaître à toute la population l'ignoble conduite du vieux Rondeau. Antoine s'était aussitôt mis en relation avec son amie Élise Rivet pour qu'elle assure la défense d'Henri. Il lui porta la lettre anonyme et le cahier qui lui serviraient à étayer sa plaidoirie. Par ailleurs, elle ne doutait pas que la documentation qu'elle réunirait sur le camp où Guy avait été envoyé et les conditions atroces de son supplice – il avait été pendu par les bras jusqu'à ce que mort s'ensuive – influencerait le jury. Elle avait l'espoir d'une condamnation minimale, peut-être même symbolique.

Enfin, il avait fallu prendre une décision importante. Antoine n'avait pas hésité longtemps. Il allait présenter sa démission et vivre à Borsac. S'il devrait sans doute repartir, ce serait pour revenir très vite. Marie ne put retenir sa joie, elle trépignait déjà d'impatience. Laure les regarda tous les deux, elle semblait heureuse.

Autour d'eux, on s'agitait. Le train pour Hendaye allait entrer en gare. Ils avaient encore une demi-heure à attendre celui de Paris. Antoine avait souhaité cette durée d'attente. Son départ ne devait pas être triste, surtout avec l'issue inattendue qu'ils avaient apprise le matin même. Lorsqu'il avait reçu le courrier émanant du siège de l'entreprise, il avait d'abord cru à une mauvaise nouvelle : sa démission n'était pas acceptée dans les conditions qu'il exigeait. En revanche, on lui proposait un poste à Paris. Il serait appelé à se déplacer d'un continent à l'autre, mais ce serait pour conclure des contrats. Il aurait assez de liberté pour s'occuper de sa propriété de Borsac. Sans attendre, il avait fait part de sa promotion à Marie et à Laure. Un bonheur qu'ils n'étaient pas près d'oublier.

— Laure, Marie, j'ai quelque chose d'important à vous dire. Je n'ai pas souhaité que ce soit à la maison. Mais ici, avant de monter dans mon train et pour que, une fois parti, vous puissiez en parler sans moi.

Le ton mystérieux et sibyllin d'Antoine les intrigua d'abord et finit par les inquiéter. Il ne les laissa pas plus longtemps dans l'incertitude. Il sortit de sa poche de veste une feuille pliée en quatre et l'ouvrit pour la lire doucement, sans les regarder. Marie et lui n'avaient aucun ADN en commun.

Cet ouvrage a été composé
par Soft Office, à Eybens (Isère)

Impression réalisée par

PRÉSENCE GRAPHIQUE

en janvier 2014
pour le compte des Éditions de l'Archipel,
département éditorial
de la S.A.S. Écriture-Communication.

Imprimé en France
N° d'impression : 011447143
Dépôt légal : janvier 2014